Bright
ブライト

ジェシカ・チョン
代田亜香子 訳

河出書房新社

Bright《ブライト》

主な登場人物

レイチェル・キム
ニューヨーク出身の韓国系アメリカ人。大手芸能事務所DBエンターテインメントの練習生を経て、トップアイドルグループ「ガールズ・フォーエヴァー」のメンバーに。

リア
レイチェルの妹。同事務所のガールズグループ「セイ・ゴー！」メンバー。

「ガールズ・フォーエヴァー」メンバー

チュー・ミナ
シン・ウンジ
イム・リジー
リュウ・スーミン
ユン・ヨンウン
イ・ジユン
シム・アリ
チェ・ソニ

DBエンターテインメント関係者

ミスター・ノ
CEO。

ミスター・ハン
ナンバー2幹部。

ジョンソク
マネージャー。

レイチェルの友人たち

チョウ・ヒエリ
ふたご。理系女子。

チョウ・ジュヒョン
ふたご。美容系YouTuber。

カーリー・マットソン
「Bダズルド」元メンバー。
カリスマデザイナー。

ジェイソン・リー
レイチェルの元カレ。ソロシンガー

マスダ・アカリ
「ティーン・バレンタイン」メンバー。
レイチェルの元親友。

アレックス・チョン
韓国系アメリカ人。ニューヨーク育ち・香港在住。スタンフォード大学でビジネスを学んだ投資家。

わたしのゴールデンスターたちへ——ずっと永遠に輝きつづけましょう

1

笑って。

夢をかなえたんだから。女子たちのあこがれの的なんだから！　それに、笑ってるほうがずっとキレイ。さあ。ニッコリして。もっとニッコリ。「氷姫」なんて呼ばれたくないでしょう？

「レイチェル！　こっち見て！」

「笑顔を見せて！」

フラッシュが激しく点滅するなか、わたしはシャンパンカラーのスティレットヒールで車から外に出る。襟ぐりが深いハート型になったキラキラ光るラップドレスのしわをさりげなくのばしながら、レッドカーペットにおりたった。ミナがすぐにつづいて、そのあとから7人のメンバー。みんな、両手をエレガントにひらひら振る。ファンが歓声をあげ、集まったパパラッチを押しのけるようにして少しでも近づこうとする。

「集合カットください」カメラマンの声がひびく。

これまで何千回としてきたように、メンバーがぎゅっと集まる。それぞれが瞬時に立ち位置を判断して、サイコーの写りを計算する。背の高い子と低い子がバランスよく立って一体感を出す。ポーズをとると、シャッター音が鳴りひびき、あらゆるアングルからわたしたちの姿をとらえようとする。メンバー9人がそろうと、独特のエネルギーがあふれだす。前にSNSに投稿されていたわたしたちの集合写真に、〝これぞパワー〟ってキャプションがついていた。長いことメンバーと共に過ごしているうちにはパワーなんて感じられないこともあったけど、この5年半でいろんなことが変化した。

わたしたちはゆっくり時間をかけてレッドカーペットを歩いた。立ち止まってポーズをとったり、口をぷくっとさせたり、腰に手をおいたりして、まぶしいローズゴールドを身にまとった太陽みたいにキラッキラの光をまきちらした。ザ・ペニンシュラ上海のガラスドアの前まで来ると、わたしは振り返って、こっちをむいてるカメラにむかってウインクして、最後にもう一度とっておきのスマイルをふりまいた。

変われば変わるもんだと思う。こういうの、練習生のころはぜんぜんできなかった。フラッシュが光った瞬間、ヘッドライトをあびたシカみたいにかたまってた。いまはもう、カメラなんかこわくない。

いまは、思いのまま。

笑って。

はじめてファンから、おかげで人生がかわったっていわれたとき、わたしは泣いた。ガールズ・フォーエヴァーとしてデビューして1年後だ。カムバックにむけてシングル『スウィート・フォー・ユー』のプロモーションをしているころ。MVはリリース初日に再生回数5千万回を記録したし、わたしたちがMVで身につけていたパステルカラーのバケットハットとパールつきフレームのサングラスは1週間でソールドアウト。

そのファンの女の子はたぶん、11歳くらい。わたしがDBエンターテインメントの練習生になった歳だ。きゃしゃでシャイな感じだけど、わたしを見てにこーっと笑い、目をキラキラさせた。着ていたTシャツの胸に埋めこまれたラインストーンの、わたしの名前〝RACHEL KIM〟っていうロゴみたいにまぶしい笑顔。

「レイチェル、ああうれしい、ありがとう」その子は小声でいいながら、サインを求めて手作りのポスターを差しだした。

「こちらこそ！」わたしもにっこりして、ゴールドのサインペンでサイン（大文字でR-ACHE-と書いてから、Lをくるんとさせて先っぽにちょこんと星印）をした。

ポスターを返すと、スタッフに追い立てられながらその子はさけんだ。「待って！」スタッフがやれやれという顔で一瞬待つ。その子はすーっと息をすって、真剣なまなざしでわたしを見つめた。

「あたし、アメリカからソウルに越してきたばっかなの。レイチェルとおんなじ。けっこうキツかった。だけど、レイチェルのパフォーマンス見てると、ひとりじゃないって思える。いつかあたしも自分が輝ける場所を見つけられるかも、って。レイチェルは、あたしの人生を変えてくれたんだよ」

その子はにこーっとして、サインを見ながら声をあげた。「このポスター、一生たいせつにする！」そういって、ポスターを胸に大事そうにかかえて帰っていった。バイバイと手を振りながら、わたしのほっぺたには涙がぽろっとこぼれた。そっくりそのままお返しする。あなたのその言葉、一生たいせつにする。

デビューから5年半がたって、わたしはもうサイン会で泣いたりはしなくなった。終始ニコニコ顔のまま、感情をコントロールできるようになった。それでもまだ、たまにほっぺたをつねりたくなる。これって現実？　どうやってここまできたんだっけ？　トレーニングは、ハードなんて言葉ではいいあらわせない。情け容赦なく限界までしごかれて、これでよかったのかって何度も思った。

やっとデビューできても、プレッシャーは大きくなる一方。ピリピリしたリハーサル、つぎからつぎへとこなさなきゃいけないライブパフォーマンス、早朝から起こされて2日間ぶっとおしでＭＶ撮影。ガールズ・フォーエヴァーのメンバー9人で、気づいたら週に7日、一日24時間を共にしていた（それって本音をいえば、課せられた難題のひとつ）。

だけど一日のおわりには、ぜんぶ報《むく》われたって感じる。音楽には魔法の力があるし、音楽活動でいろんな人に出会えるのも魔法みたいにすばらしい。Ｋ‐ＰＯＰアイドルでいるってことは、自分よりずっと大きいものの一部になれるっていうことだ。

今夜のライブも、ものすごい盛りあがりだった。上海は、何か月にもわたってアジア各国を遠征する〈グロー・アジア・ツアー〉の最終地だった。2週間おきの移動でずっと目まぐるしくて、自分のベッドが恋しくてたまらなかった。なのに今夜のステージで、まだ帰りたくないと思った。いまは1月で、つぎのツアーに出るのは秋だから、しばらくは大舞台でグループがそろうことはない。わたしたちのパフォーマンスも観客の熱狂も最高潮。そしてこれから、ツアーの成功をお祝いする打ち上げだ。

ペニンシュラ上海のボールルームはめちゃくちゃ豪華だった。ずらっと並んだティアドロップクリスタルのシャンデリアがきらめくなか、光沢のあるタキシード姿のウェイターがフルートグラスをのせたシルバーのトレイを手に、音楽に合わせて踊ったりおしゃべりしたりしている人々にシャンパンを配っている。ダンスフロアの一部は、小さいローラースケートリンクに改造されていた。蛍光ピンクやイエローのカクテルが、暗闇で光るオーロラトレーにのせられて運ばれていく。わたしたちの最新アルバム『グロー』のタイトルトラックへのオマージュだ。神曲で、去年の夏はずっとチャート上位にいた。壁にはＭＶに出てくる景色がプロジェクターでうつしだされている。暗闇で光るボーリング場、ホタルの草原、観覧車、バースデーケーキのキャンドルみたいにライトアップされた街。いまが真冬で氷点下なんて忘れそうになる。

シャンパンに手をのばしたとき、うしろから名前を呼ばれた。

「レイチェル・キム！」赤いスクエアフレームのメガネをかけた針金みたいな男の人が、ニコニコ近づいてきて、握手を求めてきた。「パク・ヒョンデだ、よろしく。ソア・エンタテインメントのＶＰ（副社長）をしている。今夜、きみに会えるんじゃないかと思っていたんだ」

ソアは、韓国の放送業界ではトップ企業のひとつだ。ソアが制作してるテレビ番組にはわたしたちも出たことがあるけど、個人的な面識はない。「お会いできてうれしいです」わたしはいって、握手をした。

「ひとつお願いがあるんだが」そういってポケットからおそるおそるペンをとりだす。「娘が大フアンでね。よかったらサインをもらえないかな？　娘の名前は、パク・ミヨンだ」

「もちろんよろこんで」

パク副社長は、わたしがサインをしたナプキンをうれしそうに受けとった。「今日はなにがあってもこれは死守しないとな」ナプキンをたたんで胸ポケットにしまうと、ぽんぽんとたたいた。

「じつはね、レイチェル、きみのファンなのはミヨンだけではないんだ。妻とわたしも大ファンでね。きみの声はすばらしい」

わたしがうれしそうにする番。「ありがとうございます、ミスター・パク」

「ラジオにもむいていそうだな」パク副社長は、ふむふむと眉をあげた。「ラジオのパーソナリティに興味はないか？　あたらしいラジオ番組を企画していてね。あらゆる業種で活躍している人と一対一で話をするんだが、きみにピッタリかもしれない」

やりたい！「ありがとうございます。ぜひ！　ＤＢにご連絡いただければ、打ち合わせを設定できるはずです」わたしは断言した。ＤＢだって興味をもつはずだ。ソアのラジオ番組なら聴取率も高いし、ガールズ・フォーエヴァーを宣伝しつつ、クリエイティブな深い話ができるなんて、ウインウィンじゃない？

「すばらしい。では、連絡するよ！」

乾杯をしていると、パク副社長は業界の人たちにあっという間に連れ去られていった。デザートバーをチェックしようか、ダンスフロアに出ようか考えていたら、ミナがさっそうと近づいてきて、わたしの空いているほうの手をとった。

「さがしてたのよ！」

ミナには、自分以外のだれかがほめられたり注目されたりしていると発動するアラームが備わっているらしい。だけど、キラッキラの笑顔のミナはすごくきれいで、カリスマ的なパワーを発散している。「さ、踊ろう！」そういわれて、わたしはシャンパンを急いでのみほして近くのトレーにグラスをおいてから、ミナに連れられてダンスフロアに行った。

キラキラのワイドパンツスーツを着たミナは、すごく洗練されている。アッシュブラウンの髪を顔まわりだけ残してゆるくまとめている。明らかに人をひきつける魅力があるけど、ダンスをしているととくにイキイキして無重力みたい。部屋じゅうのカメラがさっそくわたしたちのほうをむきはじめた。

一瞬、これってホンモノかもって感じた。昔は敵だったふたりのあいだに生まれた真の友情。考えたらふしぎだよね……そうミナにいってる自分を想像する。覚えてる？　前はおたがい大っキライだったよね。ほら、練習生のとき、寮でミナがわたしに薬入りのお酒をのませて、テーブルの上で踊ってるところを動画撮影しておどしてきたこと、あったよね？　あんなの、遠い昔って感じがしない？

だけど、ぜったいにかわらないことってあるものだ。どんなに時間がたっても。

わたしとミナ、そしてＤＢの筆頭アイドル、ジェイソン・リーとのいわゆる三角関係のうわさがおさまるには、けっこう時間がかかった。現実には「三角関係」なんてどこにもなくて、ＤＢがしかけた話題づくりだったけど。ジェイソンがボーイズグループのネクスト・ボーイズを脱退してはじめるソロ活動を盛りあげるためで、デビュー前だったわたしとミナはちょうどよく利用された。もちろん、ミナは最初から仕組まれていると知っていた。わたしは気づいたときにはもう、ジェイソン・リーにすっかり恋をしてた。

ミナとわたしがデビューしたあと、DBは三角関係の確執をさらに利用して、感動の和解っていう筋書きをつくった。わたしたちは「リークされた」動画のなかで泣きながらハグをして、二度と男なんかに友情をじゃまされないって誓い合った。それ以来、わたしたちの好感度は爆上がり。

だけどこんな瞬間は、にせものの友情でもやっぱり楽しいと感じる。見せかけでも宣伝のためでもなく、心からおたがいのことが好きでいっしょに楽しんでいる、みたいに思いそうになる。

「さすがはファッショニスタね、そのドレス着る勇気、尊敬しちゃうわぁ」ミナが音楽に負けないように大声でいう。「リッパな太もも、めちゃくちゃ目立ってるわよ!」

はいはい、そう来たか。

その夜は、ダンスとシャンパンのハッピーオーラのなかで過ぎていった。よく知っているDBの人たちも、会ったこともない人たちも、たくさん声をかけてくれた。

「レイチェル、今夜のライブはすばらしかったよ!」

「あなたの声、どんどん魅力的になっていくわね」

「神がかっていたよ! きみはやっぱり生まれついてのスターだな」

何時間も踊ったり騒いだりして、そろそろ帰りたくなってきた。グループのなかでインドア派のヨンウン、ジユン、ソニはもう、うまいこと抜けてホテルにもどっている。ミナ、リジー、ウンジはローラースケートリンクで、きゃあきゃあはしゃぎながらスピンして、きらめくパラソルみたいにキラキラをまき散らしている。アリとスーミンはデザートバーの横でカクテルをのみながら、例によってあれやこれやおしゃべりしている。同い年のこのふたりは練習生になったのも同期だから、めちゃくちゃベッタリかと思うと、からかって相手を泣かせる、をくりかえしている。正直、熟年カップルみたいでほほ笑ましい。

ああ、ホテルの部屋でジャグジーに浸かりたい。このジミー・チュウは大好きだけど、はやく脱いでつま先をバブルバスに沈めたくてたまらない。アロマをたっぷり入れたバスでフェイスマスクなんて、ツアーをおえるのにサイコーの方法だ。

ボールルームを出ようと歩きだしたとき、また名前を呼ばれた。振り返ると、壁によりかかっている人がいる。壁にうつされたＭＶの光と色が、顔の上で踊っている。

「ジェイソン？」ビックリした。

ジェイソンがいたずらっ子みたいな笑みを浮かべて、首をちょこっとかしげる。「あんまり久しぶりで、ぼくのことわからなかった？」

わかるに決まってる。ツヤのある白いスーツを着て、ブライトグリーンとゴールドのスニーカーをはいているジェイソンを、どうやったら気づかないっていうの？

三角関係を仕組まれていたとわかったあと、ジェイソンとわたしは大げんかをした。もうジェイソンのことが信じられなかった。だけどゆっくり時間をかけて、わたしたちのあいだの氷は溶けてきた。メールしたり、隠れてふたりでお茶したり。そのうち仲直りして、またやり直そうってことになった。少なくともやり直す努力をした。だけど、ガールズ・フォーエヴァーがデビューして、ジェイソンがＤＢでいちばんホットなソロシンガーとして成功して、そんなこんなしているうちに、わたしたちは寝る間もなくなって、デートどころじゃなくなった。けっきょくいそがしさにかまけて、わたしたちの関係は自然消滅した。ジェイソンは知らないけど、理由はもうひとつある。ミナが、ジェイソンとわたしがバックステージでキスしている動画を手に入れたといってきたことだ。流出させるって脅されたのが頭からはなれなくて、ジェイソンといると気が休まらなかった。

　けっきょく、ミナは動画をどこにもリークしなかった。ジェイソンとつきあっていた1年半のあいだ、ずっとビクビクしてたけれど、わたしたちはマスコミを騒がせずに関係をおわらせることができた。もしかしたらミナも、わたしが心配してたほど悪意はなかったのかもしれない。

「たしか半年前のオレンジ・ミュージック・アウォードだ」ジェイソンは指をパチンと鳴らした。

「あれ以来、会ってなかったよね？」

「たぶん」最近じゃ、わたしたちはなにかの授賞式みたいに人がいっぱいいるイベントでしか会わなくなった。髪、のびたんだな。ポニテできるくらい長いけど、今日はそのままおろしていて、いかにもフレッシュなＫ－ＰＯＰアイドルって感じのキラキラの笑顔だ。「上海にいるとは思ってなかった。今日もキマってるね」

　ジェイソンがニッコリする。「きみもだ。しかも、ぼくがこの手のパーティに来ないわけがないじゃないか」ピンクのシャンパンをもったウェイターが通りかかると、ジェイソンはふたつとって、ひとつをわたしによこした。「古い友人と会えるせっかくのチャンスだろ？」

やっぱりジェイソンに会えてうれしい。もう恋愛感情はないけど、たいせつに思ってるし、気にはなる。わたしはシャンパンを受けとって、ジェイソンのあとをついてバルコニーに行った。息が白くなるほど寒いけど、ヒーターがあちらこちらにおいてあったし、ボールルームは熱気がすごかったから気持ちいい。

「ツアー、大成功だったそうだね」ジェイソンがバルコニーの手すりによりかかる。

「ありがとう。いままでのベストかな」わたしはニッコリした。ほかの人には自慢にきこえそうなことでも、ジェイソンならわかってくれる。わたしはシャンパンをひと口のんだ。「デビューしたてのころは、なにもかもが目新しくてワクワクしたけど、自分がなにしてるか半分もわかってなかった。トレーニングをいくらしても、実際に大勢の人の前に立つと……」

「まったく別もの」ジェイソンがかわりにいって、笑う。「うん、ぼくもよく覚えてる」

月を見あげて、ジェイソンに〝狼少女〟ってふざけて呼ばれていたころのことをなつかしく思い出す。ジェイソンがいるといつも、胸のなかでチョウチョがパタパタいっていた。初恋ほど、人を夢中にさせるものってない。

「よかったね、レイチェル」ジェイソンがわたしの肩をぎゅっとする。「で、つぎはなにするつもり？　さっき、ソアの副社長としゃべってただろう？　あたらしいレイチェル・キムを期待していいのかな？　そろそろ違うことをはじめたいんじゃない？」

わたしは笑いながら、ラジオ番組のことを話した。ガールズ・フォーエヴァーはまだ人気絶好調だし、何年もつづくと思いたいけど、こういうのが永遠じゃないのはわかっている。Ｋ－ＰＯＰ界から出たら、どうなるんだろう？　いまはとても考えられないけど。

「そっちはどうなの？」わたしはなんとなく話をそらした。「ジェイソンはこれからどうするつもり？」

ジェイソンがニヤッとする。「うん、まあ、きかれたからいうけど、たまたまきみの目の前にいるのは、キム・ヘヨンの新作映画の準主役、ってとこかな」

ええっ?!「ほんとに？　キム・ヘヨンの映画って、どれ観ても泣けるんだけど！　韓国でいちばんの脚本家だと思う。スゴい！」

「ありがとう」ジェイソンはうれしそうに目をキラキラさせた。「セナが練習につきあってくれてるけど、やっぱり緊張する。こんな大作に出演するの、はじめてだし」

「きっとだいじょうぶだよ。セナもその映画に出るの？」

ジェイソンとウォン・セナは1年以上前からつきあっていることを公にしている。ティーンのころから韓国ドラマのスターのセナは、ジェイソンに負けないくらいの人気がある。ファンも公認の仲よしカップルで、メディアには〝韓国のスウィートハート〟って呼ばれている。

しばらくだれかに対してああいう気持ちになってないし、かんたんに恋愛なんかできないのもよーく承知している。でもやっぱり、さみしくないといったらウソになる。

「ううん。セナはもうあたらしいドラマの撮影に入ってるから。じつはまだ女性の主役はさがしてる最中なんだ。だからもし興味があれば……」ジェイソンが意味ありげに眉をクイッとあげる。

わたしはあははと笑った。「覚えておく。3年生のときの先生が熱烈な推薦状書いてくれると思う。いったっけ、学芸会でトーストの役やったって？」

「トースト？　うわ、レイチェル、そりゃ、キム・ヘヨンの映画じゃ、ものたりないかも」

ふたりして笑って、胸がいっぱいになった。いろいろあったけど、わたしたち、友だちでいられてよかったな。

ジェイソンもおなじことを考えていたみたい。「今夜は会えてうれしかったよ」

「わたしも。だけど、そろそろフットバスに入ろうかな。ヒールが痛くて死にそう」

ジェイソンがくすくす笑う。「じゃ、最後に乾杯《トースト》しよう。たしかトーストは専門だっただろう？」

ジェイソンのオヤジギャグにあきれた顔をしてから、わたしはフルートグラスをもちあげた。

「つぎの韓国ドラマのスターに」

ジェイソンがニコッとしてグラスをもちあげる。「ぼくたちふたりともに。それから、ぼくたちの可能性に」

チリン。グラスを合わせてのみほす。

ホテルの部屋にもどってパッキングしながら、わたしは決意をあらたにした。自分がなにをしたいのかよく考えて、まじめに計画を立てはじめよう。運がよければ、ガールズ・フォーエヴァー以降もつづくキャリアをＤＢで築けるはずだ。いまはまだ、想像もつかないけれど。

2

ＣＩＡは〝＋エヴァー〟を調査員に雇うべきだと思う。わたしたちのファンの追跡能力って、ほんと異次元。仁川《インチョン》国際空港の到着ゲートから一歩出たとたん、歓声が飛んできた。

うちのグループのファンネームは、〝＋エヴァー〟と表記して、「アンド・エヴァー」と読む。グループ名にある「フォーエヴァー」をもじったものだけど、永遠に推《お》すって意味でもある。たまに〝＋エヴァー〟は、わたしたちの乗る飛行機とおなじ便のチケットをとったりもするけど、すごくお行儀がいい。わたしたちを見かけても、気をつかって騒がないでいてくれる。

じっさい、帰りの便でストレッチしたくて席を立ったときも、〝＋エヴァー〟がふたり、ファーストクラスとエコノミーを仕切るカーテンのあいだからのぞいているのがわかった。ニッコリしたら、ふたりはぱーっとうれしそうな顔になった。

着陸したらファンの数がものすごくて、ボディガードに守られながら空港から脱出した。ボディガードが距離をとるようにガードしていても、ファンたちは写真をパシャパシャ撮って、声をかけてくる。

「フォーエヴァー、ガールズ・フォーエヴァー！」

「お姉さん《オンニ》、大好き！」

「レイチェルはあたしたちのファッションリーダーだよ！」

「ファッショニスタ、フォーエヴァー！」

ファッションをほめられるとうれしくなって、顔がほころんじゃう。今日のコーデはとくにお気に入り。ネル・クレイマーのクラシックフィットのブレザーに、切りっぱなしのボーイフレンドデニムを合わせて、ハイヒールのアンクルブーツをはいた。ポイントとして黒いラウンドサングラスをおでこまであげて、髪はナチュラルな感じに巻いたダウンスタイル。

空港ファッションって、韓国では一大関心事。ファンが目にするわたしたちは、たいていは衣装を着ている。だから空港は私服を見られるチャンスというわけ。Ｋ－ＰＯＰの空港ファッション専門インスタとかもたくさんあって、わたしの写真はかなりリポストされてる。ほかのメンバーもオシャレだけど、わたしほどコーデに時間をかけている子はいない。楽しんでやってるって意味でも、わたしがいちばんだ。基本的に、空港はランウェイだと思ってる。

空港から出て3台のバンにわかれて乗りこむとき、キャメルのプラダを肩にかけ直しながら、心のなかで顔をしかめた。このショルダーバッグは、はじめての自分へのごほうびだ。デビュー曲がヒットした記念に買ったんだけど、１００年くらい前みたいな気がする。まだ大のお気に入りだけど、今日のコーデでは唯一しっくりきてない。いまの理想の機内持ちこみバッグをえんえん探してて、まだコレっていうのが見つかってない。

妹のリアには、オトコよりバッグのほうが好みがうるさいっていわれるけど、反論できない。

バンのなかで、ソニが本を音読しはじめた。想像の上をいく展開の歴史ロマンス小説で、主人公は伯爵と下働きのメイドさん。華麗きわまりない文章はさておき、薄幸な恋人たちの運命につい夢中になってしまった。どんなに引き裂かれても、抗えない真実の愛の力でひかれあう。現実もこんなふうだったら……。

「サーシャは、木の葉のようにふるえた。フランシスコに手を引かれて寝室へ……」

「ちょっとー、ソニ、かんべんして」ヨンウンがうめく。

バックミラーごしに運転席のジョンソクと目が合って、ふたりして吹きだしそうになった。ジョンソクは6人いるマネージャーのひとりで、わたしたちの送り迎えとスケジュール管理をしてくれている。チーフマネージャーは一日37時間だと思ってるんじゃないかってくらいスケジュールを詰めこむけど、ジョンソクはなるべく休む時間がとれるようにしてくれる。

セレブ感あふれる清潭洞《チョンダムドン》に着いたころには、雪がひらひら舞いはじめていた。

ソウルの冬って、あたらしい始まりを感じさせるワクワクに満ちている。もしかしたら、わたしが家族でアメリカから越してきたのが冬だからそう感じるだけかもしれないけど。お母さん《オンマ》がお父さん《アッパ》に、わたしとリアがうるさくて荷ほどきができないってもんくをいってたっけ。それでアッパがわたしたちを、ダウンタウンの屋外スケートリンクに連れてってくれた。リンクのまわりにそびえるビルが、灰色の空を背景にキラキラ光ってたのを覚えている。オンマが趣味で集めているスノードームのなかに入ったみたいな気がした。あの瞬間、あたらしい学校に通うとか、DBの練習生になるとか、生活の変化への不安が溶けていった。だいじょうぶ、って思えた。

最近では、〃スノードーム〃というと、まったくちがうものを連想する。メディアが、ガールズ・フォーエヴァーのメンバー全員が暮らしているヴィラのことをそう呼んでいるから。現実はもちろん、そんなのんびりした世界とはほど遠いけど、今日みたいに空が真っ青でアプローチにうっすら積もった雪がきらめいていたりすると、ピッタリのネーミングみたいにも思えてくる。

「あー、さむっ。春が待ち遠しいわ。顔の感覚がなくなっちゃう」スーミンがバンをおりながら、フードをぎゅっとかぶる。

ミナがタッチパネルの番号をタップして玄関のドアをあけると、みんなでぞろぞろ入っていった。

ふぅ。ただいま。わが家がいちばん。

まあ、いまはここがわが家だし。

前は「わが家」といえば、野菜の形をしたマグネットが冷蔵庫についてるようなごちゃごちゃしてるけど落ち着くアパートのことだった。壁に家族写真が並んでて、オンマがリビングの床にあぐらをかいて洗濯物をたたみながらニュースを見てる。アッパが早朝から歌をうたいながらシャワーを浴びて、ボクシングジムの仕事に行く支度をしている。妹のリアがウサちゃんスリッパでパタパタ部屋にかけこんできたかと思うとベッドにもぐりこんできて、おしゃべりしながら夜更かしをする。そういうのが、わが家だった。

いまのわが家には、床から天井まで窓のリビングと、夜になると漢江《ハンガン》をライトアップする永東《ヨンドン》大橋が見える広いバルコニーがある。ウォークインタイプのパントリーにはマネージャーたちが山ほどごちそうをストックしてくれている。もちろんぜいたくだけど、5年半住んでいてもまだわが家って感じがしない。バスルームがふたつしかないせいかもしれないけど。メンバーは9人なのに。

どういう計算？

ミナ、リジー、ウンジがシャワーの順番を決めるジャンケンをしてるあいだに、わたしはココアをつくるためにコンロに直行してお湯を沸かし、ソニとヨンウンは紅茶をいれはじめた。「ねえ、Ｎ＆Ｇのこと、きいた？」アリがキッチンのスツールのひとつにストンとすわる。

Ｎ＆Ｇはわたしたちの2年前にデビューしたふたり組のユニットで、わたしたちのお兄ちゃんみたいな存在だ。「ううん、なに？」

アリがスマホをスクロールしながら、声に出して読む。「Ｋ－ＰＯＰボーイズグループ、ロイヤルブルーの元サブユニット、ナミルとガンミンによるＮ＆Ｇが本日、この夏行われる音楽フェスに出演すると発表した。昨年ＤＢエンターテインメントから移籍して以来、このデュオの初パフォーマンスということになる」

ジュンがパントリーで抹茶ムースポッキーをあさりながら目玉をぐるんとさせる。「なーんだ、その話なら、タイペイで先週会ったときにガンミン兄《オッパ》さんからきいたよ」

ジュンには、なーんだなのかもしれないけど、わたしにとっては大ニュース。ナミルとガンミンはここ1年、活動休止してた。きっとデュオとして再出発するためにがんばってたんだろうな。夏にまたパフォーマンスが見られるなんて、楽しみ。

Ｎ＆Ｇの移籍は大事件だった。去年、Ｎ＆Ｇは13年契約をめぐってＤＢを訴えた。所属している全員が強制的にサインさせられる契約だ。ビックリだけど、Ｎ＆Ｇが事務所に勝訴して、その後ＤＢの所属アーティストは全員、再契約をすることになった。事務所にしばられるのは7年だけ。とはいえ、「オプションで」3年の延長契約に同意させられたから、けっきょくは10年だ。7年たつと、こちら側の意志でさらに3年残ることにしたふうな内容のコメントをメディアに流す。実際はその「意志」って、まだ練習生でノーっていえないときのものだけど。それでも、N&Gが成し遂《と》げたことは大きい。わたしはぼけーっとココアにミルクを入れながら、ナミルとガンミンには頭があがらないなって考えてた。

「わわっ！」アリがいきなりスマホを凝視したまま大声を出すので、ココアをブレザーにこぼしそうになった。「レイチェル、ネル・クレイマーのインスタにのってる！」

ネル・クレイマー?!　その名前を耳にしたとたん、考えてたことがぜんぶ吹っ飛んだ。大大大好きなデザイナーで、『エル』に特集されていたセルリアンブルーのコレクションを見てからずっと崇拝してる。「えっ……それって、週一のネルの投稿にわたしがのってるってこと?」

「そう！」アリがスマホの画面をこちらにむけて、今朝仁川国際空港で撮られたわたしの写真を見せてくれる。

「ありえない！」ジュンが抹茶ポッキーをタバコみたいにくわえたままさけぶ。

わたしは、画面に目が釘づけになった。「レイチェル・キムのカジュアルコーデ大好き！」ってキャプションがついてる。「わたしのブルーのブレザーをうまく取りいれた旅行に最適なコーデ。レイチェル、つぎの旅行はパリで開かれるわたしの春のコレクションなんてどう?　ぜひ候補に入れておいて！」

ウソでしょ……。写真にタグづけまでしてくれてる。これって現実?

「どうかしたの?」ミナが髪がぬれたままキッチンに入ってくる。

「レイチェルの空港ファッションがバズって、ネル・クレイマーが自分のインスタに投稿してるの!」ソニは、わたしより興奮してる。

「パリでやる春のコレクションに招待してくれた!」わたしはいった。

「へーえ、おめでとう」ミナがふつうのテンションでいう。「バスルームあいたわよ」

シャワーから出てリビングに行くと、ミナ、リジー、ウンジ、ソニがソファでごろごろしながらテレビを観てた。『レッツゴー・キャンプ!』っていう番組で、セレブのゲストがキャンプに出かけて、めちゃくちゃなことになるバラエティ。

「レイチェルも観なよ! ミナが出てる回の再放送だよ」ソニがいう。

ミナがうめく。「どうしても観る気? 正直、まだ夢に出てきてうなされるんだけど。夕食の魚なんかつらされて、どれだけたくさんの虫に触ったと思う?」

ミナは思い出してぷるぷるっと震えながらリモコンをとろうとしたけど、リジーが頭の上にかかげて奪われないようにする。

「だって、ミナ、めっちゃかわいかったんだから。ほら見て! つぎのアルバムのジャケットにする?」ちょうど、ミナが顔をしかめて腕にとまった蚊をたたこうとしているところだ。

「はいはい」ミナがまたリモコンに手をのばすと、ウンジとソニがげらげら笑う。「ちょっと、オンニに対する敬意はどこいっちゃったのよ?」

ソニが笑うのをやめて返事をしようとしたとき、ヨンウンがリビングに入ってきた。ローライズのスウェットパンツと環境NGOのロゴ入りの色あせたTシャツというかっこうだ。「うわ、この前ママのカフェでこれとおなじ目にあった」そういいながら画面のほうにうなずいてみせる。ミナがホットドッグを口につめこんでいるシーンだ。「3時間でかき氷《パッピンス》を6杯も食べさせられたんだから」

K-POPアイドルの親たちは、子どもの知名度を利用して家業を宣伝することがある。わたしたちのファンはみんな、ヨンウンのお母さんがカフェをやってるのを知ってるから、もしかしたら会えるかもって期待して来るのもめずらしいことじゃない。

もっていたスマホがピンと鳴った。機内モードを解除してからというもの、家族のグループチャットがひっきりなしだ。

オンマ：ちゃんと食べてるの？　時間があったら今週来なさい。ジンジャーレモンティー買ってあるわよ。声にいいんですって。

思わず笑顔になる。DBの練習生をやめさせるって脅されてたのは、遠い昔。いっぱい食べたよ、って返事をした。上海の小籠包《ショウロンポウ》は絶品、って。今週、行けたら行くねとはいったものの、可能性はかなり低い。実家は川むこうで、オンマが教授をしている梨花《イファ》女子大学の近くだし、どうせスケジュールを詰めこまれてるに決まってる。ああ、おなじみの罪悪感。アイドルを貫こうとすると、どうしてもいい娘でいることが犠牲になっちゃう。

スケジュールのことを考えただけで、クラクラしてきた。ジェイソンがいってたことが頭から離れない。そろそろ違うことをはじめたいんじゃないか、って。やっぱりジェイソンを見習って、作詞をがんばってみるべきなのかも。ＤＢはジェイソンの曲づくりをサポートしてくれたんだから、わたしにもそのうち道がひらけるかもしれない。ここ2年くらい、まったく歌詞を書いてない。作詞用のブルーのノート、カビが生えてきてるかも。

　自分の部屋にもどってドアを閉めた。たぶんあと数分もすれば、ルームメイトのジュンももどってくるはずだ。ベッドサイドのテーブルの引き出しをあけて、ブルーのノートをとりだしてベッドにすわった。

　前に描いた服のデザインとか歌詞とかをパラパラ見てから、まっさらなページをひらいて、創作意欲があふれてくるのを待った。

　ペンのふたをとって、とりあえず書いてみる。

『街角であなたを見かけたとき、わたしの心はもう運命の人だって気づいてた。』

　うわ、さむい。

『あなたのくちびるに触れるととろけそうになる。甘い甘いワインのよう。』

　いやいや、ありえない。わたしは身震いして、ペンをおいた。ひどすぎる。ダサいにもほどがある。そもそも恋もしてないのにラブソングなんか書こうとするのがまちがいだ。恋なんてごぶさたすぎる。

　やれやれ。はやいとこ、現役にもどらなきゃ。クローゼットをあけて、1週間ぶんのコーデを考えはじめた。至福のときだ。

ドアをノックする音がして、ソニがまだ乾いてない頭を突きだしてきた。ベリーショートにしてた髪がだいぶのびてきて、耳のまわりで自然にクルンとなってる。2か月くらい前、ソニの両親がDBに要望を出してベリーショートにした。いくら世界的なスターになっても両親にしてみたらわたしたちは11歳でとまっているから、いろいろ口を出してくる。髪を切ったソニを、メンバーたちはさんざん〝ポロロ〟と呼んでいじった。『ポンポン　ポロロ』の主人公のヘルメットをかぶったペンギンだ。まだしょっちゅう毛先をさわってるから気にしてるんだろうけど、わたしはすごくかわいいと思ってる。童顔のソニによく似合ってる。

「入ってもいい？」ソニがたずねる。

「もちろん。ベッドの上、服が散らかってるけど気にしないで。コーデ考えてるとこだったから」

ソニは、もこもこのバスローブを着て入ってくると、ベッドを見下ろして、明日着ようと思ってたミントグリーンの花柄ワンピをさっとなでた。ヴィンテージのヴィトンだ。「今日の空港のかっこう、すっごいよかった」しみじみという。「ネル・クレイマーにタグづけされるのも当然だよ。あたしもレイチエルみたいにオシャレだったらなあ。あたしの写真なんか、いちども空港ファッションでとりあげられたことないもん」

思い出して、またワクワクしてきた。わたし、ほんとにパリのファッションウィークに行けるのかな？　夢みたい。

「なーにいってんの。ソニが成田で着てたあのかわいいワンピ、みんなベタぼめだったよ」少し元気づけてやらなくちゃと思って、わたしはいった。ソニがわたしの部屋に来るのって、たいていへこんでるときだから。「ほら、あのバーバリーのスリップドレス。わたしもああいうの着たいけど、ソニのほうがずっと似合うから」

「ホントにそう思う？」ソニがちょっと声をはずませる。

「ホント。あ、そうだ」わたしはクローゼットをさぐって、白いレースアップのアンクルブーツを引っぱりだした。「これ、あのワンピにピッタリだと思う。よかったら貸してあげる」

「えっ、いいの？」ソニはうれしそうにブーツを受けとって、ハグをしてきた。「やったー！　ありがとう！」

いろんな意味で、ソニは妹のリアに似てる。いい意味でもわるい意味でも、ガールズ・フォーエヴァーのメンバーはみんな、姉妹みたいだ。けんかもするけど、いつもいっしょでおたがいのことを知りすぎている。ヨンウンは『塔の上のラプンツェル』のセリフをひとつ残らずいえるとか、スーミンの偏頭痛を治すのはロッテのカスタードケーキだけだとか、そんな細かいことまで。ほんとうの家族よりも長く時間を共にしてるし、リアほど近い関係にはなれなくても、必要なときにはそばにいてあげたい。

「マジでレイチェルってサイコー」ソニはもう片足をブーツに突っこんでいる。もこもこバスローブと合わせると笑えるけど。

「当たり前だよ。姉妹ってそういうものでしょ」わたしはニコッとした。

つぎの日、わたしたちはトレーニングのノルマをこなすためにDBのジムにむかった。ネル・クレイマーのコレクションに招待された話をどうやって事務所にしようか考えてたら、ランニングマシーンから2回くらい落ちそうになった。DBのCEOのミスター・ノに直談判《じかだんぱん》するしかない。やっとトレーナーに解放してもらうと、わたしは会議室にむかった。幹部たちが水曜日恒例のミーティングをしているはずだ。ドアの外で待ちながら、ドキドキをしずめようとしてた。2時間のカーディオトレーニングのせいもあるけど、緊張のせいもある。

「だいじょうぶだって。ぜったいOK出してくれるよ」ソニの声がして、わたしはビクッとして振り返った。メンバー全員、ついてきてる。ミナが『レッツゴー・キャンプ！』に単独出演した以外、わたしたちはソロでプロモーションしたりイベントに出たりしたことはない。ソニみたいに応援してくれてる子もいるけど、パリに行くなんてズルいと思う気持ちと、これが許可されればなにかがかわるんじゃないかって期待の板ばさみになってる子もいるのがわかる。

　ドアがあいて、幹部がぞろぞろ出てきた。わたしたちはおじぎをしたけど、みんな話に夢中で気づいてない。

「……そうなったら、大きなチャンスだ」幹部のひとりがいうと、べつの幹部もいう。「ああ、たしかに。『ヴォーグ』に興味をもたれるなんて、そうそうないからな」

　えっ？　いま『ヴォーグ』ってきこえた気がする。なんの話？　知りたくてたまらないけど、いまはそれどころじゃない。会議室に残ってるのは、マホガニーのテーブルのいちばん前にすわって革のフォルダーにはさまった書類をチェックしているミスター・ノと、それをのぞきこんでメモをとってるDBの幹部のナンバー2、ミスター・ハンだけだ。

わたしはポニテを整えて、汗をチェックしてから、あいているドアをノックした。「失礼します、ミスター・ノ」

ミスター・ノが顔をあげる。「ああ、レイチェル。ん？　なんの騒ぎだ？」わたしのうしろにメンバーがかたまっているのに気づくと、ミスター・ノはいった。

「ちょっとお話があるんですけど、いまお時間よろしいでしょうか？」

「もちろんだ。みんなも入りなさい」ミスター・ノはメガネをあげて、ミスター・ハンと目を合わせた。「ちょうどよかった。集まってもらおうと思っていたところなんだ」

え？　なんで？　もしかして、さっき幹部たちが話してたことと関係ある？　ガールズ・フォーエヴァーが『ヴォーグ』に出られるとか？

わたしたちはなかに入っておじぎをすると、テーブルのまわりに集まった。沈黙が流れる。こっちから切りだすべきか、むこうがしようとしていた話を先にしてもらうべきか悩んでいたら、ミスター・ノがいった。「で、レイチェル、なんの話だね？」

わたしは、ネル・クレイマーにパリに招待された話をして、インスタの投稿を見せた。コレクションに行けるのは名誉なことだし、もちろんグループのスケジュールに影響しないようにするから、と説明した。

心臓がぎゅっとなる。返事を待ちながら、ミスター・ノの眉がどんどんよってくるのを見つめていた。

「よかったな、レイチェル」ミスター・ノがとうとう口をひらいた。「マネージャーにスケジュールに加えるよういっておこう」

わたしは、一気にふーっと息をはいた。「ありがとうございます、ミスター・ノ！　わたし……」

「さてと」そっちの話はここまで、ということだ。「きみたちにすばらしい知らせがある」ミスター・ノが身を乗りだした。「『1，2，3，ウィン！』の出演依頼が来ている」

あ、『ヴォーグ』じゃないんだ……。

『1，2，3，ウィン！』なら何回か観たことある。タレントがグループにわかれてゲームをして競い合うテレビ番組だ。ゲームは、めちゃくちゃキツいか、めちゃくちゃ恥ずかしいか、めちゃくちゃキツくて恥ずかしいかのどれか。激辛のブルダック炒め麺を2パック食べてから怪獣の着ぐるみ姿で5キロ走るとか、そういうゲーム。観てるぶんにはおもしろいけど、自分でやりたいなんてぜったい思わないタイプ。

「海外ロケの前後編の特番だ。来月の頭にシンガポールで撮影する」ミスター・ハンがいう。

えっ、シンガポール？　ほかのメンバーもざわざわしはじめた。シンガポールとなると、話は違ってくる。シンガポール、大好き。

「4つのガールズグループの対抗戦だ。対戦相手には、DBの最新グループ、セイ・ゴー！も入っている」ミスター・ノがつけたす。

わあ！　さらにテンションがあがった。わたしがデビューしてすぐ、妹のリアがDBの練習生になった。そしてたった2、3年で、セイ・ゴー！としてデビューした。リアが相手となれば、かかってこいって感じ！

会議室を出たとたんにみんな、シンガポールでチリクラブが有名なシーフードレストランとか、マリーナベイ・サンズのインフィニティプールとかの話で盛りあがる。でもちょっと待った。確かめたいことがある。

「あの……ミスター・ノ？」わたしはドアを出てすぐ立ち止まった。ミスター・ノが書類から顔をあげて、まだいたのかという顔をする。「さっきミスター・リムが、『ヴォーグ』がわたしたちに興味をもっているとおっしゃってたような気がするんですけど」

いいおわらないうちにミスター・ノがミラーサングラスの奥で目を細くして、首を横に振る。

「いいや、グループで『ヴォーグ』という話はない」ピシャリといって、すぐに書類に目をもどした。

「あ、でもさっきたしか……」

「レイチェル、パリに行ければ満足だろう」冷たくいって、ミスター・ハンに目配せをする。ミスター・ハンが立ちあがって近づいてきた。そして一瞬、同情しているような表情を浮かべると、わたしの顔の前でドアを閉めた。

3

「これって人工ビーチって知ってた？」ヨンウンがサングラスごしに真っ白な砂浜を見つめる。

「砂は運んできたんだって」

「どうしてそんなこと知ってるの？」スーミンがたずねる。

「機内誌で読んだ」

スーミンがひゅうっと口笛を吹く。「人工にしてはわるくないわね」

シンガポールに着くと、わたしたちは島の南にあるセントーサ島に直行した。２月初旬でも常夏だから、テレビ映りが心配。湿気でギトギトじゃなくて、自然なツヤ肌っぽく映りますように。

撮影班がセッティングをしているあいだに、わたしはビーチを見わたした。ブルーグリーンの海に、貨物船が浮かんでいる。砂浜のむこうでビーチバレーをしている人たちがいる。そのとき、なによりもうれしいものが見えてきた。

「オンニ！」

リアが、セイ・ゴー！の４人のメンバーといっしょに近くのヤシの木陰に集まっている。わたしは走っていって、リアをぎゅっと抱きしめた。

「こんにちは！」リアが、いっしょにいたこっちのメンバーにむかって軽くおじぎをして手を振る。

「スカート、かわいいね」わたしはリアのおしりに自分のおしりをコツンとした。デイジー柄のミニスカートに合わせた黄色いチビTは、去年の夏、わたしのクローゼットから奪ったものだ。

こっちもほとんどのメンバーは手を振り返していたけど、ミナとリジーはくちびるをぎゅっと引きしめたままリアを見つめてた。わたしはリアをわきに引っぱっていって、フライトはどうだったとか話をはじめたけど、リジーがわざと大きな声でいっているのがきこえてきた。「見た？　あのあいさつ。ほとんど頭さげてなかったよね」

「ほーんと」ミナもいう。「ソニよりひとつ年下なのにねぇ。先輩《ソンベ》に対する尊敬とか、ないわけ？」

いつものことだ。ガールズ・フォーエヴァーのなかには、リアがあっさりDBに入ってデビューしたのが気に入らないメンバーがいる。自分の妹をおなじようにデビューさせたがってる子はとくに。リジーもひとつ下の妹を何年も前からDBに入れようとしてるけど、どういうわけかうまくいかない。

リアは笑顔のまま目玉をぐるんとさせた。リジーとミナになにをいわれても平気、って意味だ。

「日焼け止め、ちゃんと塗ってる？」わたしはリアにたずねた。

「モチロン。家族で海雲台《ヘウンデ》ビーチに行ったあのとき以来、二度と日焼け止めを忘れないって誓った」リアが顔をしかめる。

「ロブスターみたいに真っ赤っ赤」わたしたちは同時に、オンマお得意の口調をマネした。

「この前もみんなで、あの旅行の話をしてたとこなんだ」リアがいう。

リアがデビューしたとき、わたしはしばらく親元で暮らす約束をさせた。わたしがデビューしたときより若かったし、リアにはまだ子どもでいてほしかった。リアから家族の話をきくと、なつかしさとうらやましさと罪悪感が入り混じった気持ちになる。けっきょく実家に行けてない。想像どおり、ツアー後のスケジュールはびっしりで、荷ほどきをする暇もなくそのままシンガポールに来たみたいな感じだった。もちろん両親は理解してくれてるけど、ガッカリしてるのは感じる。アッパからこの前来たメールには、いつもは10個くらいある絵文字が２個しか入ってなかった。「気にしなくていいさ。そのうちまた」って書かれてたけど。

「じゃ、そろそろあたし、メンバーのとこに行くね。対戦相手と仲よくしてるって思われたくないもん」リアはウインクをしてグループのほうに走っていった。

そのとき、もうひとつのグループが目に入った。ティーン・バレンタイン。３年前にデビューした８人組。よく知っている顔に、思わずギクッとする。

マスダ・アカリ。元親友で、ＤＢの練習生仲間。だけど、アカリがべつのレーベルに移籍して以来、一度も会ってない。

まあ、この前、東京で行われたＲＡＲＡ大賞のセレモニーで遠くから見かけたけど。おなじイベントに出ても、一度もまともに顔を合わせてない。こんなふうに近いのははじめて。

すっかりかわったけど、まちがいなくアカリだ。動きがいちいちバレリーナっぽく優雅で、ＤＢの廊下で遠くからでもわかった。あと、いまみたいにビックリして目を見ひらく表情もかわってない。練習生時代に、ミナにいやがらせされた話をきいてもらってたときによくああいう表情をしてた。

「よし、みんな、集まってくれ！」司会者はＭＣヤングで、人気リアリティ番組の司会をしてる有名コメディアン。国民的おじさん、って感じの存在だ。ルールの説明をきいたけど、正直、あんまり耳に入ってこない。頭のなかは、顔を合わせたらアカリになんていおう、しかない。

久しぶり！　練習生時代はヒドい友だちでごめんね。でも、会えてよかった！

考えただけで、身がすくみそうになる。どうやって仲直りすればいいかわからない。友情をこわした責任をどんなに感じてるか伝えられたらいいのに。時間がたちすぎて、どこからはじめたらいいんだろう。

「準備はいいかい？」ＭＣヤングがたずねて、ハッとわれに返った。

「はい！」集まったみんながさけぶ。

「よーし、いいお返事だ」ＭＣヤングが笑う。「じゃあ行くぞ。ワン、ツー、スリー。ウィン！」

わたしたちのお目当ては撮影よりシンガポールだったけど、いざとなると、やっぱり勝ちたい。メンバー全員、競争心をメラメラさせてるのがわかる。

「ほかのチームを応援しないでよ！」ミナは、わたしがリアとハイタッチしたりがんばれーとかい合ったりするたびにキレた。勝ちたいのとリアの応援はべつの話だ。ＭＣヤングは、わたしたち姉妹が仲よくしてるとうれしそうに、「いけーっ、キム姉妹！　いっそふたりでチームつくったら？」なんてさけんだ。カメラマンも大よろこびで、わたしとリアがいっしょにいるとすぐにズームしてくる。久しぶりに会えたからうれしくてしょうがなくて、わたしたちはしょっちゅうアイコンタクトしてた。ドリアン食い競争のときは、リアがMCヤングのうしろに隠れておえーって顔をしてるのを見てクスクス笑ってるところもカメラにキャッチされた。

　カメラは、ミナの負けずぎらいも追いかけてた。テレビ用に大げさにやってるだけだと思われてたみたいだけど、わたしはわかってる。ミナは100パー本気。それがどんなに小さい競争でも。DNAに負けずぎらいが組みこまれてるんじゃないかな。アリが10センチウェッジソールのエスパドリーユのせいでエッグ&スプーンレースで後《おく》れをとったときなんか、脱いで走れってさけんでた。

　ビーチバレー対決が始まるころには、わたしたちは超ヒートアップしてた。絶妙なチームワークを発揮してフォーメーションを組み、おたがいをフォローし合って、対戦相手を一歩もよせつけなかった。わたしたちって、たしかにイラッとすることもあるけど、いざとなったら団結力はバツグンだ。それがただのゲームだとしても。

　結果は、ガールズ・フォーエヴァーの優勝！　星形の紙吹雪が舞ってにぎやかな音楽が流れ、MCヤングが大きなトロフィーをわたしてくれた。ふざけたバラエティ番組だけど、RARA大賞ではじめてアーティスト・オブ・ザ・イヤーに選ばれたときとおなじくらいうれしかった。撮影がおわると、みんなでカペラシンガポールのスイートルームにもどって、オーシャンビューの屋外ジャグジーでドリンクをのみながら勝利を祝おうって話になった。そのあと本島にもどって一泊したら、明日の朝ソウルにもどる。

　ティーン・バレンタインはもう空港にむかおうとして、ぐったりした顔でシャトルバスに乗りこんでいる。アカリを見送りながら、罪悪感とさみしさで胸が押しつぶされそうになる。今日はあわただしくて、話すタイミングがなかった。またチャンスを失っちゃったな。


「あー、永遠にここにいたい！」ウンジがふーっと息をはいて、お湯のなかに沈む。バスタブのまわりは植物でとり囲まれていて、小さい滝まである。ちょっとしたパラダイスだ。

「同感」スーミンが至福の表情を浮かべる。「お願い、わたしをここにおいていって。明日の飛行機なんか乗りたくない。もどったら寒いし。技術が発達してテレポーテーションできるようになる日が待ち遠しい。飛行機なんか乗りたくない」

「そんなに飛行機がイヤだったら、世界じゅうを旅したいっていう夢はどうするの？」アリがからかう。

　リジーがグラスにささっていたパイナップルを口にいれながら眉をあげる。「スーミン、世界一周なんかしたいの？」

「ずっと前から、死ぬまでにしたいことリストに入ってるの」スーミンが答える。

　へえ、飛行機ぎらいのスーミンがそんなこと考えてたなんて意外。

「わたしがリストに入れてるのは、ブロードウェイかウエスト・エンドでミュージカルに出ること」アリがとろんとした目でいう。

「えっ、だってアリっていつもファンに、Ｋ－ＰＯＰ以外考えられないっていってるじゃん」ヨンウンが、滝の水圧で肩をマッサージしながらいった。

アリが肩をすくめる。「だって、ガッカリさせたくないでしょ。ほんとうはミュージカル大好きなの。出られたら夢みたい」

アリがそんなことを考えてたなんて知らなかったけど、そういえばいつもMVでいちばん表情豊かだから、舞台むきかも。

「あたしの夢は、故郷でダンススクールをやること」ジュンがいう。大邱《テグ》出身で、DBの練習生になるためにソウルのおばさんのところに移ってきた。両親はまだ大邱にいるから、ほんとはもっと帰りたいんだろうなと前から思ってた。

「あたしは結婚して大家族をつくりたい」ウンジがいう。

「大家族ってどれくらい？　子どもは3人？　7人？」スーミンがたずねる。

ウンジは肩をすくめた。「多ければ多いほどいいかな。あたし、ひとりっ子だから、前から遊び相手のきょうだいがいればいいのにって思ってたの」

「5人きょうだいの真ん中からいわせてもらえば、多いほうがいいとも限らないよ」ヨンウンがウンジを笑わせる。

わたしはバスタブによりかかって、ドリンクをのみながらきいていた。みんな、やりたいことがハッキリしててうらやましいな。自分がK－POP以外の夢を追いかけることを想像しようとしても、真っ白なページしか浮かばない。歌詞を書こうとしても書けないあのブルーのノートのページみたいに。

「レイチェル、作詞のほうはどうなの？」ミナがたずねてくる。

ええっ？　ハッとして、パッションフルーツマルガリータをぶちまけそうになった。メンバーはずっといっしょにいるうちに心のなかが読めるようになったかと思うことがある。わたしは、バスタブのむかいにすわっているミナを見つめた。つま先だけお湯につけて、大きいサングラスをかけている。

「作詞？」ウンジがきく。

「そうよ。あのブルーのノートに書いてるでしょ」ミナがさらっという。

気づかれてるとは思ってなかった。

「やあね、わたしはぜーんぶ知ってるのよ」ミナがニヤニヤする。それからちょっと考えこむような表情になった。「精力的ですごいわねー」

えっ？　ミナがわたしをほめてる？　わたしは混乱して目をぱちくりさせた。「ありがとう」やっとそれだけいう。

「だって、パリでしょ……つぎはソロアルバム？　やりたいことをどんどんかなえようとしてるじゃない？」

ほかのメンバーが目配せしている。グループ活動をしていると――とくにガールズ・フォーエヴァーみたいに人気グループだと――ソロアルバムっていう言葉はかなり重い。メンバーのひとりがたまに映画のオリジナルサウンドトラックとかでうたうことはあっても、アルバムを丸々ソロでだすなんてことはめったにない。そういうのは、本格的にソロ活動をするときだ。そしてメンバーがひとりはなれると、ジェンガのブロックが引きぬかれたみたいなもので、タワー全体が揺らぐことにつながる。

「ソロアルバムなんてぜんぜん考えてないよ」わたしはミナのサングラスにうつる自分をじっと見つめながらいった。あらぬ疑いをかけられたくない。「あれはお遊びでやってるだけ。創作意欲のはけ口、かな。ヨンウンのお菓子づくりみたいなものだよ」そういいながらも、とても「お遊び」なんて楽しいものじゃないなと思っていた。どっちかといえば歯医者に行くよりはちょっとマシ、って感じだ。

「あーっ、ヨンウン、帰ったら創作意欲のはけ口お願い！　あのチョコレートクロワッサン、食べたーい」ジュンがいう。

「ただ、そのうち海外に行ってファッションの勉強をしたいとは思ってる」気づいたら、そうつぶやいていた。「あと、いつか自分でデザインしてブランドをもちたい、かな」

　どこからそんな考えが出てきたのか、自分でもわからない。そもそもだれもきいちゃいないみたいだし。ヨンウンのチョコレートクロワッサンとバニラクリームドーナツのどっちがおいしいかって話がはじまったところだったから。なのにどうしてか、口に出さずにはいられなかった。

　もしかしたら、そこまでとうとつに思いついたわけじゃないのかも。歌詞を書こうと思ってブルーのノートをひらくたび、前に描いたスケッチをながめる。前はデザイン画を描くのが好きだったけどＫ－ＰＯＰスターになる夢を追いかけるのに必死で、忘れてた。『ヴォーグ』に出られるかもしれないと期待したのと、パリに行けるのが楽しみなのとで、ファッションこそやりたいことなのかもって気がしてきた。だけど、ファンがわたしの空港ファッションを気に入ってくれて、ひとりのデザイナーがインスタでほめてくれたからって、いつか仕事につながる保証なんてどこにもない。

「すごくいいと思う、レイチェル」ソニがニッコリする。

「ロンドンとかでファッションの勉強してるとこ、想像つくよ」ジュンもいう。

心にぽっと火がついた。きいてくれてたの？　しかも、応援してくれてる。「ほんと？」

「でも、DBがそんなの許可するかしらね？」ミナがストロベリーモヒートをストローでくるくるしながらいう。「ファッションの勉強？　自分のブランドのデザイン？　そんなの、ガールズ・フォーエヴァーの活動に支障が出るっていわれるに決まってるわ」

やれやれ。いつものことだけど、ミナが流れをぶったぎってくれた。「将来の話をしてるんだよ。ミナは死ぬまでにやりたいことリスト、ないの？」

「わたし？　ないわ」

「いつかハリウッドでお芝居したいっていってなかったっけ？」リジーがいうと、ミナがリジーをギロッとにらんだ。「べつに本気でいったんじゃないわ。楽しそうって思っただけよ」

「でも、ミナならハリウッドだってやっていけると思うけど」

「わたしもそう思う」わたしもうなずいた。本気でそう思った。ミナの口からハリウッドのことなんかきいたことないけど、ミナにはそれだけの魅力がある。望みも高いし。

「わたしも！」アリもいう。

ミナはうれしさを隠せないみたいに笑った。「わたしだってそう思うわ。でも、パパが許してくれるわけないもの。韓国から出さないで見張ってるつもりだから」ミナの笑顔が消える。ミナのお父さんは大財閥《チェボル》の家長で、ＤＢにも多額の出資をしている。ミナはそれでもすぐに気をとり直して、サングラスをあげた。ニヤッとして瞳をキラキラさせる。「だからわたしのリストには、もっと実現可能なものを入れておくわ」

「えっ、なになに？」ウンジがきく。

「世界征服」

「古くさっ」リジーが目玉をぐるんとさせる。

ミナがリジーに足で水をはねかけて、リジーが悲鳴をあげながら仕返しをする。あっという間に全員で水のかけっこがはじまって、キャッキャ騒ぎながら自分のドリンクを死守しようとしている。わたしもいっしょに笑ってたけど、頭のなかではミナにいわれたことをずっと考えてた。

たしかに将来とはいったけど、正直、近い将来を考えていた。ファッション関係の仕事をしたいといったら、ＤＢに反対されるかな？

セントーサ島からシンガポールにもどってホテルにチェックインするころには、日光の浴びすぎでヘロヘロだった。さっさとルームサービスで飲茶でもたのんで、あたらしいシートマスクでもしようっと。パールセラムとアロエスージングのどっちにしようか考えていたら、リアが部屋にやって来た。まだ元気があり余ってる。リアって疲れを知らないから。

「こっそり出かけようよ」リアがサングラスを見せながらいう。「サングラス、もってるよね？」

ＤＢの行動制限はたしかに厳しいけど、まだ午後4時だし、今回のおめつけ役は甘めなミスター・ハンだし、ホテルを出ちゃいけないこともない。「あのねー、それで変装してるつもり？　顔の70パーセント、見えてるよ」

「オンニ、お願ーい」リアはサングラスをさげて、子犬みたいな目を見せた。「こんなチャンス、なかなかないじゃん。あたしとオンニがいっしょにシンガポールにいて、自由時間があるなんて。ボディガードだってオフなんだよ！　しかも、シンガポールじゃパパラッチは違法でしょ。だからだいじょうぶだってば！」

　たしかにシンガポールには、有名人の写真を撮ることを制限する厳しい法律がある。でも……ふわふわのバスローブにつつまれてごろごろしようと思ってたのに。

「2時間だけ出かけて、すぐにもどってくればいいじゃん。どっちにしても今夜はグループ全員で練習することになってるから、それまでには帰らなきゃだし。明日ソウルにもどったらすぐにステージなのに、まだ完成してないの」

　リアといっしょにまともに時間を過ごしたのなんて、いつぶりだろう。会えてうれしかったけど、姉妹の時間なんてほとんどなかった。リアもどんどんいそがしくなってきてるから、こんなチャンス、どんどんなくなってきそうだ。しかもシンガポールは買い物天国だし、みすみすスルーしたら後悔するかも……。

「わかった。わかったよ」わたしは自分のキャッツアイサングラスをかけた。「2時間だけね」

「うん、2時間だけ」リアはするっと腕を組んできて、ドアを指さした。「さ、行こう！」

4

オーチャード・ロードは、まちがいなく買い物には外せない通りだ。長い並木道にブランドショップと超近代的にライトアップされたデパートがずらっと並んでいる。

老舗百貨店タングスでおみやげを調達して、350もショップが入ってる迷路みたいなアイオン・オーチャードで迷子になりながら、セリーヌでサングラス、シャネルで靴、エルメスでスカーフを試した。

リアはゴキゲンだった。ディオールを出てプラダにむかいながら、笑っていう。「ね？　連れだしてもらって正解でしょ？」

「うんっ！　さ、行こう！」

あっという間に時間が過ぎていく。リアと笑いあいながら、100万枚くらい自撮りした。リアのいうとおり、パパラッチはどこにもいない。だんだんわたしもリラックスしてきた。

10軒目の（ん？　100軒目？）のお店に入ったとき、わたしは壁にディスプレイしてあるバッグに目が釘づけになった。ターコイズブルーのバレンシアガ。ストラップにステッチがあるヤギ皮のハンドバッグ。

磁石に吸いよせられるみたいに、わたしはそのバッグに近づいていった。胸がときめく。

めちゃくちゃやわらかい。本とスマホとメイクポーチとポータブルファンという必需品一式がちょうど入るし、丈夫だけど重くない。ストラップが、しっくり肩になじむ。雑誌で見たことあるけど、実物を見たのははじめて。これだ。わたしの空港ファッションがこれで完成する。これこそ、理想のバッグ。

「オンニ、顔に書いてあるよ。ひと目ぼれでしょ?」リアが近づいてくる。

「そう?」プライスタグを見てみる。えーっと……うん、まあ、だいたい予想どおり。

「買うの?」

「うーん……」

二度と出会えないかもしれない。

「……もうちょっと考える」頭に残った5パーセントくらいの理性がアラームを鳴らしはじめた。オンマからたたきこまれた節約精神が目をさます。〝月収以上を一か所で使ってはならない〟。買い物は大好きだけど、いつもこの言葉が頭のなかにある。わたしはバッグをおいた。

とりあえず。鉄の意志と自制心が勝つか、またここに戻ってくるか、どっちになるかはまだわからない。

アイオン・オーチャードを出ると、空がピンクとパープルに染まって、日が沈みかけていた。リアが時間をチェックする。「そろそろ帰らなくちゃ。練習サボったら殺されちゃう」

もう2時間もたったなんてビックリ。「そうだね、行かなくちゃ」そういったものの、つい名残惜しさが声ににじむ。

「あたしは先に帰るけど、オンニはもうちょっとひとりで買いものすれば?」リアがニヤッとする。

「顔を見ればわかるよ。まだまだいける、でしょ?」

「もうっ!」ふざけてリアをたたいた。「ほんとにひとりで帰れる?」

「もちろん。歩いて10分くらいだし」リアは投げキッスをした。「あたしヌキであんまり楽しまないでね」

わたしも笑って投げキッスを返して、リアに手を振った。うわ。こんなふうにひとりで出歩くなんて、いつぶりだろう? 仕事でいろんな国に行ってるけど、いつもまわりには、メンバーとセキュリティチームとDBの幹部がひとりかふたりいる。外国の都市でひとりなんて、舞いあがりそう。

そのとき、スマホにカカオトークのメッセージが来た。

「いまってシンガポール?」

ドキッとして、思わずだれか見てるんじゃないかと振り返る。あ、なんだ、グループチャットか。韓国に引っ越してきて真っ先に仲よくなった古い親友、ふたごのチョウ姉妹。まあ、あのふたりならシンガポールにいても驚かないけど。しょっちゅう仕事で海外を飛びまわってるから。ジュヒョンはいろんなファッションや美容イベントのためだし(YouTubeの美容チャンネルの動画も四六時中撮ってる)、ヒエリはエコでサスティナブルな技術開発のカンファレンスのため(チョウ一族のコスメブランド〈モリーフォリー〉でエンジニアをしている)。

みんなスケジュールがぎっしりで好きに会えないから、グループチャットはお互いの情報交換のために必須だ。小さいことから——ヒエリがついにセブンイレブンでベイクドポテト味のキットカットを入手したとか――大きいことまで――ジュヒョンのYouTubeチャンネルが500万フォロワーを達成したとか、ヒエリが高校時代からつきあってるデホと婚約したとか――しょっちゅうアップデートされてる。毎日学校で会ったりお泊まり会をしてたころとおなじようにはいかないけど、いまはこれが精一杯だし、かなり助かってる。

ヒエリ：ネットで見たの。ガールズ・フォーエヴァーが『1，2，3，ウィン！』の撮影でシンガポール行ってるって。

あ、そういうわけね。

わたし：そうなの！　やっぱシンガポールってサイコー。撮影はおわったから、オーチャード・ロードで時間つぶしてるとこ。

ジュヒョン：いいわねー！　チリクラブ、航空便で送って！

ヒエリ：わたしにもLol　いつまでいるの？　大学の親友のひとりがちょうどいま、そっちにいるの。ぜったい会ったほうがいいわよ！

ジュヒョン：それ！　アレックス、覚えてる？　ぜひ会って。きっと気が合うから。

なんとなく名前にきき覚えがある。あ、そうそう、アレックス。ふたごがスタンフォードにいたときの友だちのひとり。デビューした年のおわりにやっと休みがとれて遊びに行って、カリフォルニアの大学生気分を2日だけ味わったことがある。あのとき、アレックスって女の子にも会った。

わたしはそっこうで返信した。

わたし：うん、アレックス、思い出した！　だけど明日の朝には発たなきゃいけないから、時間あるかな。

　チャットが止まる。ジュヒョンとヒエリが顔をくっつけるようにしてなんて返信しようか相談してるところが目に浮かぶ。

ヒエリ：もう待ち合わせ、設定しちゃった。アレックスは20分後に〈ペタル〉に着くって。めちゃくちゃかわいいカフェ！　ガーデンズ・バイ・ザ・ベイのなかだから、オーチャードからすぐよ。

20分後？　チョウ姉妹は大好きだし、その友だちなら会いたいけど、せっかく久しぶりの単独行動なのに。

ジュヒョン：レイチェル、いつも仕事と関係ない友だちが欲しいっていってるでしょ。アレックスって癒《いや》されるし、レイチェルにはそういうのがもっと必要だと思うわ。いってらっしゃい！

　たしかに。正直、プライベートな友だちってチョウ姉妹だけ。あたらしい人と会うのもわるくないかも……。

わたし：わかったわかった。もう強引なんだから。好きだけど。アレックスに、20分後にって伝えといて。

〈ペタル〉はそんなに遠くないけど、タクシー！　って手を振って止めるなんてのはムリ。地下鉄の駅がすぐそこにあるから、乗ってみようと決めた。いつもはマネージャーが車でどこへでも送ってくれるから、公共交通機関をつかうのは久しぶり。9歳のころの自分を思い出して、クスッと笑ってしまった。オンマといっしょに自然史博物館に行くために、ニューヨークの地下鉄の回転式改札の下をくぐったっけ。駅を8つかぞえながら、大好きなクジラの元へとむかった。

シンガポールってすべてがそうだけど、地下鉄の駅も明るくて清潔でわかりやすい。わたしはエスカレーターでホームにおりていった。よしよし順調。えーっと、つぎの電車は……。

……もう来てる！

わたしはエスパドリーユでこけないように注意しながらエスカレーターの最後の数段をかけおりた。ニューヨークの地下鉄では飛び乗った人の腕がドアにはさまるなんてことはザラだけど、ここはホームにドアがついてるから、かけこみ乗車はムリ。だけど、なんとかギリギリセーフ。ぶじに乗車すると、ホッとして息をふーっとはいた。

席のほうに行こうとすると、なにかに引っぱられた。えっ？

あ、バッグ。酷使してるキャメルのプラダが、ドアにはさまってる。引っぱったけどはずれない。おなじ車両に乗ってる人たちの視線に気づかないフリをして、ぐいぐいやる。シンガポールでは、電車のなかで水をのむのも禁止されてるくらいマナーに厳しい。ううう……どうしよう。これがマンハッタンなら、ミュージシャンが乗ってきてパフォーマンスはじめても、だれも気にもとめないのに。

「お手伝いしましょうか?」背がスラッと高い男の人が席を立って近づいてきた。デニムに水色のボタンダウンシャツで、スッキリした短髪。たぶんわたしよりふたつくらい年上で、やさしそうな茶色い瞳に、さわやかな笑顔。わたしがおかしくて笑ってるのかもしれないけど。

「いえ、だいじょうぶです。ありがとうございます」なんてことないフリをしたけど、焦ってるのがバレバレ。

「ほんとうに？」その人がニコーッとする。

「ほんとに！　だいじょうぶです！　ありがとう！」

その人がむかいの席にもどったとき、もう一回、全力でバッグをぐいっとやった。やった！　ドアがスーッとひらいてバッグがはずれた。と思ったら、勢いあまってうしろによろけて……その人のひざの上にストン！

「えっえっ、ごめんなさいっ！」わたしはお尻に火がついたみたいにあわてて立った。顔がビーッみたいに赤くなってるのがわかる。頭のなかはカオス。こういうときなんて謝ればいい？　やっぱり地下鉄なんて乗るんじゃなかった！　あ、この人、エルメスのローファーを素足ではいてる？　なんでそれがカッコよく見えるわけーーーーっ？

こんなこと、あってはならない。15センチのスティレットヒールでもカンペキな足さばきする自信あるのに。ありえない。ありえないーっ。

その人の左のほっぺたにエクボが浮かぶ。「ご心配なく」

なんとかニコッとしてそっこうではなれたところに移動した。熱いほっぺたに両手を押しつける。乗りかえてベイフロント駅に着いたころには顔のほてりはおさまってたけど、イケメンのひざの上にドスンとすわった記憶が生々しすぎて、わたしはキャメルのプラダをじっと見おろした。ストラップがちぎれかけてる。ううう……。あたらしいバッグに対する意欲が警報レベルになってきた。

スマホで時間をチェックすると、待ち合わせまで5分しかない。わたしはウォーターフロントの建物のあいだを急いだ。海が、街の光の下で黒い宝石みたいに輝いている。遠くに有名なスーパーツリー・グローヴが見える。巨大なツリーの枝が空をツンツンさしているみたいで、やわらかい紫色にライトアップされている。なんか、アリスの不思議の国に迷いこんだみたい。

あ、見つけた。店内はすごくオシャレで、天井はガラスのドーム型で、植物が窓やインナーバルコニーにずらっと並んでいる。2階の席に行って、アレックスを探す。たぶんわかると思うけど。でも、見えるのはアーモンドクロワッサンをシェアしてる若いカップルと、ワッフルにチョコレートソースをかけながらインスタ用動画を撮ってる女の子だけ。

わたしはエスプレッソをオーダーして席につくと、ジュヒョンとヒエリに、「窓際の席ゲット！」とメッセージを送った。

ドアがあいたので、アレックスかと思って顔をあげた。

心臓が口から飛びだしそうになる。電車に乗ってたイケメン。

じょうだんでしょ。わたしはメニューを立てて顔をかくし、急いでチョウ姉妹にメールした。

わたし：彼女、もう来てる？　場所を変更したいんだけど。

ヒエリ：彼女？　あっ、ちがうちがう、アレックスは……。

「レイチェル？」

ギクッとして、メニューを顔からおろした。電車のイケメンがコーヒーを片手にとなりに立っている。左のほっぺたにまたエクボがあらわれて、あいているほうの手を差しだしてきた。

「やあ。アレックスです」

5

アレクシス。そうだ、ジュヒョンの大学時代の友だちはアレクシスって名前だった。このイケメン（アレックス、と心のなかで訂正する）のほうは一度も会ったことない。会ってたら覚えてるはずだし。わたしは言葉を失って、アレックスを見つめた。手を所在なさげに差しだしたまま笑顔で立っている。

「あっ、こんにちは！」ハッとわれに返ってあわてて立ちあがって、ナプキンラックを倒してしまった。「ごめんなさい。あの……さっきのことだけど。電車で。それと、いまも」オーマイガーッ、レイチエル。落ち着きなさい。「あの、わたし、いつもこんなにおっちょこちょいじゃないんだけど」エスプレッソをひと口のんで、小さいカップで顔を隠そうとする。

アレックスは笑って、手入れの行き届いた黒髪に指を走らせた。「いやいや、気にしないで。地下鉄で相席したことは忘れて、初対面のつもりでいこうよ。それでいい？」

ふーっ。うん、それでいい。なにもなかったことにしたい。「助かる」

「じゃ、はじめまして、ぼくはアレックス・チョン。よろしく」

「レイチエル・キムです」わたしはニコッとした。めちゃくちゃ恥ずかしくて悲鳴をあげたかったけど、こんどは目の前のアレックスがカッコよすぎて悲鳴をあげたくなった。あ・り・え・な・い。

「こちらこそよろしく」

「で、レイチェル、ここに来る前に地下鉄でおもしろいことがあったんだけどさ……」アレックスがいたずらっ子みたいな笑顔で話しはじめた。


　エスプレッソ2杯とフォンダンショコラがお腹に消えるころには、アレックスのことがいろいろわかった。わたしとおなじ韓国系アメリカ人で、ニューヨーク育ちだけどいまは香港に住んでいる。チョウ姉妹がスタンフォード大学にいたころは大学院でビジネスを学んでいた。韓国料理で好きなのはカルグクスで、ザクロ味の焼酎《ソジュ》はありえないと思ってる。3人兄弟の長男で、ネコアレルギーだけど、ネコが3匹いるおばあちゃんの家によく抗ヒスタミン薬をのんで行く。3匹の名前は、おばあちゃんが好きな歌手からとって、エルヴィス、ファッツ・ドミノ、リトル・リチャード。

　ものすごく話しやすい。おもしろくて、きき上手で、会ったばかりなんて信じられない。古い友だちみたいだ。チョウ姉妹のいうとおり、めちゃくちゃ気が合う。

「あ、だったら、バブルデイ、覚えてる?」アレックスがたずねた。すごい偶然で、アレックスとわたしは小学校がおなじだった。

「覚えてる!　学校行事でいちばん好きだった!」

「セントラルパーク動物園の遠足より?」アレックスが目を丸くする。

「うん、あれよりずっと好き!　あっ、もちろんアザラシは大好き。でも、バブルデイは次元がちがう!」

毎年、標準テスト週間が始まる前日に、〝バブルデイ〟というイベントがある。もともとはマークシートの丸い枠を塗りつぶす方法を教えるのが目的のイベントだ。丸い枠が泡《バブル》みたいな形をしてるから、それにちなんでバブルガムが配られて（ふだんは禁止）、地元の消防士さんがバスケットボールのコートにホースで巨大な泡を出してくれて、好きに遊んでいい。よく友だちとあごに泡をつけてサンタクロースのマネをしたっけ。

　思い出話をしてるうちにすっかりリラックスして、アーモンドクロワッサンをシェアしてたカップルがこっちに歩いてくるのも気づかなかった。

「すみません」女の子がおそるおそる声をかけてくる。「もしかして、レイチェル・キムですか？　ごめんなさい、じゃましたくないんだけど、よかったら、いっしょに写真撮ってもらえませんか？」

　女の子がスマホをかかげる。「じゃましたくないんだけど」ってのは、じゃまするときに人がよくいうセリフだ。

「えっ、あ、はい、よろこんで」わたしはふいをつかれてギクッとしたけど、すぐに笑顔を浮かべた。こっそりアレックスのほうを見ると、ふしぎそうな顔をしている。

　わたしが頼みを断れないのは、リアとチョウ姉妹だけじゃないみたい。

　女の子がうれしそうにスマホをカレシに渡して、わたしたちはポーズをとった。アレックスが、なにがどうなってるのかって顔で見てるのがわかる。そういえばこれまでの会話のなかで、なんの仕事をしてるのかはお互いしゃべってない。

　女の子が写真のお礼をいってテーブルをはなれると、わたしは気まずい笑みを浮かべてアレックスのほうをむいた。

「あのさ、なんかすっかりおじさんになった気分なんだけど、もしかしてきみって、有名だったりする?」アレックスが笑いながらきく。

「えーっと……あ、うん、実はそうなの」

アレックスがまた笑う。

「ガールズ・フォーエヴァーっていうグループで、えっと、まあ、K-POPのなかではかなり有名、かな」

「あーっ、そうか、チョウ姉妹がいってたあの友だちか!」アレックスが指をパチンと鳴らす。

「きいたことあるよ。どうして気づかなかったんだろう。ごめん」今度はアレックスが気まずそうにする。「学校と仕事ばっかりで、ポップカルチャーにはうといんだ。とくに韓国ではね。なんたって、最後に観た映画は『トイ・ストーリー』だから」

「だったら、そんなに古くないよ。『トイ・ストーリー4』はたしか……」

「4じゃない。3だ」

「あ。そういうことなら、救いようがないかも」アカリとチョウ姉妹と4人で放課後に観にいったのを覚えてる。焼却炉のシーンでは、みんなして目を泣きはらしたっけ。たぶん12歳くらい。

「救いようはあると思うんだけどな」アレックスがシャツをピシッとさせる。思わず腕の筋肉に目がいってしまう。

ふたりで笑いころげて、わたしはまたリラックスしてきた。

「べつに、知らなくてかまわないし」本気でそう思ってた。Ｋ－ＰＯＰと関係ない人の話がきけて、こっちの話もきいてもらえて、そういうのって気持ちがリフレッシュされる。あたらしい人に会ってこんなに打ち解けられたのって、いつぶりかも覚えてない。

アレックスがスマホをチラッと見る。「なあ、近くのバーで友人たちと集まる約束をしてるんだけど、よかったらいっしょに来ないか？　楽しいヤツらばっかりだよ。ぼくみたいなおじさんばっかりじゃない」

こんなセクシーなおじさん、どこにもいないよ。口には出さなかったけど。

一瞬、行くって答えそうになった。すごく楽しくて時間があっという間に過ぎてしまった。だけどファンの子に会ったことで、現実に引きもどされた。男の人とふたりで会ってるところを見られたら、めんどうなことになる。ＳＮＳに投稿でもされたらおしまいだ。

「行きたいけど、やっぱダメかも」わたしはくちびるをかんだ。

「あ、もしかしてＫ－ＰＯＰマジックってやつ？　真夜中までに戻らないと、カボチャかなんかに変わっちゃうとか？」

笑って首を横に振ったけど、真実から遠からずかも。「カボチャはイヤだけど。わたし、オレンジ色似合わないし。でも……」なんて説明すればいいだろう。「業界の規則がちょっと……ややこしくて。イメージが命なの。デートなんか興味ない無邪気な近所の女の子、みたいな。アイドルはファンのためにあるものだから。誤解されたくないんだけど、ほんとうにファンはたいせつ。わたしたちはファンを愛してる。ただ、そこがちょっと問題で、ファンをガッカリさせたくないし、もしさせたら、スポンサーも失望させる。そうなったら、どんどん負の連鎖が起きて、仕事がなくなっていく。もちろん、メディアはスキャンダルを追い求めてるし……だから、さっきもいったけど、ややこしいの。男の人とふたりでいるところを見られただけで、大きな誤解につながっちゃう」

アレックスは困惑して眉をひそめた。「だけど、ほら、ふたりっきりじゃない」そういって、カフェ全体を手で示す。「それに……きみの人生だ。だれかとつきあいたいと思ったら、事務所が守ってくれるだろう？　または、ほら、バブルデイ時代からの古い友人とカフェで過ごすとか」

守ってくれる？　ううん、伝説的なガールズグループ、エレクトリック・フラワーの元リーダーであるカン・ジナのことを思い出して、わたしは首を横にふった。カレシがいることがわかって退所させられた。あれは極端なケースとはいえ、ＤＢがどんな罰則を課してくるかなんて知りたくもない。いまのわたしみたいに事務所に気に入られているぶんには、あらゆる経験をさせてもらえる。キツいけど、すばらしい経験だ。長いことＤＢがサポートしてくれて、ほんとラッキーだと思ってる。事務所を失望させたくない。だれも、失望させたくない。

アレックスはわたしの説明をきいてゆっくりとうなずいた。「そうか、わかった。知らなかったよ」

「うん。だから、もう帰らなくちゃ。それがいちばんだと思う。たぶん」

アレックスは眉をくいっとあげて、やさしくほほ笑んだ。エクボがうっすらあらわれる。「よし、レイチェル。バブルデイにちなんで選択肢問題にしよう」

わたしは笑った。なにをいってるのか、わからなかったけど。

「いちばん適切と思われる答えを選びなさい。A）　いっしょにバーに来て、カラオケでBダズルドをうたいまくって、ぼくと友人を圧倒する」わたしは赤くなった。さっき小さいころ大好きだったガールズバンドの話をしたのを覚えててくれたんだ。「B）　ホテルにもどって今夜のことはきれいさっぱり忘れ、ジュヒョンとヒエリにはアレックスに会うつもりだったけど地下鉄のドアに阻止されて会えなかったと報告する。C）　規則を守ってホテルにもどるけど、アレックスの連絡先を入手して、あとで必ずメールする」

　ほっ。「Cにする」

「いい選択だ」アレックスもニッコリした。

　アレックスがどうしても送っていくっていうので、いっしょに地下鉄に乗ってオーチャード・ロードにもどった。電車に乗るとき、バッグがはさまれないようにアレックスが大げさにドアをおさえるから、わたしは大笑いしてしまった。おかげで、さっきのことが恥ずかしくなくなってきた。

　並んですわっているとき、脚が触れあって、バカみたいって思いながらも手をつなぎたくなった。

　電車をおりると、もう買い物客の姿はほとんどなかった。お店もだいたい閉まってて、看板の照明が夜空を背景にぼんやり光っている。ああ、やっぱりシンガポール、大好き。バレンシアガの前をとおったとき、思わず立ち止まってウィンドウをながめた。やっぱり遠くからでも、なんてうつくしいバッグだろう。

「どうかした?」アレックスがたずねる。

「あそこにわたしの夢のバッグがあるの」わたしはため息をついて指さした。

アレックスが目を細くしてながめる。「あの青いカバン？　なんか特別なの？」

なんか特別？　じょうだんでしょ。「バレンシアガ。アレックス、バレンシアガだよ」

アレックスがわたしをまじまじと見る。「きいたことあるけど。それのどこが特別なの？」アレックスってエルメスのローファーとかはいてるくせに、ブランドの名前だけじゃなんにも感じないらしい。ちょっと教えてあげなくちゃ。

「あのね、このバッグの職人技は次元がちがうの。うすくカットされた革はどのブランドよりも軽いのに丈夫。それってファッション業界の革命なんだよ。やわらかさと強さのカンペキな融合。あと、あのステッチはぜんぶ手作業なの」気づいたら、めちゃくちゃアツく語っちゃってた。だけど、ファッションってきれいならいいってもんじゃないから。いろんな意味でアート。

アレックスはだまりこんでバッグを見つめた。「そういうことか」

「わかってくれた？」

「いや、そういうことかっていうのは、きみはあのバッグでミランダ・プリーストリー的瞬間を経験したんだな、って意味だ」

『プラダを着た悪魔』のミランダ。あの映画、大好き！

「さすが、ミスター・ここ10年映画はごぶさた、だね」ふざけてアレックスの腕をたたこうとしたら、手をサッとつかまれた。

「いや、まじめに言ってるんだ」アレックスがあたたかい茶色の瞳でわたしを見つめる。「夢中になれるっていいと思うよ。あの……バレンシアガ、だっけ？」わたしはこくりとうなずいた。胸がドキドキしすぎて、うまくしゃべれそうにない。「やわらかさと強さのカンペキな融合、か。うん、そういわれたらたしかに理想的だ。うん、わかったよ」

アレックスがまたニヤッとして、わたしはふざけて腕をたたいたけど、さっきリアをたたいたのとはなにかが違う。「ちょっとやめてよ！」って感じじゃなくて、「この夜が永遠につづけばいいけど、せめて腕だけでも触らせて」って感じ。

一瞬、アレックスがわたしの目をのぞきこんできた。呼吸が速くなって、息がつまりそう。

ほんの一瞬、だったけど。

アレックスはホテルのすぐ近くまで送ってくれた。いちおう2ブロック離れたところまで。人に見られてデートだと思われたらいけない。だけど……デートだって思っちゃダメ？　すごくすごくステキなデートだって。

「で、おやすみ、なのかな？」アレックスがたずねる。

わたしはアレックスを見あげた。エクボが浮かんでる。ふいに、キスしたい衝動にかられる。あわてて、あとずさりした。恋に落ちる瞬間はたいせつにしたいし、アレックスはステキすぎるくらいステキな人だけど、Ｋ-ＰＯＰと恋愛は決して交わらない。どんなに望んでも、両方とも手に入れるのはムリ。肝に銘じておかなくちゃ。

「うん、おやすみ、アレックス」

「おやすみ、レイチェル」

アレックスに背をむけて帰ろうとしたけど、視線をずっと感じてた。広いガラスのドアをとおってホテルのなかに入ると、一気にエアコンの冷気が押しよせてきて、後悔におそわれた。だけどすぐに、ワクワクしてきた。おやすみはいったけど、わたしが選んだのはＣの選択肢。ポケットのなかのスマホをしっかり握りしめる。

うん、アレックスの電話番号は確保。友だちとしてメールするくらいなら問題ないはず。チョウ姉妹とのグループチャットとどこもかわらない。Ｋ－ＰＯＰ以外の人と友情をはぐくむだけだし。業界と関係ない友だちだって、ぜったい必要！　あの足首を何度も思い出しちゃうのと、突発的にあの顔に触れたくなるのと、『トイ・ストーリー』を観ながらイチャつくっていうワケわかんない妄想さえコントロールすればいい……はず。そんなことを考えていたら、スマホが鳴って、心臓が口から飛びだしそうになった。

アレックス：ぶじにホテルにもどってるかだけ確かめたくて。改めて、今日はありがとう。小学校と電車とカフェと、どれが最初の出会いといっていいかわからないけど、とにかくきみに会えてよかった。

うー、わたし、ぜったいニヤけてる。エレベーターで自分の部屋があるフロアに上がっていくときも、ニヤニヤが止まらない。どうしよう……マズいことになったかも。

6

つぎの朝、フライトが遅れた。いつもだったら早く帰りたくてイライラするところなのに、今日はベッドに横になっていられるのがうれしい。スマホの画面のアレックスの名前を見つめて、きのうの夜のことをひとつひとつ頭のなかでリプレイする。あの笑顔。いっしょにいると、笑ってばかりだった。会話がはずんでとまらなかった。帰り道、ふいにキスしたくなって……。

スマホがピン！　と鳴って、もう少しで落としそうになった。オーマイガーッ。アレックス。ずっと考えていたら念がつうじちゃったみたい。

アレックス：きのうの夜、ぼくはなにをしたでしょうか？

わたし：小学校のときの写真をさがしてたとか？　だってわたし、母にさがしといてって頼むつもりだから。

アレックス：いや、違う。だけど、いい考えだ。それに、それとおなじくらい楽しいことだ。『トイ・ストーリー4』を観た。

わたし：Lol

わたし：おじさまの感想は？

アレックス：あのフォーク（スプーンだっけ？）のキャラはおもしろかった。けど、3のときは泣きっぱなしだったのに、それほどじゃなかったな。10年放置してたけど、それほど損してないかも。

わたしは笑った。返信しようとしたら、ドアをバンバンノックされて、思わず起きあがった。わたしはあわててベッドを出て、「いま行く!」とさけんだ。

ドアをあけると、ソニが立っていた。走って来たみたいに息を切らしてる。「レイチェル、ニュース見た?」

「ニュース?」

ソニがスマホをかかげる。「あたしたち、『リビール』に出てる」

えっ……ウソでしょ。『リビール』は韓国の悪名高いゴシップサイトのひとつ。ガールズ・フォーエヴァーがのってるとしたら、いいことのはずがない。

「なんかね、アリとスーミンとジュンがきのうの夜、外で食事してるところをファンに写真とられたみたい」ソニが自分のスマホをわたしして記事を見せてくる。「そのファンがネットに投稿して、韓国のサイトが飛びついたってわけ。知らない男3人といっしょだから、ヒミツのカレシじゃないかって書かれてる」

ソニのスマホをスクロールすると、たしかにアリとスーミンとジュンが男性3人とレストランのボックス席にすわっている写真が出てきた。男性の顔は写真じゃわからないけど、女子たちは笑いながら食事をしているのがわかる。トリプルデート、って感じだ。ただ外で食事しただけ、かもしれないけど。どっちかはわからない。

「これって、グループ全体の印象がわるくなるよね。ミナがキレちゃうね」ソニがいう。

「ミナはほっとけばいいけど、幹部はなんて？」

「いま、3人がミスター・ハンに呼びだされてる」廊下から声がきこえてきて、ソニがくるっとそちらをむく。「おわったみたい。行こう！　どうなったか確かめに行こうよ」

廊下に顔だけ出すと、アリとスーミンとジュンが歩いてくるところだった。アリとスーミンは例によって口げんかしてる（どっちがどっちの発言をジャマしたとか）けど、ジュンは前にうっかりライスケーキを喉に詰まらせたときより青白い顔をしている。かなりとり乱してるみたいだ。

胃のあたりがぎゅっとなる。イヤな予感。

ソニとわたしがなにもいわないうちに、ジュンが首を横にふって「ここじゃダメ」とささやいた。

「わたしの部屋。みんな待ってる」

わたしたちはジュンのあとについて部屋に行った。リジー、ウンジ、ヨンウンがベッドの上にすわって、ミナは窓ぎわで行ったり来たりしている。わたしたちを見たとたん、腕を組んでずんずん近づいてきた。

「それで？　あなたたち3人のせいで、どれだけ困ったことになったの？」ミナがいう。

「落ち着いてよ。だいじょうぶだから」アリが両手をあげた。「ミスター・ハンの話だと、わたしたちと彼らがとくべつな関係だってことは事務所が否定するそうだから。怪しい写真はないし問題ないだろうって。キスしてるとかじゃないし」

ミナがふーっと息をはいて腕をほどく。「じゃ、イメージに傷がつくようなことはないのね？」

「いまのところは」スーミンが答える。「ミスター・ハンから、二度と撮られるなって釘をさされた。二度目は否定するのがむずかしくなるからって」

「そもそも、この人たちだれなの？」リジーがたずねる。

アリとスーミンがかたまって、ジュンのほうをチラッと見た。ジュンが静かなんて、ヘンだ。ふだんは真っ先に自分の意見をいうのに、なんだかぼんやりしている。

「ジュン？」ヨンウンがやさしく促す。

ジュンがため息をついた。「まったく根も葉もないわけじゃないんだよね。あたしのカレシのジンと、あとのふたりはいとこ」

へ？　ジュンのカレシ？　そんなことってある？　わたしたち、ルームメイトなのに！

だけど考えてみたら、もしわたしがだれかとつきあったとして、メンバーに話すかっていったら、たぶん話さない。

「どれくらいつきあってたの？」わたしはなんてことないフリをしてたずねた。

「遠距離でもうすぐ1年。実家のあるテグで家族ぐるみでつきあってる友だちなの。一昨年のクリスマスに帰省したとき再会して、そこからなんとなく。いとこのひとりがシンガポールに住んでるから、みんなで会おうって計画したんだけど……」ジュンが声をつまらせて、遠くを見てまばたきをする。「もう別れなくちゃ」

「別れる？」ソニが目を丸くする。

「そうするしかないよ」ジュンはまだだれとも目を合わせようとしない。泣いちゃいそうだからだろう。いつもあんなに堂々としてる子がだれの目も見られないなんて、胸が痛い。「今度またジンといっしょのところを見られたら、おわりだもん」

きのうわたしがアレックスに説明しようとしたことだ。K－POPでは、カレシができることはアイドル生命のおわりを意味する。不公平だけど、みんなわかってることだ。

だんだん不安になってきた。きのうファンの子といっしょに写真を撮ったけど……もし背景にアレックスが写ってたら？　もちろんアレックスはカレシじゃないけど。でも、そんなのゴシップサイトには通用しない。ふたりで会ってたのはたしかだし。ううん、だいじょうぶなはず。アレックスが写りこんでたら、気づいたはず。でも……アレックスとの会話に夢中だったから、自信ない。

わたしは不安を振り払って、ジュンに近づいていってハグをした。ジュンも少しずつわたしにからだを預けてくる。

「かわいそうに。フェアじゃないよね。だけどDBもできる限り守ろうと努力してくれてるんだと思う」わたしはいった。

カン・ジナのときとは違って。それはいわなくても、みんなわかってたはずだ。

ジュンはわたしの肩にあごをのせたままうなずいた。「うん。そうだね。ありがとう、レイチェル」ジュンが自分のセーターの袖で目のはしっこをぬぐう。

みんな、それぞれの部屋にもどりはじめた。だけどミナがドアのところでピタッと止まって、わたしにむかっていった。

「ところで、レイチェルはきのうどこにいたの？」

一瞬ギクッとした。「えっ？　なんで？」

「ジュンとアリとスーミンは3人で出かけていた。残りのわたしたち5人は、ホテルのスパにいたの。だけど、レイチェルがどこにいたか、だれも知らないわ」ミナが刺すような視線で見つめてくる。

「リアと買い物してた。それから友だちと会ってコーヒーのんだけど」

ウソはついてない。その友だちっていうのがたまたまイケメンで、きのうの夜からずっとメールしてる、なんてことを知らせる必要はない。

ミナが眉をよせる。ほかのみんなは無関心みたいだ。

「ほんとうになんにも隠してないのね？」ミナがいう。

なんなの？　ミナ、なんか知ってるの？　それとも、どうやったらわたしがいちばんイラッとするか、常にわかるとか？

「ちょっとー、ミナ、どうしてそんなに疑り深いの？」わたしは、心臓バクバクに気づかないフリをしていった。

ミナがふーっとため息をついて、腕を組む。「グループのだれかが全員を管理しなきゃいけないの。ひとりでもヘンなことしたら、全員の印象がわるくなるのよ。もしわたしの印象がわるくなったら、パパが……」ミナは言葉を切って、気をとり直すようにつづけた。「とにかく、確かめておきたかったの」

「レイチェルがそんな隠しごとをするわけないよ」ソニが、わたしが口をひらきもしないうちにいった。ミナに口答えをしているせいで、顔が少し赤くなっている。「それに、一対一で男性と会うなんて危険なことをするはずもないし。そんな軽率じゃないよ。でしょ、レイチェル？」

必死の笑顔。「もちろん」

ソニがかばってくれてうれしかった。ありがたい。でも、ソニの言葉が突き刺さる。アレックスとメールしつづけてるだけで、危険区域に足を踏みいれてるってことを警告された。前から自分に、恋をしないのはデートする時間もないからだっていいきかせてきたし、それもあるにはあるけど、いざステキな人が目の前にあらわれると現実を思い知らされる。危険を避けるためだ。どんなに心が動いても。

アレックスのことは忘れよう。ずっとそういいきかせながら、空港ファッションを選んで、パッキングをおえた。

アレックスは帰りの便のなかでどの映画を観るのかな……なんてことも、ぜったい考えちゃダメ。

アレックスはわたしが何者かなんてなんにも知らなかった。それがすごく新鮮でホッとした。そんなことも考えないようにしながら、飛行機をおりた。パパラッチやファンが集まってきて写真をパシャパシャ撮る。

その夜も、そのつぎの夜も、またそのつぎの夜も、アレックスにはとうぶん会えないなと考えながら過ごした。もしかしたら、二度と会えないかも。

そんなこんなでわたしはあっという間に、アレックスに気持ちを集中させないことに集中する技術を発達させた。アレックスのことを考えないことに集中しすぎて、振り入れをしているときに転びそうになった。

まだ４か月先だけど、複数グループが出演するフェスで披露する新曲の練習がはじまっていた。テレビ中継もされるイベントで、それぞれのグループが一曲ずつパフォーマンスをして、最後に全グループのジョイントがある。秋のＬＡでのライブほど大規模ではないけど、インストラクターたちはどんな状況でもカンペキを求めてくる。今夜のリハーサルは悪夢だった。みんな音がずれまくって、振り付けのインストラクターにどなられっぱなし。

わたしは動きに集中しようとがんばった。ツーステップ、髪をフワッ、ターン。肩を動かして、手をパン！　だけどついついアレックスのことと、ネル・クレイマーのショーのことを考えてしまう。３月頭のパリってまだ寒いから、厚手のニットにかわいいスカーフ巻いたりしてカフェのテラス席にすわったら気持ちいいはず。だけどあと２週間は、凍えるように寒い２月の韓国だし、明け方に起きて夜中に帰るスケジュール。

「もう一度最初から！」インストラクターがさけぶ。わたしたちは心のなかでうんざりしながら、出だしのフォーメーションにつく。ここで徹夜したくなかったら、ピタッと合わせなくちゃ。わたしは歌とダンス以外、心を無にした。

とうとうカンペキに振りが入って、今日のところはこれまでといわれた。だけど、汗だくの練習着から着替えもしないうちに、ミスター・ハンのオフィスに呼ばれた。ややパニクり気味で、ポニーテールを高い位置に結び直しながら廊下を歩いていく。ミスター・ハンがわたしになんの用事？　まさかＢメロの肩を揺らす動きがずれたのを怒るために呼びだす、なんてことはないだろうし。

ドアをノックすると、すぐに返事があった。

オフィスに入ると、リアがいた。視線が合うと、リアがちょっと肩をすくめる。リアも状況がわかってないらしい。ううう……胃のあたりがギュッとなる。シンガポールで出かけたことで怒られるとか？　もしかして、アレックスっていうたまたま男性だった友だちといっしょにいたこともバレてる？　DBのことだから、いちばん効果的に罰するタイミングをうかがってるのかもしれない。でも、ミスター・ハンは怒った顔をしてない。むしろうれしそう。

「よかった、ふたりともつかまって！　さ、こっちこっち」ミスター・ハンがリアのとなりのイスを手で示す。わたしはすわると、ポニーテールの結び目をギュッとして、両手をひざの上で組んで待った。

「ふたりにいい知らせがあるんだ！」ミスター・ハンがガラスのデスクに身を乗りだす。「『1，2，3，ウィン！』でのきみたち姉妹の評判がよくてね。あのエピソードが放送された日、〝#チームキムシスターズ〟がトレンドにあがりつづけていたらしい」わたしはリアにむかってニコッとした。MCヤングが、ふたりでチームになったほうがいいってずっといってくれてたっけ。「局から、きみたちふたりのリアリティ番組をはじめたらどうかって打診があった。まだ細かいことはわからないが、きみたちふたりの日常にカメラが密着するという内容だろう。どうだ？」

えーっ！　予想外の展開。リアとわたしで？　いっしょにリアリティ番組？　もちろん、やりたいに決まってる！

リアがヒィッと声をあげる。もちろんうれしくて。「ほんとですか？　オーマイガーッ！　ほんとに？　夢みたい！」リアは大はしゃぎしてから、ハッとわれに返って恥ずかしそうにした。リアは仕事のときはすごくしっかりしてるから、たまについ最近まで練習生だったってことを忘れそうになる。

「すばらしいお話です」わたしはリアを助けようとしていった。

「ミスター・ノが以前から、きみたちふたりのデュエットでアルバムを出したいといっていたんだ。姉妹のアルバムには、これ以上ないタイミングだ。リアリティ番組がいい宣伝になる。どうだろう？」

泣いてるときにくすぐられたら、感情がぐちゃぐちゃになってコントロールできなくなると思うけど、まさにいまがそんな感じ。

リアとわたしは顔を見合わせて、同時に悲鳴をあげた。

ミスター・ハンが笑う。「それはイエスという意味でいいのかな？」

「はいっ！」リアが答える。

「もちろんです」わたしはまじめにビジネスチャンスを考えているみたいに足を組んだ。ほんとうは、ぴょんぴょん跳びはねたい気分。

「よかった。詳細は追って連絡する。ミスター・ノもよろこぶと思うよ」

「ありがとうございます、ミスター・ハン」わたしたちは頭をさげた。

立ちあがってから、あ、そうだと思い出した。シンガポールからもどってからずっとミスター・ハンにききたいことがあったけど、タイミングがなかった。いまがチャンス。しかも、ミスター・ノよりずっと切りだしやすい。

「あの、ミスター・ハン、『リビール』にのったうちのメンバーの記事の件はもうだいじょうぶなんでしょうか？」

ミスター・ハンはイスの背もたれによりかかった。「ああ、ありがたいことにもうおさまった。メディアの関心は目下、ジェイソン・リーのあたらしい映画『きみを愛するとき』のことに集中しているから。まあ、気づいているとは思うが」

気づいてなかった。脚がガクガクになるほどキツいリハーサルと、アレックス関係の妄想をしないための精神力を鍛えるのに必死で。へえ、そうなんだ。「ジェイソンの映画ですか？　もう撮影がはじまってたんですね」

「撮影はまだだが、ソン・ゴンウが出演することが発表された」

リアが目を丸くする。「ええっ、ジェイソン、ソン・ゴンウと共演するんですか？　あたし、『あした踊ろう』のソン・ゴンウ、大好き！　っていうか、出演作品、ぜんぶ好き。すっごーい。それはもうすごい話題になるでしょうね」

「そうなんだ。しかも、ソン・ゴンウとジェイソンが主演女優をめぐる恋敵になっているといううわさが流れている。もっともここだけの話だが、そもそも主演女優はまだキャスティングされていないんだがね」

ありがち。みんなの興味をひくために流すうわさだ。だけど、おかげで助かった。ジェイソンとソン・ゴンウに感謝。ガールズ・フォーエヴァーから興味をそらしてくれてありがとう。あ、だけど、ミスター・ハンがうっすら浮かべてる笑みからして、もしかしたらＤＢが仕組んでうわさを流したのかも。

その夜は、綿菓子とシャンパンの泡の雲に運ばれてるような気分で帰った。メンバーはもうリビングに集まって、月一恒例の映画ナイトをはじめようとしていた。「レイチェル、よかった、間に合って。早く」ソニがとなりの席をとんとんする。

「うん、すぐ行く。ちょっと……着替えてきちゃうね」

わたしは部屋に行って、着替えるかわりにベッドに飛びこんだ。するとスマホがぶるぶる振動した（相部屋だから音は消してる）。

アレックス：あたらしい服を買いたいんだけど、いまってなにが流行りなのかな？ つなぎとか？

わたし：うん。いいんじゃないの？ 仕事にも着ていけるし。できるオトコって感じ。

アレックス：そうか、上司も気にいるだろうな。柄は？ ペイズリーとか？

わたし：もうムリ！ ファッションの教育してもらって！

アレックス：こんどまたシンガポールで教えてくれよ。

わたし：決まってるみたいに「こんど」っていうわけね。

アレックス：決まってるようなもんだろ。

わたし：反対に一票。

アレックス：そんな票はとても承知できないな。会って、会えない理由を説明してもらおうか。メールだけじゃ……

わたし：もうほんとヒドい。部活でディベートかなんかやってた？

アレックス：実はそうなんだ。オタクの得意分野だからね。差別しないでくれ。

わたし：差別なんかしてないよ。

アレックス：つなぎ着た男以外は、だろ。

　気づいたら、スマホにむかってニヤニヤしてた。ジュンもみんなとリビングにいたからよかった。もしここにいたら、なんでひとりでニヤついてるのか詮索《せんさく》されるところだ。しかもまだカレシと別れたばかりでびみょうな時期だし。

『リビール』にスキャンダルが出て以来、アレックスとはメールも控えていたけど、メディアの関心が移ってからは、チャットくらいならいいんじゃないかって気になってきた。しゃべってるだけだし。どうして会ってしゃべれないのかについて。

　それにしても、気をつけなくちゃ。インスタをひらいて、タグづけされてる投稿をチェックする。先週もおなじことをしたけど、あとからなにかしら出てこないとも限らない。あれから何百万回目となるスクロールをしていくと、〈ペタル〉で撮ったファンの投稿が出てきた。

　ほっ。やっぱりアレックスは映ってない。よかった。わたしたちの写真は流出してない。

　まあ、「わたしたち」なんてくくり、そもそもないけど。

　そもそもない、をつづけなくちゃ。

7

わたしのモーニングルーティーンは、アラームが鳴った瞬間にベッドから飛びだして、オンマに去年のクリスマスにもらったかわいいピーチ柄のスリッパをはいて、先を越されてませんようにと祈りながらバスルームに直行。それから、スキンケアグッズ一式をとりだして、ミストをシュッシュッとふりかけて、アイクリームを塗りこみ、あと10ステップくらいを経てから、日焼け止めで仕上げる。一連のスキンケアがおわってやっと、夜のあいだにメールが来てないかチェックする。あと、朝食はなんにしようか考える。

昔はそうだった。いまは、アラームが鳴ってもまだベッドのなかでぐずぐずして、スマホの画面をスクロールしながらニヤニヤする。

アレックス：好きな野菜は？　この世のおわりにひとつだけ選ぶとしたら？　3つ数えるうちに答える。1、2、3……

わたし：キャベツ。

アレックス：キュウリ。

わたし：ありえない!!　おえーっ。

アレックス：キュウリはおいしくて肌にもいい。しかも、キムチにすると最高だ。

わたし：キムチはキャベツって決まってるの。

アレックス：キュウリのキムチ、大好物なんだけどな。

わたし：うー、吐きそう。ん？　そういえば、さっき肌にいいとかいってた？

アレックス：ぼくだって肌があるんだから、少しくらいは知ってるよ。

わたし：へーえ、気づかなかった。まあ、男性もお肌の手入れをするのはいいことだと思う。

アレックス：やわらかさと強さの融合、ってとこかな。

わたし：😘

　おっと。この絵文字は意味深かな？　ここ2週間ずっとメールし合ってるし。たいていいまみたいに部屋にひとりでいるときだし、あくまでも友だち以上、気がある未満を保ってるけど。話してるとめちゃくちゃ楽しい、くらいに気があることはいうけど、それ以上の関係にはならないように警戒してる。ジユンのことがあった直後だし。

わたし：いまの投げキッスは、バッグに対してだよ。まだ忘れられないから。

アレックス：わかってるよ。あのバッグにきみの想いを転送しておく。

　ほっ。アレックスとのチャットは、ほとんどがこんななんてことないもので、誤解されそうになってもすぐに否定できる。だけどたまに、シリアスな話題になることがある。アレックスが例のネコをたくさん飼ってるおばあちゃんの話をしたときとか。ひどく転んで先週入院したそうだ。あと、わたしが、アッパが仕事しすぎじゃないかって心配なのを打ち明けたときとか。重たくならないように気をつけてるけど、おたがいのことを深く知りはじめてるみたいな瞬間ってわるくない。くだらないことばっかいいあってるけど、もっとアレックスのことを知りたい。家族や仕事みたいな深いことから、シャワーを浴びながら音楽をきくのかどうかみたいなことまで、知りたくなってくる（モーニングルーティーンでニュースをきいてるらしい。ますますオトナだし、オタク）。

ベッドに横になったままニヤついて、チャットの履歴をスクロールしてながめていた。アレックスのメールは、じっさい会ったときと印象がかわらない。読んでいると声がきこえてくるみたいだ。左のほっぺたのエクボが見えるみたい。そう思って、胸がドクンとした。

あっ。わたしは思わず起きあがった。いまなら歌詞が書けるんじゃないかな。正直、シンガポールからもどってきてから、自由時間はアレックスとのメールとパリのファッションウィークの妄想ばかりで、ほとんど作詞してない。だけど、リアとのデュエットアルバムが出せるとなったからには、本気でがんばらなくちゃ。姉妹デュエットにちょうどいいんじゃないかって思う曲の構想がある。やさしい歌詞で、すばらしいハーモニーになりそう。

ベッドサイドの引き出しをあけて、ブルーのノートをとりだした。パラッとひらいてすぐ、手が止まった。

ページが何十枚も引きちぎられて、ギザギザになってる。ずっと書いてた歌詞がぜんぶ。ファッションのデザインスケッチもぜんぶ。どこにもない。

残ったページをあせってめくってみたけど、くっついてはがれないページがある。なんとかはがしてみたけど、うす紫のマニキュアがページの上にこぼれていて、読める状態じゃない。

だれがこんなことを？　怒りで耳がジンジンする。ノートを握りしめて、リビングにむかった。

メンバーが8人、ゴロゴロしながらしゃべったりスマホをスクロールしたりしている。

「ねえ、だれがやったの？」わたしはノートをかかげた。

みんなが顔をあげる。

「なにそれ？　日記？」ウンジがたずねて、すぐに自分のスマホに視線をもどす。

「わたしのノート。作詞とかデザインスケッチとか」

「それがどうかしたの？」リジーがいう。

リジーは、リアとわたしのリアリティ番組の発表があってからというもの、なにげなく攻撃的なジャブをかましてくる。リジーだって妹と番組がもちたいのはわかるけど。

「本気？　これでも？」わたしは破れてマニキュアがべっとりついたページを見せた。リジーは肩をすくめただけで、またすぐスマホに目を落とした。もう一度みんなにきいてみようとしたとき、ふいにあるものに目が止まった。

ソファのはしっこで、くたくたのスエットを着て髪をバサッとひとまとめにしたジユンが、お皿についたおこげ《ヌルンジ》を食べている。目が釘づけになったのは、お皿をもった手。その指には、うす紫のネイルが塗られている。クリスチャン・ルブタンのライラックドリーム。わたしのノートにこぼれていたのとまったくおなじ色だ。

ジユンが？　どうしてジユンがそんなことを？　わたしは思わずひらいた口を、すぐにとじた。もしかして、うっかりだったのかも。ネイルを塗っているときに紙を敷こうと思って、たまたまわたしのノートをつかって、うっかりボトルをたおしちゃって、汚れたページを破いただけかも。

「ね、ジュン？」わたしは静かに話しかけた。だけどジュンはだまってお皿をもって立ちあがった。

「ごめん、今日は映画って気分じゃない」ジュンはそれだけいうと、部屋にもどってしまった。

ほかのみんなは、ぽかんとした顔をしている。

「ちょっと話してくる」わたしはドアを軽くたたいてから、部屋に入っていった。

ジュンはベッドに丸くなって寝転がっていた。壁のほうをむいているけど、肩が震えているから泣いてるのがわかる。わたしはジュンのうしろにすわって、手をのばして髪をそっとなでた。具合がわるかったり悲しかったりしたときにオンマがやってくれたみたいに。

「ジュン、ジンとのこと、悲しいよね。だけど、ジュンならきっと乗り越えられるよ」ジュンがふーっと息をはくのがわかる。寝返りを打ってこちらをむいたジュンの目に、罪悪感が見えた。「ノートのことはいいから。わざとじゃないんだし」

ジュンがぐっと息をのんで、わたしを見あげる。「レイチェル、ごめんなさい」か細い声でいう。一瞬、まだいいたいことがあるみたいに見えたけど、すぐに目をそらした。「少し寝たほうがいいみたい」そういってまた壁のほうをむいてしまった。

そのまま何時間もジュンの背中をさすっていた気がする。やっとかすかな寝息がきこえてくると、わたしはそーっと部屋を出た。眠れない。頭のなかがごちゃごちゃで、ぜんぜん整理がつかない。だけど、眠れないのはわたしだけじゃなかったらしい。パジャマ姿のミナがソファにすわって、ココアのマグカップを手にしていた。

「起きてたの？」わたしはソファの反対側にすわって、クッションをかかえた。

ミナはマグカップを見つめたまま、ふぅふぅしている。「いつもこの時間は起きているわよ」

「夜型だったっけ？」

「不眠症」

おっと。これだけ長いこといっしょに暮らしてて、ミナが眠れてないなんて知らなかった。考えてみたらミナはいつも最後に部屋にもどる。睡眠不足だからいつもイライラしてるのかも。ミナはわたしがなにもいわないうちに、顔をあげて眉をよせた。

「そっちはどうしたの？　〝プリンセス・レイチェル〟には美容のための睡眠が必要だと思ってたけど」

なつかしいあだ名。練習生時代、アメリカから引っ越してきたことでお高くとまっていると思われて、こんなふうに呼ばれていたこともあった。「ちょっと考えごとがあって」

「まだノートのこと、こだわってるわけ？」

「だったらなんだっていうの？」

「お遊びかなんかで書いてるだけだと思っていたから。本気でどうにかしようと思ってたわけじゃないでしょう？　自分でそういってたじゃない。ただの創作意欲のはけ口だって」

まあ、いったけど。「あれは、リアとのアルバムの話が出る前だから。リアとデュエットしたいと思ってた曲があったの。どうしてもいいアルバムをつくりたいんだ」わたしはため息をついた。

ミナはわたしをじっと見つめた。「ナーバスになってる」質問じゃなくて、事実をそのまま口にした、という感じでいう。

「かもね」

「どうして？」

どうして？　わたしは頭のなかで理由をあげてみた。「なんか……うーん、プライベートを追いかけられるリアリティ番組とか、妹とのデュエットアルバムとか……もちろんうれしいし、チャンスをもらえたことは感謝してる。だけど、いろんな人に生活を見られて、メンバー8人がいないレコーディングをすると思うと……。ベストな状態でいたいし、ＤＢによろこんでもらいたいし、わたしのパフォーマンスがリアにも影響するってわかってるし、だから……」

自分がチュー・ミナにこんな不安を打ち明けてるなんて、ビックリだ。「まあ、それだけなんだけど」わたしはあわてて言葉を切って、ミナの攻撃を受ける心の準備をした。

だけど、ミナはただ肩をすくめて、ココアをひと口のんだ。「わかるわよ。期待にこたえなきゃって思うのって、キツいわよね」

へっ？　ミナ、共感してくれてる？

「ガッカリさせたくなかったら、必死で努力するしかないわ」

「経験からいうと、ってこと？」おそるおそるきく。ミナのお父さんは厳しいので有名だ。ミナにとってお父さんの言葉は、法律みたいなもの。

ミナの表情が読めない。防衛本能？　ただただ疲れてるだけかも。「単なる忠告」

シンガポールのホテルを思い出す。ジャグジーに入りながら、死ぬまでにしたいことリストの話をした。ミナは、ハリウッドの話をしていたときイキイキして笑顔だったのに、お父さんのことを思い出したとたん表情をくもらせていた。

「演技のこと、本気で考えてみたら？」わたしはさりげない感じでいってみた。ミナがわたしの気持ちに寄りそってくれるなら、わたしだってそうしたい。わたしはカメラの前に出ると緊張しちゃうけど、ミナはスポットライトを浴びるために生まれてきたってタイプだ。「ぜったいいいと思う。カメラ映えするし」

ミナがふふんと笑う。「なによ、突然」

「単なる忠告」わたしもふふんと笑った。

ミナは首を横にふったけど、口元に笑みが浮かんでいる。「そろそろ寝てみようかしら」

「うん。わたしは……もうちょっとここで、歌詞を思い出す努力してみる」

「自分で書いたんでしょ。すぐに思い出せるはずよ」

「それがねー」わたしはため息をついた。

ミナがマグカップをおいて、腕を組む。挑むような目でわたしにむかってうなずいてみせた。

「やってみなさいよ。きいててあげる」

「えっ？　口に出してってこと？」

ミナの視線には迷いがない。

わたしは脳みそをフル回転させて、歌詞を思い出そうとがんばった。「太陽が沈んで、夕闇がせまってくる。夜の影におびえないで。わたしたちはきっと……わたしたちはきっと……」

なんだったっけ？　思い出せない。

「闇のなかで輝ける」ミナがとうとつにいう。

「えっ？」

「闇のなかで輝ける。歌詞のつづきにどう？」

わたしはミナをまじまじと見つめた。ピッタリだ。もともと書いた歌詞とはちがうけど、正直、こっちのほうがずっといい。わたしはゆっくりとうなずいた。「うん、そうだね。いいと思う」

「3回くりかえしたら？　その度にあたらしいハモリを加えていくの」ミナはノってきたみたいに声をはずませた。それからハッとわれに返ったみたいにいつもの表情にもどると、肩をすくめた。

「そうしたければどうぞ、ってことよ。レイチェルの歌だもの」

「すごくいいと思う。いっしょにやってみない？」

わたしはまずひとりでうたった。「わたしたちはきっと闇のなかで輝ける」

二度目をうたうと、ミナがさらっとハモって加わってきた。「闇のなかで輝ける」

わたしたちの声が溶けあう。いい。すごくいい。めちゃくちゃいい。わたしたちは見つめあった。

ミナ、すごい。ミナの表情からして、満足してるのがわかる。

「じゃ、もういいわね」ミナがいきなりソファからぴょんとおりる。「よけいなこと考えて不安になるのはやめなさい。少なくとも一曲、アルバムに入れられそうな歌ができたんだから」

「うん」ミナはよそよそしく見せようとしてるけど、口元に笑みが浮かんでいる。わたしは、ニコーッとした。「もうだいじょうぶだと思う」

「バタースコッチのヘミーの話、きいた?」

リジーがたったいま仕入れたゴシップネタをシェアしたくてたまらないって顔で、バンの前列からからだをひねってふりかえる。数日後、わたしたちは朝から一日MVの撮影をして帰るところだった。わたしの両どなりのソニとヨンウンは撮影疲れでぐっすり寝ているけど、ほかの子たちは前のめりになってリジーの話に興味津々だ。バンがガクンと揺れて、ソニの頭がわたしの肩にのった。わたしはソニの顔にかかった髪を耳のうしろにたくしこんであげた。

「ヘミーにずっとプレゼントを送りつづけてたファンの男子がいたらしくてね、めちゃくちゃおもしろいものを送ってきたみたい」リジーが眉をくいくいっとさせる。「おもしろい」ってのはつまりヘンって意味らしい。「なんだと思う?」

「使用済みのパンツ」アリがすかさずいう。

「アリ! キモいこといわないで!」スーミンが怒る。

K-POPって、99パーセントはすばらしいファンしかいないけど、ごくたまーにいきすぎたことをするファンのおかしなうわさを耳にする。

「ハズレ。ヘミーの肖像画。ただし材料はぜんぶ、かみおわったガム」みんな、悲鳴をあげた。

「なんでそんなことしようと思うの?」ジユンが声をあげる。

「それより、どうやって事務所の検閲をとおったか、じゃない? ヘミーのところに届く前にだれかが気づきそうなもんじゃない?」ウンジが顔をしかめる。

家に着いてリビングに入ると(ヘロヘロのソニとヨンウンを車からやっとのことでおろしてか

ら）、マネージャーが運んできたファンレターが積みあがってた。あやしい感じがするものはない。手紙、カード、ファンアート、キーチェーンとか手作りアクセサリーとかの小物。あとは先月誕生日だったヨンウンへの花束がいくつか。

ほとんどはグループ全員宛てだけど、メンバー個人宛てのもある。みんな口には出さないけど、どのメンバーの山が大きいかサッとチェックしている。今回は山がいちばん小さかったソニが、ちょっとガッカリしたのがわかる。みんな、順番におもしろいファンレターを読んだりかわいいプレゼントに声をあげたりした。

「それってだれ宛て?」リジーが、わきによけてあったとくに大きい包みを指差す。

ミナが宛て名ラベルを見ていう。「レイチェル」

みんながわたしを見た。こんなに大きい包みがマネージャーの検閲を通過するのはめずらしい。さっきのヘミーの話が頭に浮かんで、わたしはギクッとした。みんなもおなじことを考えてるのがわかる。

わたしは深呼吸をして、おそるおそる包みをあけた。

オーマイガーッ。

手が震えてくる。真っ白な箱にシンプルな黒い文字が10個。はじまりはB。

息をのんで、ふたをあけた。

バッグ。

あのバッグだ。

ブルーのバレンシアガ。

「なに？　なんだったの？」ミナがせかす。

ゆっくりとバッグを箱からとりだした。記憶よりずっとうつくしい。

「うわーっ、レイチェル、すごい」ソニが目を丸くする。

「こんなのプレゼントしてくれるファンがいるの？　ラッキーねーっ」アリも声をあげる。

ラッキー、なんて言葉じゃすまない。ヒミツがバレるんじゃないかとこわくて、なにもいえない。

箱のなかには、白いカードが入っていた。「やわらかさと強さが融合したひとへ」

　オー・マイ・ガーッ。

「パリにもっていったらサイコーじゃん」ヨンウンがいう。

「そうだね」わたしは、カードをかくしながら上の空で答えた。すぐにアレックスにメールしなきゃ。「とりあえず片づけてくる」

　みんなのうらやましそうな視線を感じながら、わたしはバッグをかかえて部屋に急いだ。ドアを閉めるとすぐ、スマホを手にとる。

わたし：バッグが！　ありがとう！　ほんとうにいいの？

アレックス：どういたしまして！　いや、買わずにはいられなかった。

わたし：だって、どうして？

アレックス：4択にしよう。A）コーディネートに必須だから。B）前のバッグは安全上の問題があるから。C）会えてほんとうにうれしいから。D）ぜんぶ☺

8

バレンシアガをパリにもっていくべきかどうか、数日悩んだ。正直、うつくしすぎて汚すのがこわい。空港のセキュリティで乱暴に扱われたら？　しかも、こんな高価なプレゼントをもらっていいのかって迷いが消えない。だけどいまはまだ、とても手放す気になれない。

パリに発つ朝、わたしはもう一度バッグをながめながら、もっていくべきかどうか考えていた。肩にかけて鏡にうつしてみる。

「もうちょっとふたりきりにしといてあげようか？」ジュンがニヤニヤしながら部屋に入ってくる。あのブルーのノートのことは、問いただせないことに決めていた。わたしたちの友情と、ジュンの失恋の痛みが癒えることのほうがたいせつだ。そして少しずつ、ジュンはもとの明るさをとりもどしてきた。毎日少しずつ強くなってきた。ジュンがこんなふうにジョークをいうと、心からよかったと思えてくる。

「あはは。イチャイチャしてるとこ、見られちゃったね」

あ、いまの、マズかったかな。一瞬あせったけど、ジュンは気にしてないようだ。

わたしは出かける前に、部屋のなかを最後にもう一度チェックした。ベッドの上掛けをピッとのばして枕をふっくらさせる（旅行から帰ってきてベッドがぐちゃぐちゃなほど気がめいることってない)。それから、バッグに変圧器と充電器が入ってるか確認。もっていく服を最後にもう一度チェックしようとスーツケースをあけようとしたとき、そばで歯を磨いていたジュンが飛んできた。

「ちょっとちょっと。もういいから。ここ1週間で荷物を詰めたり出したり、もう47回やってるからね。そのなかに入ってるもの着ればだいじょうぶだって」

「わかったから。歯ブラシ喉につまらせないようにね!」

ジュンが部屋を出ていくと、わたしはもう一度パッキングし直そうか考えた。48回目だってかまわない(なんたってネル・クレイマーのコレクションだし)。だけど、ちらっと時計を見たら、そろそろ出かけないと飛行機に間に合わなくなる。廊下でジュンを軽くハグして、車に急いだ。パリが待ってる!

15歳でまだDBの練習生だったとき、わたしはソウル・ファッション・ウィークのナム・ハユンのショーに行きたくてたまらなかった。ナム・ハユンは昔もいまも、大好きな韓国のデザイナーのひとりだけど、ショーが一般に公開されることはめったにない。それがその年は行われることになって、わたしはどんなことをしてもチケットを手に入れたかった。オンマにさんざん頼みこんで(パワーポイントをつかって行きたい理由のプレゼンまでした)、奇跡的に許可がおりた。ショーのあいだは写真を撮りまくって、スマホの容量がなくなった。いちばんうしろの立ち見席だったけど、人生で最高の体験のひとつだった。

ナム・ハユンのショーはずっと心のなかの引き出しにたいせつにしまったままだけど、ネル・クレイマーのショーに招待客として行くのは次元が違う。パパラッチに写真をパシャパシャ撮られながら、わたしはカルーゼル・デュ・ルーヴルのエントランスに入っていった。アトリウムにランウエイが設営されて、宝石がきらめく王冠の飾りがついている。マネージャーのジョンソクが案内してくれたのは、〝レイチェル・キム〟という名札がついた最前列の指定席。ウソ。ありえない。わたしは席につくと、名札を記念にバッグにしまった。

ついにアトリウムが活気づいてきて、照明が薄暗くなり、ショーが始まった。夢みたい。音楽から、動く演出照明まで、なにもかもがすばらしい。細部に至るまでコンセプトに合わせて計算しつくされているのがわかる。一秒刻みに入念に計画され、リハーサルを重ねられている。わたしたちのパフォーマンスとおなじだ。

そして、ああ、服のうつくしさときたら。どれもこれもユニークで、スタイルもさまざま。シルクの花びらだけでつくられた魅惑的なドレスから、きっちり仕立てられたアニマルプリントのブレザーとシガレットパンツのスーツまで。ぜんぶ違うのに、なぜか統一感があって、ネル・クレイマーの声が、バイブスが伝わってくる。

繊細にして、挑戦的。それぞれ違う〝DAMN〟とか〝WHATEVER〟とかいうスラングのロゴがついたバレッタを合わせていて、ちょっとした遊び心もある。わたしはもう夢中で見入っていた。

ショーのあと、ネルがわざわざ近づいてきて、左右のほっぺたに軽くキスをしてくれた。「いらしてくれてありがとう。実物のほうがずっとステキ」

「ケープコートに合わせたジッパーネックレス、最高でした。すごくいいアクセントになっていて。

インダストリアルとフェミニンが絶妙に溶けあっていて」

ネルがニコッとした。室内だけど、黒いレンズのサングラスをかけている。「モデルのアラマがランウェイに出る直前につけたの。気に入ってもらえてうれしい」

「すごく刺激的でした」わたしは、あんまり興奮して引かれないように気をつけながらいった。

そのとき、アシスタントがネルにスッと近づいてきて、アフターパーティのことをささやいた。

「そろそろ行かなければいけないみたい。レイチェル、あとで会いましょう」

ネルの声を頭のなかでエンリピしながら（気に入ってもらえてうれしい、っていってくれた！わたしが、レイチェル・キムが気に入ったのをよろこんでくれた！）急いでホテルの部屋にもどって着替えた。アフターパーティにピッタリな、クールでシックで、たぶんネルにも認めてもらえる服。構想はしっかりできている。

クローゼットにかけてあるのは、ネル・クレイマーのメンズのジャケット。ソウルでひと目で気に入って、出番を待っていた。ミニドレスふうに着て、黒いストッキングとスティレットヒールをはいた。赤いマットの口紅をつけて、一歩さがって全体をチェックする。カンペキ。ただし……。

横から見ると、襟のカットが低すぎて、ふつうのブラはできないし、ノーブラにはサイズが大きすぎる。角度によっては、ポロリってことになっちゃう。ああ、なんで気づかなかったんだろう。わたしはジョンソクにファッションテープを用意してほしいと連絡した。

5分後、コンシェルジュがふつうのセロハンテープをもってきた。

「えーっと、両面になっているファッションテープがほしいんです」

コンシェルジュがぽかんとする。言葉の壁のせいか、そんなものきいたこともないからかはわからないけど、テープを切ってくるっと丸めて両側を接着面にしてみせた。

「あ、えっと、そうじゃなくて、服の着崩れを防ぐファッションテープが必要なんです……」わたしはどうしようもなくて、胸元を指さした。コンシェルジュがわたしを見つめる。

「あ、はい、マドモアゼル。探してみます」

数分後、コンシェルジュ（さっきとは違う人だ）がドアをノックして、コンビニで買ってきたらしいヌーブラをもってきた。

「これしか手に入らないのですが、だいじょうぶでしょうか？」

望んでいたものとは違うけど、これ以上時間をかけたらパーティに間に合わない。

まあ、フランス語でいえば「セラヴィ」。それが人生、なんとかなる。


ネル・クレイマーのアフターパーティの会場は、パリ最古の伝説のレストラン〈ラ・ペルーズ〉。雑誌からそのまま出てきたみたいにオシャレな人たちが集まって、シンセポップのプレイリストが流れるなか、カクテルをのんだり笑いあったりしている。

ミニワンピふうジャケットは、大好評だった。エッジが効いてて新鮮だけど、クラシックなカットのおかげでやりすぎって感じにならない。

ネルはショーの成功を祝う人たちに囲まれている。わたしは、たぶん行くからといっていたチョウ姉妹を目で探していた。ジュヒョンなら、どんな人からだって招待状を手に入れられる。

「すみません、レイチェル・キム、ですよね？」

キラキラした白いブレザー姿の女の人が近づいてきて、ニコーッとする。『エル』の編集をしています。ガールズ・フォーエヴァーの大ファンなんです」そういって手を差しだす。「そのうちぜひインタビューをお願いしたいと思って」

わあっ、『エル』！「お会いできてうれしいです。こちらこそ、ぜひお願いします」握手をする。

その人はニコニコしながら、インタビューのスケジュールやコンセプトについて話しはじめた。興味しんしんできいてたら、ジャケットのなかがもぞもぞするのを感じる。うわ、マズい。左のヌーブラがずり落ちてきちゃった。

ダメ。ダメダメダメダメ。ブラがジャケットから飛びだして床に落ちるところが目に浮かぶ。『エル』の編集者の目の前で。顔に笑みをはりつけたまま、腕をしっかり組んでブラが落ちないようにおさえた。

編集者はしゃべりながらチラッとわたしの胸を見て、ふしぎそうな顔をしている。どうしよう……なんとか自然にふるまおうとがんばったけど、編集者の話なんかほとんどきいちゃいない。ブラはもう、お腹のあたりまで落ちてきていた。もう限界だ。

「すばらしいオファーです！　こちらから連絡しますね！」わたしは話をぶった切るようにいった。

そして、化粧室にむかってダッシュした。個室でブラをつけ直して、ほっとひと息つく。ふぅ……危なかった。

あ、だけど……編集者の連絡先も、名前さえきいてない。ううう。わたしは頭を抱えた。『エル』のソロインタビューのチャンスがすりぬけていく。

化粧室から出てくると、40代くらいの男の人がいた。ポニテに青いフレームのメガネ。やたらにこやかにこちらにやってくる。シンプルなフランネルのシャツにふつうのブラックデニムという格好なのに、流行の先端にいる人たちのなかでまったく浮いてない。わたしはギクッとした。もしかして、ヌーブラ事件を目撃されてた？

その人はわたしのすぐ近くに来ると、ポケットからサッとなにかをとりだしていった。「どうぞ。夫がバックステージのスタイリストをしているから、いつもこういう小道具を携帯させられているの」手にのっかっているのは、いまいちばんほしいもの。ファッションテープ。

「いつ、こういうものが必要な人に会うかわからないからって」そういって眉をくいっとあげる。わたしはテープを受けとって、そのメガネの救世主にめちゃくちゃお礼をいいながら、化粧室にもどっていった。

再び化粧室から出てくると、その人はまだ立っていた。わたしは照れ笑いを浮かべながら、改めてお礼をいった。

「大げさじゃなくて、命拾いしました」わたしは残ったテープを差しだした。「ほんとうにありがとうございました」

「夫も、Ｋ－ＰＯＰの大スターの役に立ったと知ったらよろこぶでしょう」そういって手を差しだす。「わたしは、マックスウェル・リー・ハリス。『ヴォーグ』のフォトグラファーをしているの。

ガールズ・フォーエヴァーはよく知ってる」

「えっ、あっ、はじめまして！」握手をしながらわたしは声をあげた。フォトグラファーなら納得。オシャレ上級者っていうのは常に、さりげなくクールなものだ。「お会いできてうれしいです」

「そのジャケット、ステキ。ネル・クレイマーの春のメンズコレクション、でしょう？」わたしはうなずいた。心のなかでは、ファッション業界のトップにいる人からほめられたことに舞いあがっていた。「なかなかの思いつきね。こういうコーデ、ご自分のブランドでやってるの？」

　へっ？　自分のブランド？　「えっと、なんのことですか？　わたし、自分のブランドなんかもっていません」

　マックスウェルは眉をよせた。「もっていない？　だってみんな、あなたのことを〝フォーエヴァー・ファッショニスタ〟って呼んでいるでしょう？　てっきりあなたのレーベルの名前だと思っていたわ」

「あ、あれは、ファンがつけてくれたニックネームなんです。みんな、親切だから」わたしは笑いながら首を横に振った。

「あらあら、ご謙遜を。あなたは紛れもないファッションアイコンよ。わかっているのはファンだけではないわ」

　うれしさが胸のなかにむくむくわきあがってくる。

「『ヴォーグ』のモデルのオファーを断られたのは、ほんと残念だった」マックスウェルがつづけていう。「あの企画はわたしが撮る予定になっていたの。ぜったい成功させようって思っていたのよ。わたしたちが組めばすばらしい誌面がつくれる自信があったのに」マックスウェルが残念そうにため息をつく。「ウェス・アンダーソンにインスパイアされた見開きのページのプランがあったの。シルクとレザーだけでコーディネートして、どのショットでも訓練されたハヤブサといっしょに写すつもりだったのよ」

えっ、ちょっと待って。わたしがポカンとする番だった。『ヴォーグ』のモデルを断ったなんて、とんでもない。そんなオファー、断るわけないし。あ、でも……あのときの幹部の会話がよみがえってきた。まさかDBがわたしにききもしないで勝手に断ったとか？　そういえばミスター・ノがいってたっけ。「グループで『ヴォーグ』という話はない」って。あれって考えてみたら、うまい言い逃れだったのかも。だって『ヴォーグ』はグループにオファーしてきてないから。わたしだけ。

どうしてミスター・ノは、話してくれなかったの？　『ヴォーグ』のことをたずねたとき、なんでごまかしたの？　わけがわからないし、腹が立つし、ガッカリだし、頭のなかがごちゃごちゃだ。そのとき視線のすみっこに、よく知っている顔が目に入った。オーマイガーッ。あれって……うん、やっぱりそうだ。

「あそこにいるのって、カーリー・マットソンですよね？」わたしは思わずたずねてしまった。目の錯覚じゃないってどうしても確かめたい。

マックスウェルが、おもしろがっているような顔をする。「そうよ。ファンなの？」

ファン、なんてもんじゃない。崇拝してる。カーリー・マットソンは、子どものころ大好きだったガールズバンドのBダズルドのメンバーだった。解散後、ファッションアイコンになったレジェンドだ。MVTのビデオ・ミュージック・アワードで、3回衣装をチェンジして、そのたびに髪をカットして腰まである髪をショートボブにしたのはいまでも語り継がれている。メットガラのときのクジャクみたいな羽がついた衣装も伝説だ。

「毎晩Bダズルドのライブ Tシャツ着て寝ているんです」わたしはマックスウェルに打ち明けた。

　Bダズルド解散後、カーリーは自分のレーベルを立ちあげてデザイナーになり、オリンピックにも出たスウェーデンのスキー選手のオリヴァー・マットソンと結婚した。ああ、カーリーが目の前にいるなんて、信じられない。おなじ部屋にいて、おなじ空気を吸ってるなんて。すごくシックなグリーンのジャンプスーツを着て、低い位置でエレガントに髪をひとつにまとめて、カルティエのパンサーイヤリングをしている。

「実物はさらにステキ。こんなに近づけるなんて思ってもみませんでした。ごあいさつしてもいいでしょうか？　ヘンだって思われたらどうしよう」

　マックスウェルは笑った。「おやおや。自分も国際的なスターだってこと、忘れちゃった？」

「カーリー・マットソンとわたしでは、レベルが違いすぎます」カーリーは、まったくべつの世界の人だ。

「きっとよろこぶと思うわよ。あら、でも帰るところみたいね」

　あーっ、ホントだ。ガッカリ。カーリーはもう出口にむかっている。

「仕方ないわね。カーリーはいつも、こういうイベントから早めに帰るの」

「どうして？」

「家で子どもが待っているから」マックスウェルが肩をすくめる。

「ああ。４歳のジュードと、２歳のメイベル」

マックスウェルがニヤニヤしてこちらを見る。おっと、わたし、ストーカーみたいだった？

「そのとおり。ほら、仕事と私生活のバランスをうまくとっている、ってやつね」

ああ、なんて理想的。オシャレでステキなだけじゃなくて、めちゃくちゃ成功してて、それでいて家族をたいせつにしてるなんて。

「カーリーは帰っちゃったけど、話をしたくてしょうがないファンが待っているみたいよ」マックスウェルがいう。

マックスウェルの視線を目で追うと、カクテルバーにいるヒエリが手を振っていた。となりにジュヒョンもいて、投げキッスをしてる。わたしはニッコリして、マックスウェルにじゃあまた、といってバイバイすると、ふたごのところにかけていって、ふたりまとめてガバッと抱きしめた。

「ああ、会えてうれしいーっ！　しかも、パリで会えるなんて！」

「サイコーね」ヒエリがいう。

ジュヒョンもニッコリする。

ホント、うれしすぎる。こんなふうに親友との時間を共有できるなんて、わたしってなんてラッキーなんだろう。

「ちゃんと顔を見るの、すっごく久しぶりだわ」ジュヒョンは透け感のあるフローラルプリントのラッフルショルダーのワンピースで乙女チック。ヒエリのほうは、いつもの研究室で動きやすいカジュアルスタイルから、白いブラウスをメタリックなパンツスーツにタックインというシックなかっこうにチェンジして、ジュヒョンの同行者としてこの手のイベントに来るのがはじめてじゃないのは明らか。ふたりとも、めちゃくちゃ華やかだ。「まあ、実物を見るのは、って意味だけどね。ヒエリがいつも、レイチェルのＭＶを流しっぱなしにしているから」

「自慢の友人だもの。元気だった、レイチェル？　ショーはどうだった？」ヒエリがたずねると、ジュヒョンがすぐに口をはさんだ。「ショーのことなんか、あとでいいわ」瞳を輝かせて、わたしの腕をつかむ。「アレックスとはどうなってるの？　チャットでその話題を避けているの、わたしたちが気づいていないとでも思う？」

「どうにもなってないよ！」わたしはあせって答えた。たしかにいまのいままで、アレックスの話は避けてきた。あまりに個人的な気がするからってのもあるけど、自分の立場がハッキリしてないからってのもある。自分でも答えが出てないのに、どうやって説明すればいい？

「えーっ、そういうことなのね」ヒエリが目を丸くする。「返事に時間がこれだけかかるってことは、そういうことよね」

「違う違う、そんなんじゃない。ホントになんにもなくて……」

「わかったから白状なさい」ジュヒョンがいいながら、バーからカクテルをとる。

わたしはグレープフルーツとテキーラのカクテルをオーダーして、３人ですみっこの窓際に移動した。ここなら、まわりが騒がしくても言葉がききとれる。わたしは最初から順を追って話した。ジュヒョンとヒエリは興味しんしんで、タイミングよく息をのんだりキャアキャアいったりするので、わたしも気分がもりあがってきた。アレックスの話をするだけで、幸せなドキドキがはじまる。

「それからメールはひんぱんにしてる」わたしはカクテルをすすりながら白状した。「あと、ビックリなんだけど、これをプレゼントしてくれた」わたしはスマホをとりだして、バレンシアガの写真を見せた。

　ヒエリがふざけてつついてくる。「もう好き確定じゃない！」子どもみたいにはしゃいで声をあげた。

「さすがアレックス、趣味がいいわね」ジュヒョンもうなずく。

「それって、わたしのこと？　バッグのこと？」テキーラのせいで気が大きくなっていた。「けっこうたくさんのブランドに投資してるもの。数年のうちにもっと拡大していくんじゃない？」

「えっ？　アレックスが？」そんな……ぜんぜん知らなかった。投資の仕事をしてるのはきいてたけど、ファッション業界だなんて。

「知らなかったの？」ジュヒョンがいう。「アレックスって、鬼才っていわれてるのよ。卒業したと思ったらいきなり大きな投資銀行ではたらきはじめて、すぐに自分の投資ファンドを立ちあげたの。すごい成功者なのよ、レイチェル！　あんなに仕事できる人、見たことないわ」

「へえ」言葉がなかった。シンガポールでウィンドウからバレンシアガのバッグを見ていたときのことを思い出す。ファッションのことなんかなんにも知らないみたいな顔してたのに。

「きーめた」ジュヒョンがいたずらっ子みたいに目をキラッとさせて、カクテルをのむ。「電話してみよう」

「もうかけてる」ヒエリがスマホをとりだす。アレックスにFaceTimeをかけていた。

「ちょっと、やめて！」わたしはヒエリからスマホを奪おうとした。

アレックスとは何度もメールしてるけど、ビデオ通話となると話はべつ。みょうな雰囲気になっちゃったらどうしよう？

「もう遅いわよ！」ヒエリがスマホをパスしてくる。カクテルを落としそうになりながらなんとかキャッチすると、画面にアレックスの顔がうつっていた。無精ひげが浮かんでいるけど、ちょっとくたびれた感じもわるくない。

「レイチェル？」アレックスがビックリして声をあげてから、うれしそうにニコーッとする。いつものエクボがあらわれた。「やあ、番号がちがうから、予想外だったよ。まわり、にぎやかだなあ！どこにいるんだ？」

「あ、ハイ……」声がひっくり返る。コホンと咳払いしてやり直す。「こんにちは、ハイ、アレックス。いま……ファッションショーのアフターパーティなの。こんな時間にごめんなさい。香港は夜中の3時、だよね？」

「うわっ、レイチェルってば、もう時差を把握しちゃってる」ヒエリがジュヒョンにささやく。

わたしはギロッとにふたりをにらんだ。アレックスにきかれてませんように。

「じつはいま、出張中なんだ。だからたたき起こしたんじゃないかって心配はいらないよ」アレックスは笑った。「やあ、ジュヒョン、ヒエリ」アレックスが呼びかける。わたしが画面をむけると、ふたりはテヘへって感じで手を振ってから、くすくす笑いだした。

わたしはまた画面を見た。「ってことで、ひと言ごあいさつと思って」ううう……地下鉄の一件とおなじくらい恥ずかしい。

「うれしいよ。まちがいなく、本日のハイライトだ」

「ホント?」照明がこれだけあれば、顔が赤くなってるの、バレないよね。

「ああ」アレックスのニコッが、ニヤリにかわる。「今日は夕食のときにワインをこぼしたし、昼間は目の前でタクシーを奪われた。だから、たいしてハイライトの競争相手はいなかったってわけだ」

「まあ、少しでも一日を明るくできてよかった」

ジュヒョンとヒエリがふーんって感じで眉をあげて顔を見合わせる。わたしはまたコホンと咳払いをしてからつづけた。「とにかく、バッグのこと、もう一度ちゃんとお礼いいたかったし。あんなステキなプレゼント、わたしにはもったいないよ」

「たのむからつかってくれ。送りかえされたら自分でつかうしかなくなる。ぼくにターコイズが似合うとは思えないから」

わたしは笑った。「わかった。改めてありがとう。ほんとうに、ほんとうにうれしい」

アレックスもニッコリする。「どういたしまして」

それから少しおしゃべりして、おやすみをいった。電話を切るとすぐ、ジュヒョンとヒエリが、そうかそうかみたいにニヤニヤしてわたしを見つめた。

「はいはい、わかったから」わたしはさらっと流そうとしたけど、けっきょく3人で笑い転げた。

ソウルにもどる前に丸一日オフがあって、わたしは二度寝を楽しんだ。フォーシーズンズホテル・ジョルジュサンクのわたしの部屋は中庭に面していたので、静かで平和。頭はきのう騒ぎすぎたせいで痛かったけど、目を閉じると、ネル・クレイマーのすばらしいコレクションがつぎつぎと浮かんでくる。思い返すたびにうっとりする。

9時ごろにベッドからもぞもぞ起きあがって、ゆっくりシャワーを浴びてから、ダボッとしたクリーム色のケーブルニットと黒いレザーパンツというかっこうで出かけた。

まずはマレ地区まで散歩して、シェ・マリアンヌでファラフェルとコーヒー。一時間くらいいろんなお店を見てから、地下鉄に乗ってモンマルトルへ。丘までつづく石畳の通りにはカラフルなカフェがずらっと並んでいて、むこうにサクレ・クール寺院が見える。すっかり観光客気分で、寺院を背景に自撮りしてインスタに投稿した。

ふだんなら、投稿する時間帯も場所も気をつけるけど、今日はまあいいかって気分になっていた。ガールズ・フォーエヴァーはヨーロッパのミュージックシーンではそこまで知られてないし、身バレする可能性はほとんどないはず。

そろそろパリジャンがアウトドアのカフェやブラッスリーでエスプレッソをのむ時間だ。わたしもたくさんあるカフェのひとつにふらっと入って、ブルーのノートをとりだした。肌寒いけど、日差したっぷりで、両手にもったカップがあったかくて気持ちいい。ストリートミュージシャンが演奏してるから気が散るかなと思ったけど、ペンが動きだして気づいたら、歌詞ではなく、デザインのスケッチを描いていた。イメージがつぎからつぎへとわきあがってくる。店員さんがエスプレッソを、しばらくしてチョコレートクロワッサンをもってきてくれた。

日常からはなれたおかげで、好きなだけ仕事以外のことに集中できるようになったらしい。

ブラウスのパフスリーブの形を整えるのに夢中になっているうちに、気づいたらすっかり時間がたっていた。指がつかれて手をとめたとき、午後の日差しをさえぎって人影が落ちていた。

店員さんがもどってきたのかなと思って顔をあげたら、ちょっとバツがわるそうに笑いながら立っている男の人がいた。

「あっという間に見つかったよ」

9

「アレックス？　こんなとこでなにしてるの？」わたしは小さなカフェテーブルをたおさずに立ちあがってハグしようとしたけど、まだペンをもったままだったので、突き刺しちゃいけないと思ってけっきょく、挙動不審のおかしな体勢になってしまった。

アレックスがニンマリする。「ああ、たまたま近くにいたから。Ｋ－ＰＯＰアイドルがどこかにいないか、目を光らせていたってとこかな」

アレックスはしましまのラタンチェアを引いて、わたしのとなりにすわった。どのイスも通りをながめられるように並んでいるから、となりどうしになってしまって急に決まりがわるくなる。

またパリッとしたボタンダウンのシャツだけど、今日は水色じゃなくて黒。レザーのジャケットをはおっている。この前会ったときより髪がのびてたから、くせっ毛なのがわかる。その髪に指を走らせているのがめちゃくちゃかわいく見えて、気をそらそうとエスプレッソのカップを手にとったら空っぽだったので、そのままおろしたら受け皿に思いっきりガチャンと当たってしまう。やれやれ、今日は運動神経に見放されてるみたい。

「会議でロンドンにいたんだ。海峡をこえてすぐ、だからさ」

「わたしにバッタリ会うために、わざわざ？」ふざけたけど、内心動揺しまくっていた。きのうの夜の突撃FaceTimeがわたしとおなじくらいうれしかったってこと？　それで会いに来てくれたの？

「まあ、それだけじゃないけどね」アレックスは店員さんに合図をして、コーヒーを注文した。

「お気に入りのテイラーに寄ってみようと思ってね。あたらしいスーツのフィッティングをしてもらっているあいだに、これを見つけたんだ」アレックスはスマホをもちあげて、わたしがさっき投稿した自撮りを見せた。「先にDMしようかと思ったんだけど、もともと散歩するつもりだったし、メールしようと思って顔をあげたら、きみがいたってわけだ。運命みたいに」

「ふぅーん。わかった」わたしはニヤニヤしないように努力した。エスプレッソのおかわりを頼まなくちゃ。手になにかもっていたい。チラッとテーブルの下を見ると、ピカピカのオックスフォードシューズ。たぶんベルルッティのもの。「そうそう、それで思い出した。あなたのヒミツ、きいちゃった」

　アレックスがぽかんとする。「ぼくのヒミツ？」

「ファッション業界の人だったんだね！」わたしはひじ鉄をした。しょうもないけどボディタッチする口実みたいなもの。「チョウ姉妹からきいた」

　アレックスはなーんだというふうに笑って、テーブルの上のノートをのぞきこんできた。「業界ってわけじゃないけどね。いろんなブランドと組んでいるだけだよ。ファッションといえば、やけに熱心に描いてたように見えたけど？　自分のブランドかなんか？」

「えっ、これ？」デザイナーをしてるのかってきかれるのは、この2日で2度目だ。ありえない！

「違う、違う。どうでもいいお絵かきみたいなもの」

「見てもいい？」

一瞬、どうしようかと思った。だって、ほんとにお絵かきだし。

「正式にデザインの勉強したこともないんだよ」わたしはおそるおそるノートをスライドさせた。「っていうか、いつもイメージが浮かんだらてきとうに描いてるの。フライトが遅れたときの待ち時間とか」言い訳っぽいことを口走ってるのはわかってるけど、アレックスがどう感じるか、気になる。

アレックスは、真剣なまなざしでパラパラとページをめくった。わたしは判決を待つような気持ちで、表情を読もうとして見つめていた。しょせんはアマチュアだなって思ってる？　そのうちアレックスはノートを閉じて、わたしを見あげた。

「レイチェル、これ、いいよ」まじめな顔でいう。「すごくいい。このシルエットはちょっとどこかで見たことある感じだけど、こっちはどこにもないし、それにこっちは……なんていえばいいんだろう。レイチェルそのものだ。それって、ぼくの限られた知識だけど、デザインの根幹じゃないかな？　デザイナーの声がきこえるってことだよ」

「ほんとに？」

「もちろん」アレックスはうなずいた。

わたしは心がおどった。「たぶん、きのうの夜のショーに感化されたんだと思う。すばらしかった。ネルのメッセージがハッキリと伝わってきた」それからわたしは、『ヴォーグ』のフォトグラファーに自分のブランドをもってるのかきかれたっていう話をした。「もちろん、そんな力があるとは思ってないけど、ちょっとうれしかったんだ。だから想像の世界のブランドってとこかな」アレックスから返してもらったノートが、手のなかでずっしりと重みをもっている気がする。同時に、もしこのノートを失ったら、この瞬間も、確かに感じたなにかも、消えていっちゃうような気がする。

「どうして想像の世界なんだ？」アレックスが首をかしげる。「ぼくはデザインの専門家とかではないけど、きみがその気になれば、現実にするだけのスキルはあるんじゃないかな。ぼくがいっしょに仕事をしているクリエイティブディレクターのなかには、一般的なスクールだかなんだかで学んでない人がたくさんいる。しかも大成功している。その人たちに共通していえるのは、ヴィジョンがハッキリしていて、粘り強いってことだな」

「でも……わたし、お裁縫《さいほう》さえできない」前にイザベルマランのニットの袖にあいちゃった穴を縫おうとして、ヒサンなことになったのを思い出す。

「それがどうした？　だれだって初心者からはじめるんだよ」アレックスが身を乗りだしてくる。「しかも、自分で縫えなくてもかまわないんだ。そもそも、ひとりで丸々一着デザインすることもない。クリエイティブディレクターには、独創的なクリエイションのヴィジョンがいちばん必要なんだ」アレックスがあたたかい茶色の瞳でまっすぐのぞきこんでくる。「問題は、きみが自分のブランドのデザインをやりたいことかどうかってことだ。それで幸せになれるのかってことだよ」

どうなんだろう……。考えるとワクワクするけど、同時にこわくなる。未知の領域すぎて。わたしにそんな選択肢があるなんて思ってもみなかったから。クリエイティブディレクターなんて、理想的すぎる。オリジナルの服をデザインして、それに合うファブリックやマテリアルを選んで、ブランドの世界観と物語を伝える。そう考えたら、胸が高鳴ってきた。いますぐ鉛筆を手にとってデザインを描きたくてうずうずしてくる。

　ああ、でも……それを人生の目標にできる？　K－POPはどうなるの？　音楽はわたしにとっていちばんたいせつなものだし、一生やりつづけたい。

「幸せにはなれる。だけどいまは、安心できる場所みたいなものだから、仕事としては考えてないかな」

「わかるよ。自分のためにとどめておきたいうちは、それでいい」アレックスがさらっといって肩をすくめる。「ひとつだけいうと、ぼくの場合はすでに理想をかなえている人を手本にしてみることがあるんだ。そうすると……」

「カーリー・マットソン」

　わたしがつぶやくと、アレックスは目をパチクリさせてから笑った。「Bダズルドの？」

　わたしはうなずいてから、ちょっと恥ずかしくなった。

「ふーん、きみってどっちかというとニッキー・ケイシーってタイプかと思ってたよ」アレックスがからかうように、カーリーのグループメンバーの名前を出す。いつもめちゃめちゃ高い位置でポニーテールをして、ショッキングピンクのプラットフォームブーツをはいている。カンヌ国際映画祭で脇毛をエレクトリックブルーに染めて登場したのは有名だ。

「あはは。実はきのうのアフターパーティでカーリーを見かけたの。それがもう……ああ、アレックス、オーマイガーッ！　カンペキ。あれこそ理想。カーリーみたいになれたら……音楽とファッションの仕事をしながら家族との時間をたいせつにできたら、夢みたい」

　アレックスはちょっと考えてからうなずいた。「そうか。ぼくにできるだけのことはしよう」

　えっ？　「できるだけのことって？」

　いたずらっ子みたいにニッと笑って、アレックスが手をのばしてきた。一瞬、手をつないでくるのかと思って、息がとまりそうになる。だけどアレックスはわたしの手をとおりこして、空になったわたしのカップをつかんだ。

「そうだな、まずは飲みもののおかわりをもらおうか。または場所をかえるかだな。少しぶらつく？　それとも今夜にでもシャルルドゴール空港に行かなきゃいけない？」

「フライトは明日の朝。だから、それまでなにをしようか考えなきゃってとこ」

「だったら、いっしょに考えよう」

　ニヤニヤしそうになるのをがまん。アレックスはコーヒー代をテーブルにおいて腕を差しだした。わたしはその腕をとった。

　モンマルトルから地下鉄に乗ってリヴォリ通りに行き、話題のブティックをいくつかのぞいた。それからアルコル橋をわたって、空にむかってそびえたつようなノートルダム大聖堂をながめた。サンジェルマン・デ・プレではシェイクスピア・アンド・カンパニー書店でいろんな言語の本をながめて、リュクサンブール公園で買った本を読んだ。わたしはどうしてもだれかに見られてるんじゃないかという恐怖にかられて、何度も振り返った。不安は消えなかったけど、いまはふたりでいられるうれしさが勝っていた。

つぎはどうしようという段になるといつも、アレックスは選択肢を出してくる。A）ベーカリーでパンを買ってエッフェル塔のわきで食べる。B）セーヌ川でサンセットクルーズをする。C）バスティーユで飲みものをのむ。D）A～Cすべて。

一日じゅう、わたしの頭のなかも複数の選択肢が渦巻いていた。

アレックスにキスする？

A）しちゃえ！

B）ありえない。だれかに見られて写真撮られたら？　無防備もいいとこ。

C）しかも、本気でそういう間柄になるつもり？　頭で考えなさい。心で感じるんじゃなくて！

D）でも……してもいいんじゃない？

さっきセーヌ川沿いを散歩しているときに手が偶然触れあって、腕がゾクゾクッとした。あのとき一瞬、アレックスは立ちどまった。わたしも立ちどまった。アレックスが目をのぞきこんできて、いつもの笑みを浮かべた。左のほっぺたのえくぼが、少年みたいにかわいくて、どうしようもなくセクシーに見えた。

「手をつなぎたい。わかってくれる？」アレックスが笑う。「さっきカフェでもつなぎたかった。だけど、なんてことないフリをしてたんだ」わたしもくすくす笑ったけど、アレックスが真顔になる。「Ｋ-ＰＯＰアイドルがどういうものかっていう話、忘れていないから。プレッシャーを与えたくないし、まずい立場におきたくもない。それに、こんなことという必要はないかもしれないけど、ぼくはきみの名声には興味はない。きみに興味があるんだ。きみと、シンガポールの地下鉄をＸスポーツみたいに乗りこなすきみの能力にね」

　これには吹きだしてしまった。アレックスはすごく正直に自分の気持ちを伝えてくれている。

「ありがとう。そういってくれてうれしい」わたしは手をのばして、アレックスの手を握った。指をからませて恋人つなぎをしたまま散歩をつづけた。そのときは、警戒心なんてなくなっていた。

　パリの街を歩きながら、さっきの会話を頭から振り払えない。それと、キスしたいっていう気持ちも。ジェイソンとつきあっていたころ以来だ。とはいえ、ジェイソンのときとはまったく違う。ジェイソンといっしょにいると、いい意味でもわるい意味でもドキドキハラハラしっぱなしで、ジェットコースターに乗ってるみたいだった。いまにして思うと、子どもっぽい恋だった。だけどアレックスといると、地に足がついてる感じがする。安心するのと同時に、自由で、いくらでも可能性がひらかれているように思えてくる。

　夕方になって、ホテルコストに来た。ここには、こぢんまりしてて居心地がよくて、照明がうす暗い隠れ家レストランがある。セレブが人目を気にせずにリラックスしてカクテルをのめる雰囲気だ。「チョンの名前で2名で予約しておいたんだが」アレックスが給仕長《メートル・ドテル》にいう。

　テーブルに案内されるとき、アレックスがついてこないので、わたしは振り返ってたずねた。

「どうしたの?」

「ああ、じつはディナーは参加しないんだ」

「えっ？　だって2名で予約してくれたんでしょ？」

「遅れてごめんなさい！」声がした。

あらわれたのは、ヴィンテージのワイドジーンズに黒いタートルネックのニットを合わせて、黒いアンクルブーツをはいて黒いスクエアサングラスをかけた女の人。バッグは、ホットピンクのバーキン。

オーマイーガーッ。

カーリー・マットソン。正真正銘、ほんもの。

カーリーがアレックスのほっぺたにキスをしてから、わたしにむかってやさしくほほ笑む。「レイチェルね」そういって、わたしのほっぺたにもキスをする。「お会いできてうれしい」

「わたし……わたしこそ、お会いできてうれしいです」言葉がうまく出てこない。アレックスのほうをむいて、口パクでいった。どーゆーこと？？？

「カーリーのパートナーのオリヴァーと仕事をしているんだ。オリヴァーがやっているスポーツウエアのブランドの経理関係を手伝っているから、そのコネをつかった」アレックスがなんてことなさそうにいう。

信じられない。わたしは、アレックスとカーリーをかわりばんこに見ていた。どっちにビックリしていいか、わからなくなってくる。アレックスが腕をぎゅっとしてきた。

「楽しんで」

「レイチェル、行きましょう」カーリーがいう。

わたしはなんとかうなずいて、カーリーとウェイターのあとをテーブルまでついていったけど、感激で泣きだしそうなのをおさえるのに必死だった。カーリーはめちゃくちゃ品がよくて、わたしが挙動不審なのをスルーしてくれるどころか、イスから身を乗りだすようにして共犯者みたいな笑みを浮かべた。

「ここはチョコレートムースが最高なのよ。食事の前にいただいちゃいたいくらい」

わたしは笑った。はりつめていた気持ちが少しほぐれる。「チョコレートムースなら、いつでも順番ムシできます」

カーリーがウインクする。「同類ね」

しゃべりはじめてすぐ、わかった。カーリーは、カーリー・マットソンだってことを忘れさせる天才。どこまでも自然体で気どりが皆無で、わたしもだんだんリラックスしてきた。トリュフリゾットに重みのあるブルゴーニュワインをあわせているとき、わたしはきのうのファッションショーの感想と、アレックスがわたしのデザインを見たときのコメントの話をした。

「でも、デザイナーになる自信なんかなくて。ただ思いついたものをスケッチしていただけなんです」

「わかるわよ。でも、こう考えてみて。子どものころ、ステージに立っているところを夢見て自分の部屋で歌をうたっているとき、本気でＫ‐ＰＯＰのスターになれると思っていた？　きっとそのころは、夢がかなうなんて不可能だと思っていたでしょう？　でも、いまこうしてここにいる」

たしかに。わたしはゆっくりうなずいた。そんなふうに考えたことなかった。

「やりたいと思っているなら、自分でデザインをはじめるいい機会じゃないかしら。あなたはやる気も才能もあるし、いうまでもなく業界にコネクションももっているわ」きのうの夜、ファッション業界とつながるチャンスを逃したことを思い出して、ううっとなる。カーリーが気づいて笑った。

「どうかした？」

わたしはおずおずとヌーブラ事件を打ち明けた。カーリーは目を丸くして笑いだした。「ああ、恥ずかしい。なんだかファッション業界って、暗黙の了解があるような気がして、みょうに怖気《おじけ》づいちゃうんです。ヘタなことしたらたいへん、って思って」

カーリーの笑いが、あたたかいほほ笑みにかわる。「わかるわよ。でもね、レイチェル、人が大成功をおさめるときって、黙っていわれたことだけやっているときではないんじゃないかしら。たまにはルールを破ってみることも必要よ。そのほうが人生楽しいもの」カーリーがウインクをする。

わたしはワインをのみながら、いわれたことを考えた。ＤＢの教えとは正反対だ。Ｋ－ＰＯＰでは、ルールを守ってこそ成功をおさめる。練習生のときからずっと、目の前に敷かれたレールを外れないようにして、いまの場所にたどりついた。自分のブランドを立ちあげたいって考えるだけでも、Ｋ－ＰＯＰのルールを破ってるような気がする。前例がない、それだけの理由で。考えるだけでも許されないことなのかな？

「レイチェル、甘いことをいうつもりはないわ。自分で事業をはじめるのはものすごくたいへんよ。とくに人気のガールズグループからまったく違うことをはじめようとしたらね。でも、心から望んでいるならできるはずよ」

違うことをはじめる？　「やめようと思っているわけではないんです。ファッションのためにガールズ・フォーエヴァーを抜けるつもりはありません。グループの活動は大好きだし、K－POP史上活動期間が最長のガールズグループになりたいっていう夢もあります。まだ若いし、少なくともあと4、5年は活動したいんです。メンバーとは姉妹みたいなものですし」

カーリーがにっこりする。「あのころがなつかしいわ。Bダズルドも、いつもいっしょだった。いまでもメンバーとは姉妹みたいに仲がいいわよ。それぞれ違う道を歩んでいるけれど。くだらないことで口げんかはさんざんしたけど、恨みつらみがないからいい関係がつづいているのね」

カーリーがわたしの手をぎゅっと握る。「レイチェル、K－POP後の未来について考えることは、グループを裏切ることにはならない。ほかにやりたいことを追求しながら、ガールズ・フォーエヴァーの活動も精いっぱいやればいいのよ。あなたならできる。だからそろそろ……」カーリーがわたしの手をはなして、デザートメニューを手にとる。「チョコレートムースの時間じゃない？」

ああ、なんてステキな人。

「はい、もちろんです」

ディナーのあと、わたしは雲の上を歩いているみたいに舞いあがったまま、フォーシーズンズホテルにもどった。カーリー・マットソンとのディナーなんて、夢みたい。それもこれもぜんぶ、アレックスのおかげ。

部屋に着くとすぐ、アレックスにメールした。

わたし：ありがとうありがとうありがとう。

すぐに返事が来る。

アレックス：楽しかったってことでいいのかな？

わたし：サイコー。こっちはフォーシーズンズにもどってきたところ。どこにいるの？

アレックス：仕事相手と食事してもどるところだよ。じつは、ホテルの前にいて……

わたしはとっさに部屋を飛びだして、ホテルの階段をかけおりた。正面のドアを出るとすぐ、アレックスが街灯の下に立っているのが見えた。霧雨《きりさめ》がふってきた。アレックスの顔がうっすらぬれて、街の光に髪の毛がキラキラ光っている。

「ハイ」アレックスがいう。

「ハイ」

アレックスが顔にかかった雨をぬぐう。「出てこなくてよかったのに。ぬれちゃうよ」

「いいのいいの。雨のほうがパパラッチに撮られる心配もなくなるし」わたしは目に見えない力に引きよせられるようにアレックスに近づいていった。

アレックスが笑う。「で、どうだった？」

「人生かわった。チョコレートムースで」ふざけて、アレックスをたたく。「ああ、もう、まさか会えるなんて思ってなかったから……」

アレックスがにっこりする。「それはよかった」

タクシーが近くにとまって、カップルがおりてきた。ほろ酔いで笑いながらホテルに入っていく。わたしたちはドアからはなれて暗がりにかくれた。

「ほんと、なにもかもすばらしすぎた。なんてお礼をいったらいいかわかんない」

「礼には及ばない。だけど、オプションA）ぬれたついでに散歩でもどう？」

すぐには答えない。この瞬間がステキすぎて胸がいっぱいすぎて。街灯の明かりがアレックスの横顔をきらめかせて、瞳を輝かせて、真剣な表情を浮かびあがらせて……。

「または……オプションB）。一日ぼくに引きずりまわされてくたくただろうから、このままおやすみをいってベッドに飛びこむ、ってのもアリだ」アレックスがいう。

わたしは笑って首を横にふった。「オプションC）。AでもBでもない」

アレックスがふしぎそうな顔をする。だけどアレックスが口をひらかないうちに、わたしはぐっと近づいて、キスをした。一瞬、アレックスはビックリしすぎて反応できなくなっていたけど、すぐにわたしの腰に手を回してキスを返してきた。雨がやさしく、わたしたちの足元の石畳をぬらしていた。

10

「ただいま！」清潭洞のヴィラに到着してすぐ、わたしはさけびながら靴を脱いだ。閉まったベッドルームのドアのむこうから「おかえり」という寝ぼけた声がいくつかきこえてきたけど、だれも出迎えてはくれない。まあ、当たり前かも。日曜日の午前9時前で、ガールズ・フォーエヴァーの活動はない。わたしだっていつもはぐっすりだ。

すぐに荷物をほどきたいけど、11時間のフライトと8時間の時差のせいで、ぐったり。ちょっとだけ昼寝してからにしようかな。部屋に近づいていくと、シャワーの音がきこえて、ジユンがいつもつかってるココナッツのシャンプーの香りがただよってきた。

ドアをあけると、帰ってきたーって感じになった。ホテルの部屋はイタリア庭園を見わたせてステキだったけど、写真だらけの壁もないし、角を折った『ヴォーグ』を積んだベッドサイドのテーブルもないし、リジーがグループ結成5周年の記念にくれた木製のアクセサリーツリーもない（リジーはふだんはツンツンしてるけど、記念日にはかならずみんなにプレゼントをしてくれる）。部屋の半分を占めるジユンの散らかったスペースさえなつかしい。スーツケースをクローゼットにしまいこんで、わたしはベッドの上に丸くなって目を閉じた。

数分後、キッチンからにぎやかな声がきこえてきた。朝食のにおいに誘われて起きたんだろう。

イスラエルでは定番の朝食、シャクシューカにスーミンがはまって、マネージャーにたのんで毎週末デリバリーしてもらっている。わたしもお腹がぐーっと鳴った。飛行機でベーグル食べただけだし。荷ほどきも昼寝もあとまわしにしよう。

　キッチンに行くと、みんながテーブルについたところだった。

「うわっ、レイチェル、ビックリしたーっ。おかえり！」ソニが胸に手をあてながらいう。

「うん、ただいま」わたしはニコッとした。

「スーミン、髪、すごいわよ」アリがいう。スーミンのまとめ髪は、ナチュラルなゆるふわというより、鳥の巣みたいになっている。スーミンはあくびをしながらアリのとなりにすわった。眠すぎてリアクションする気にもなれないらしい。

「あっ、ネル・クレイマーのショーのおみやげ袋のなかにヘアセラムが入ってたから、よかったら貸してあげる」わたしは、オミジャ茶をいれているスーミンにむかっていった。

「ちょっと、レイチェル、あたしたち起きたばっかなんだから、パリの自慢はもうちょっとしてからにしてくれない？」リジーがいう。

「ほんとよ」ミナが冷蔵庫をあけて、炭酸水のボトルをとりだす。「レイチェルが遊びに行ってるあいだに、こっちはせっせとはたらいていたんだから」

　はっ？　ヘアセラムを貸してあげようとするのが自慢になるとは知らなかった。しかも、パリ行きの許可がおりたのは、グループ活動のスケジュールが空いてたからなのに。

「なにか仕事が入ったの？」わたしは会話をふつうの雰囲気にもどそうとしてきいた。

「わたしは、『きみを愛するとき』の撮影。脇役だけど、最後の最後に台本を書きかえて、わたしの出番を増やしたみたい。主演女優がイマイチだから」

「すごい！　おめでとう！」ミナが演技の仕事をはじめたときいて、心からうれしかった。「お父さんもよろこんでくれてるんでしょ？」

「パパの許可なんか必要ないわ」ミナがピシャリというけど、かすかな動揺が走る。でもすぐに自信たっぷりにニヤリと笑った。「しかも、だれと共演するのかきいたら、反対できっこないわ」

「あ、うん、ジェイソンが出てるんでしょ？」

「あと、ソン・ゴンウ。ヒットするに決まってるでしょう？　撮影の初日、ソン・ゴンウがキャストとスタッフ全員のためにアイスクリームとコーヒーの屋台を用意してくれたのよ。テレビで見るのとぜんぜん違う感じなの。ずっと落ち着いてて。もちろん、めちゃくちゃカッコいいのはかわらないけど」

ウンジがうらやましそうにミナを見る。「で、あたしは『ヴォーグ』の撮影が決まってるけど」そういって、リジーのとなりにすわった。

「はいはい、わかったわかった」リジーがイラッとしていう。ウンジはすました笑みを浮かべてヤクルトに手をのばした。この3人がいがみあうなんてめずらしい。いつもは3人で結託して、残りのわたしたちをいたぶるのに。

ん？　ちょっと待った。

ウンジ、『ヴォーグ』っていった？

DBはわたしにきたオファーを断っといて、ほかのメンバーにまわしたってこと?

「DBから撮影の話をきいたの、先週だもん。K-POPアイドルが見開きのページに出るのは初なんだって。話もらってビックリしちゃった」ウンジは、謙遜してるとしたらド下手な口調でいった。うしろでミナがあきれたというふうに目玉をぐるんとさせる。メンバーのなかで正統派の美人といったらウンジだっていうのは、だれも反対しないはず。「火曜日に衣装合わせがあるの」

ミナが炭酸水をもってテーブルに近づいてきた。「衣装といえば、ウンジのお気に入りのマネージャーのハジュン、あたらしいモンブランの腕時計してたわね。ロレックスじゃないんだーって思っちゃった」

マネージャーとか下のほうの幹部にワイロをわたす親はたまにいる。うちの娘にとくべつ目をかけてやってくれ、ってことだ。みんな、あからさまに口にはしないけど。まあ、ミナには暗黙のルールなんて通用しない。

「ソニもカッコいい仕事してるんだよねーっ」ヨンウンがさらっと話題をかえる。

ジュンが髪にタオルを巻いてバスルームから出てくると、ニヤニヤしながらソニをつつく。「そうそう！　ソア・エンタテインメントのラジオ番組のホストに就任したんだよねっ」

ソニが赤くなってニコッと笑う。「あたらしいトークショーなんだって。アーティストを創作活動にかりたてるものについてインタビューして素顔を引きだそうとする番組」

「ほーらね、やっぱソニの顔はラジオむきよねーっ」リジーがニヤニヤする。

ソニの笑顔がしぼむ。ヨンウンが手をのばして、ソニの腕をぎゅっとする。「きっと成功するからだいじょうぶ」

ソニに対する態度は大きくふたつにわかれる。最年少だからいじめるか、最年少だから甘やかすか。ヨンウンも末っ子《マンネ》には甘い。

「うん、ぜったいうまくいくよ。すごいチャンスだね！」わたしもソニにいった。

心からそう思っていた。愛されキャラのソニならきっとだいじょうぶ。

だけど、なんか引っかかる。ラジオ番組？　ソアの副社長のミスター・パクが上海のパーティでいってた番組のこと？　DBに連絡するっていってたけど、あれ以来なにもいわれてない。

ソニのことは心から応援してるけど、DBに対してはちょっとイラッとする。『ヴォーグ』のつぎはラジオ。2回つづくと、さすがにひどい気がする。メンバー個人にきた仕事を勝手に割り振ってるってこと？　みんなに平等にチャンスをくれようとしてるのはありがたいとは思う。不公平感はできれば避けたいし。でもこれで、自分がいかにDBに左右されてるのかってことを痛感した。なにかやりたいと思ったら、まずは許可を得なきゃいけない。

カーリー・マットソンにいわれたことを思い出す。あと、カーリーの自信たっぷりな雰囲気。人生のいちばんいいバランスを見つけて、自分が幸せだと感じることをしているって感じ。それで幸せになれるのか？　アレックスにきかれたっけ。

わかった。うん、幸せになれる。

だけど、ぐずぐず考えていても前に進めない。鍵を握ってる人たちに話をしなきゃ。

DBに。

「おいそがしいところお時間とっていただいてありがとうございます、ミスター・ノ」

ミスター・ノが茶色い革ばりのいすイスの背もたれによりかかって、脚を組む。「いやいや、レイチェル。いつでも歓迎だ」

ミラーサングラスのレンズの奥から、頭のなかをのぞきこもうとするような視線を投げてくる。

ミスター・ノとふたりきりで話すなんて、何年ぶりだろう。この手の話には駆け引きがたいせつだ。しっかり敬意を払いつつ、希望を通すために主張をする。むこうはむこうで、理解ある雇い主のように見せつつ、ボスはだれかってことをハッキリさせてくる。

「それで、話というのは？」

「自分のファッションブランドをはじめたいんです」すぐに本題に入った。ミスター・ノと話すときは時間をムダにさせてはいけないというルールがある。脚が震えるけど、ちゃんと伝えなくちゃ。「前からファッションに興味があって、この前パリに行ったときにどうしてもやりたいって気づいたんです。もちろん、グループ活動に影響するようなことはぜったいにしません。あくまでも優先するのはガールズ・フォーエヴァーです。ミナの女優業とか、ソニのラジオとかとおなじです」こういえばあっさりはねつけられなくなるはず。

ミスター・ノが考えているのがわかる。それとこれとは違うっていわれそう。なんたって、映画やラジオとファッションじゃ業界が違う。Ｋ－ＰＯＰアイドルがファッションブランドをはじめるなんて前例がない。少なくとも、わたしの知ってる範囲では。

「あと、ウンジの『ヴォーグ』の撮影も……」

ミスター・ノは知らんぷりしてるけど、シンガポールに行く前にわたしが『ヴォーグ』のことをきいたのを思い出してるのがわかる。そんな話はきてないってあっさり否定された。ミスター・ノが損得計算をしてる。こうなったらもう、ずばりビジネスの話にもっていこう。DBにとっても損な話じゃないってわかってもらおう。

「それに、事務所にロイヤリティが入るようにしたいと思っています」わたしはバッグから、アレックスと相談してつくった契約書の下書きをとりだした。「DBと契約しているあいだは、使用料を払います。ミスター・ノ、いちばん優先するのはもちろんガールズ・フォーエヴァーです。そこはなにもかわりません。変化があるとしたら、成功したらグループの人気にいい影響があることと、あたらしいファン層が獲得できることです」

ミスター・ノはあごの下で両手を合わせて考えている。わたしは息を殺してじっと待った。主張すべきことはした。事務所とわたしの利害は一致してるはず。

うまくいきますように……。

「わかった」ミスター・ノがやっと口をひらいた。「自分のブランドか、わるくない。やってみればいい」

やっとまともに息ができるようになった。「ありがとうございます!」

「いっそのこと、DBの正式な事業としたらいいかもしれないな。自社ブランドとして企画すればいい」

えっ、どうしよう。もしかしたら、みごと大失敗するかもしれないのに。アレックスにもいったけど、ファッションとデザインはあくまでも安心できる場所、自分の安全地帯にしておきたい。ＤＢのためにするとなったら、カンペキにやらなきゃっていうプレッシャーしかない。キッパリ返事をしなくちゃ。

「ありがたいお話だと思います。でも、自分の力でどこまでできるか試してみたいんです。まだ、あくまでも試験段階ですから」どっちかというと、自分がなにやってるかもわかってない段階、って感じ。それに、ＤＢにコントロールされていいのか、って問題もある。使用料を払うのはかまわないけど、あくまでも自分の力でやってみたい。「事務所とはべつのところでやってみてもいいでしょうか？」

ミスター・ノが考えているのがわかる。だけど、無表情のまま口をひらいた。「禁止する理由はないだろう。ミスター・ハンに連絡して細かいことを決めてもらおう。だが、ベストを尽くしてくれ。ＤＢと関係のないブランドであろうとも、きみはうちのタレントだ。きみがすることはぜんぶ、事務所に影響する。いいか？」つまり、事務所の名に恥じないように、ってことだ。

「もちろんです」うれしいやらこわいやら。オッケーしてもらえた。許可がおりた！「いままでどおり、ベストを尽くすと約束します」

その夜、リビングにメンバーが集まってチョコパイを食べながらテレビを見ているとき、コマーシャルの時間を利用してミスター・ノと話した内容を打ち明けた。みんな、息をのんだ。ヨンウンがリモコンをつかんでミュートにする。一瞬、沈黙が流れる。

「自分のファッションブランド。それって……へーえ、すごい」ヨンウンがやっと口をひらいた。

まだなにも始まってない段階だから、あんまり大ごとにしたくない。

「すごく楽しみだけど、ちょっとこわくて。まさかミスター・ノがあっさり許可してくれると思わなかったから」

ミナがゆっくりうなずく。「そうね。かなり……予想外だわ。でも、いいんじゃない。レイチェルって、センスあるもの」

「うん！　めちゃくちゃオシャレだから、レイチェルならきっとうまくいくよ」ソニがはしゃぐ。

「ありがとう」こういうとき、ソニの素直なリアクションはありがたい。

「たしかに。ピッタリだと思う」ジュンもうなずく。

「うん、がんばってみる」わたしは深く息をすった。

ヨンウンもうなずいて、リモコンをとってボリュームをあげようとした。だけどその前に、リジーが口をひらいた。「へーえ、レイチェル、リアリティ番組とデュエットアルバムのつぎは自分のブランド？　すごいわね。ぜんぶこなせるといいけど」皮肉っぽいいい方からして、反対のことを考えてるのがわかる。

「グループ活動には影響しないんでしょう？」ミナがくちびるをかむ。

メンバーのなかでミナがいちばんグループへの影響を心配するのは予想してた。前も「ひとりでもヘンなことしたら、全員の印象がわるくなるのよ」っていってたし。心配するのもムリないと思う。未知の領域に足を踏みいれようとしてるわけだし、わたしがすることはぜんぶ、グループのメンバーに影響する。

「心配しないで」わたしはキッパリいった。「優先順位の第1位はあくまでもガールズ・フォーエヴァーだから。いろいろ不安はあるけど、それだけは１００パーセント自信ある」

また沈黙が流れる。さっきよりピリピリした感じだ。少しして、スーミンがコホンと咳払いしていった。「ね、レイチェル、この前いってたヘアセラム、貸してくれる？」

「うん、もちろん。よかったらあげるよ」

「ほんと？　ありがとう！」スーミンがにこーっとする。

「で、パリはどうだったの？」アリがたずねた。

「そうよ。ヘンなもの、食べた？　エルカスゴとか？」スーミンがいう。

アリが顔をしかめた。「エスカルゴでしょ」

「そういったけど？」

「いってないってば！」

ふたりがいつもの小競り合いをはじめる。ミナがテレビがきこえないともんくをいって、ウンジがあきれた顔をする。わたしはいい意味で笑ってしまった。これからいろんなことが待っているけど、ずっと変わらないものもある。

11

うん、ここまでのインタビューは順調。今日の司会者は、いつもなごやかな雰囲気をつくってくれるけど、たまにシリアスな質問をしてくる。だから、「では最後にひとつおききしたいのですが」といわれたとき、わたしはスツールにすわったまま背筋をのばした。

だけど質問は、「自分自身をひと言であらわすとしたら?」だった。ソニが抗議しようと口をひらくけど、もう遅い。「さあ、順番に答えてください」

「情熱」ミナがいう。

「正直」ジュンも答える。計算された答えだ。まだシンガポールで流されたうわさを消そうとしているところだから。

「キュート!」ソニが両手でほっぺたをぎゅーっとおさえて、司会者を笑わせた。

自分にマイクがまわってきたとき、わたしは頭が真っ白になった。

「レイチェル・キム。ひと言で自分をあらわすなら?」

口をひらいて、すぐにとじる。マズい。いつの間にか、きのうの夜、アレックスとFaceTimeで話したことを思い返していて、答えを考えるのを忘れていた。

ひと言。はやくいわなくちゃ。なんだっていいから、はやく。

「つまらないルールには従わない」うー、ひと言じゃないし。しかも、メンバーのなかでいちばんルールを守ってるのはわたし。よけいなもめごとを起こしたくないし、リスクをおかしたくないから。だけどパリでカーリーにいわれたことがずっと頭にある。たまにはルールを破らなくちゃ、って。そのほうが楽しいからって。

「おやおや、どうやら問題児登場のようですね」司会者が指をわたしにむかって振る。

わたしは肩をすくめて、「え？　わたしですか？」みたいにしらばっくれてニッコリした。

インタビューがおわると、メンバーは楽屋にもどってすぐ、それぞれの荷物に直行した。

ヨンウンは斜めかけバッグからリップクリームをとりだして、スタジオのライトのせいで乾燥するってぶつぶついいながらさっそく塗りはじめた。リジーはシャネルのキルティングバッグからイニシャル入りのコンパクトをサッととりだして、メイクが崩れてないかチェックする。いちばん奥にいるジユンは、荷物でパンパンのキャンバスバッグを引っかきまわして、テーブルの上に散らかったくしゃくしゃのティッシュやらアレルギーの薬やらをさらにつめこんでいる。

さっきの司会者にだれか、いってやったほうがいいんじゃない？　メンバーの内面が知りたかったら、どんなバッグをもっているかを質問すればいいのに、って。そのほうがずっと、わたしたちのことを理解できるはず。

そう思って、わたしはハッとした。そうか、そういうことだ！

何週間もずっと、ファーストコレクションのテーマや方向性をどうするか、考えていた。だけど、思いつくものはみんな、どこかで見たような気がしてイマイチなものばかり。カーリーと話した内容を思い出して、アクセサリーとか小物からはじめようと決めていた。だけど、どんな小物？　サングラス？　靴？　時計？

　それがいま、ピンときた。なんで思いつかなかったんだろう？　バッグにしよう。女性にとってバッグというのは、パーソナルな小物のひとつ。そこには、なくてはならないものがつまっている。あのバレンシアガだってそう。あのバッグがとくべつなのは、わたしのファッションへの愛とアレックスとの出会いの象徴だから。もつ人にとって意味があるバッグをデザインしたい。これだって思えるようなバッグを見つけた瞬間を、味わってほしい。

　見えてきた。人生のたいせつな瞬間の数々にインスパイアされたバッグのコレクション。ニューヨークでの子ども時代。スカウトされて韓国に引っ越してきたとき。練習生としてすごした日々。ガールズ・フォーエヴァーのデビューツアー。もちろん、わたしだけではなく、だれにとってもたいせつな瞬間を感じさせるデザインにしなきゃいけない。だけど、自分の経験を活かして考えたコレクションなら、この熱い思いをそのまま形にできる。それにいつか、ウィンドウの前をとおりかかった女の子がわたしのバッグを見つけて、人生がかわるような経験をするかもしれないと思うと……。

　わたしは、すみっこのイスにおいてあった自分のバッグ（使い古しのクロエのフェイ。バレンシアガを楽屋に放置したくない）に飛びついた。スマホをとりだして、アレックスにメールして、小物系を扱っているメーカーの窓口を教えてもらえないかとたずねた。

アレックス：いくつか連絡してみるよ。で、方向性は決まったの？

わたし：うんっ！　やっとアイデアがおりてきた！
アレックス：それはよかった。ネコ用のスノーブーツとか？
わたし：lol　家に帰ったらFaceTimeするね。ありがとう。
アレックス：お役に立ててよかった。

「おつかれさま」ミスター・ハンが、わたしがスマホをしまったのと同時に楽屋に入ってきた。こちらを見ていう。「レイチェル、きみのブランドに関する契約書の草案ができたところだ。今日じゅうにメールしておくよ」

「ありがとうございます！　確認してすぐにお返事します」

「ああ、そうしてくれ。ヨンウン、きみにも話があったんだ」

「なんですか、ミスター・ハン？」ヨンウンが期待をこめてたずねる。

「ご両親のカフェに出しているケーキポップだが、すぐに引っこめてくれ。グッズのサイリウムに似せてつくっただろう？　ガールズ・フォーエヴァーの著作権問題があるし、ファンを混乱させることになる。今日じゅうに販売をとりやめないと、法的な問題が生じる」

「そんな……ただのお菓子なのに……」ヨンウンが思わずいい返したけど、うなずく。「わかりました。それで……わたしのYouTubeのクッキングチャンネルのこと、考えていただけましたか？台本ももう書いてあるんです」

　ミスター・ハンが困ったように笑う。「わるいが、却下された。うちのアイドルがYouTubeのチャンネルをもつ前例がないからね」

ヨンウンがわたしをチラッと見る。それからおそるおそるいう。「だけど、ファッションブランドを立ちあげる前例だってないのに……」

みんなの視線を感じる。えっ、いきなりこっち？

「それとこれとは話が違う」ミスター・ハンがいう。「DBは以前もグッズとして服を売ったことがあるから。ヨンウン、空き時間にお菓子づくりをするのは大歓迎だよ」

そういって、ミスター・ハンは楽屋を出ていった。沈黙が流れる。ジュンが時計を見て口をひらいた。「そろそろ迎えの車が来てるんじゃないかな」

ヨンウンがため息をつく。「先に帰ってて。あたし、ちょっと行ってケーキポップを食べちゃわないと」

12

「うわぁ、オンニ、その色いいっ！」

リアがセレブ感ただようネイルサロンのひじかけイスからこっちをのぞきこんで声をあげる。わたしの足の指には、ピーチスパークルというペディキュアが塗られている。

「あたしももっと明るい色にすればよかったかなって思ってたとこ。オンニみたいに」リアは、自分のライムグリーンの足指のほうにうなずいてみせた。

「ううん、その色のほうがリアらしいよ。オシャレで品があって……」

「おふたりとも、すみませんが……」声がしてギクッとすると、ヘッドフォンを首にかけたディレクターがそばに立っていた。「ペディキュアのシーンがおわったら、すぐにつぎのロケ地に移動しなければいけないので」

そうだった。これは姉妹デートじゃない。リアリティ番組の撮影だ。

カメラで追われていても、リアとしゃべっているとつい撮影だってことを忘れてしまう。正直、姉妹のこんなふつうの日常をわざわざ見たがる人がいるなんてちょっと謎。

4月が、あれよあれよという間にすぎていく。リアリティ番組の撮影、ブランド立ちあげの準備。ブランド名は、〈レイチェルＫ〉に決めた。製作パートナーとの打ち合わせ、販売ルートの確保、もちろんデザイン。いままで眠っていたクリエイティブな筋肉をつかうのは楽しいけど、同時にめちゃくちゃ神経がすり減る。

その間、ミナは『きみを愛するとき』の来月末の公開にむけてプロモーションでいそがしかった。ソニはラジオ番組の初回の録音をして、ウンジは『ヴォーグ』のあとさらにふたつ、モデルのオファーがあった。アリは韓国で開幕するミュージカル『ウィキッド』の広報大使に就任したし、ヨンウンも両親のカフェであたらしい（ＤＢ公認の）レシピ開発にいそしんでいた。

メンバーがそれぞれやりたいことをやっているのを見るのはうれしいけど、ふしぎな気持ちにもなる。わたしたちもやっと、自分だけが興味ある活動に時間を注ぎこめるようになったんだな。ガールズ・フォーエヴァーの人気は絶好調だから、パフォーマンスやアルバムの間隔を長くとれるようになってきた。ツアーのあいだがあけばあくほど、カムバックしたときのファンの反応も大きい。この秋ＬＡでステージに立つころには、〝＋エヴァー〟の熱狂は最高潮に達してるはず。

リアとわたしは足指セパレーターをつけたままドライヤーのほうにトコトコ歩いていった。イスにすわったとき、スマホがピンと鳴った。メッセージだ。

「なにニヤニヤしてんの？」リアがいう。

「あ……アッパからメール」カメラがまわったままなのを思い出して、あわてていう。

リアがふふーんという顔をした。「そっかそっか」

カメラの位置からしてスマホの画面がうつらないのを確認して、わたしはリアのほうにからだをかたむけてメールを見せた。

アレックス：いまちょうどペットショップの前をとおりかかったんだけど、タキシード着てるみたいなネコがいて、ぴったりの名前を思いついたんだ。アルマーニ。または、アルニャーニ。

わたし：あれれ？　ネコアレルギーじゃなかったっけ？

アレックス：ん？　もふもふに顔を埋めると目がかゆくなって喉がイガイガするのって、みんなじゃないの？　ところで、いまなにしてる？　ぼくはロンドンにもどってきて、午前3時にたいくつな書類をながめながら、激辛チートスをだれかといっしょに食べたいなあと思ってるところだ。

わたし：わわっ、激辛チートス大好き！　こっちは午前中で、ネイルしてもらったところ。激辛チートス色のね。

わたしはくすくす笑った。リアはあきれた顔をしながらも楽しそうだ。「ふたりとも、バッカみたい。もちろんいい意味で」またメールが来る。

アレックス：ＰＳアイミスユー。

わたし：わたしも。ソウルにお気に入りの靴屋さんがあって近々行こうとか思ってない？

アレックス：考えてみるよ。できればきみをポケットに入れてもち歩きたい。２Ｄじゃなくて３Ｄでね。

リアが子犬のようなうるうるした目で見あげる。「うわぁぁぁ。オンニのこと、めっちゃ好きじゃん」わたしはリアを軽くつついた。「アッパ！　アッパってば、オンニのこと大好きだね！」

ディレクターがカットと声をかけて、サブカットの撮れ高はじゅうぶんだといった。映像スタッフが機材を片づけるとすぐ、わたしはホッとしてリアのほうをむいていった。

「アッパといえば、きのうの夜遅くにメール来たんだけど……」スクロールして、リアに見せる。

「うー、オンニ、情報過多だよー」リアがふざけて目をふさぐ。

「ホンモノのアッパのほう」わたしはリアの肩をたたいた。

「あ、そっち。最近また夜遅くまで仕事してるんだよね。ほら、いったんプロジェクトはじめると、やめられなくなっちゃうから。来週のグランドオープンにむけて……」

「グランドオープン？」

「アペックス」リアが答える。わたしはへっ？ という顔をする。「ほら、アスレチック・コンプレックス。アッパのあたらしい仕事。きいてるよね？」

待った。ん？ アッパ、あたらしい仕事はじめたの？ ミナのお父さんの会社の顧問弁護士だけじゃなくて？ リアの話によると、アッパはソウルにあたらしくできるジムとかスパとかの複合施設のアペックスの法律関係を任せてもらうことになったらしい。もともとボクシングジムを経営していたアッパにとっては趣味を仕事にできるチャンスだ。どうしてそんな一大事、わたしだけ知らなかったんだろう。

数週間前、ちょこっとだけしゃべったけど、バッグの製作チームから電話がかかってきて、すぐに切っちゃったんだっけ。罪悪感で胸がぎゅうっとなる。わたしが自分のことばっかりで、アッパに話をさせるすきを与えなかったんだ。

「だいじょうぶだよ。アッパだってオンニがいそがしいってわかってるし」リアがわたしの表情に気づいていう。だけど、いそがしいのはリアだっておなじだ。デビューしたてのアイドルなんて、目がまわるほどスケジュールぱんぱんなのに、ちゃんと家族のことを把握してる。まあ、実家に住んでる特権のひとつだろうけど。

「アッパが仕事しすぎないように気をつけてあげてね」わたしはリアにたのんだ。それからツーショットをアッパに送った。ハートを１００個くらいつけて。できるだけはやく、アッパとオンマに会いに帰ろう。


20分後、ネイルもかわいてランチにむかおうとしたとき、リアがスマホを見て急にいった。「ね、オンニ……今日ってリハーサルじゃないの？」

「へっ？　ううん。どうして？」

リアが画面を見せてくる。うちのメンバー8人が集まって、ピースサインと指ハートをしている写真が投稿されている。キャプションには「これから練習！」とある。

待って。どういうこと？　わたしはリアからスマホを奪って、写真をズームした。まちがいなくDBのリハーサル室のひとつだし、今日の写真だ。アリが着てるのは、わたしが今朝出かけるときに見たストライプのTシャツだし、ローズゴールドのハートのロケットもしている。わたしはリハーサルを欠席したことは一度もない。デビューしてこれだけたつと、パフォーマンスの前に2、3回も通せばできなくちゃいけないし、前みたいにリハーサルは多くない。大きなイベントとか、丸々ひとつあたらしい曲を覚えなきゃいけないとか、そういうときだけだ。そういうときにその場にいなかったら一大事。なんでそんなことになってるの？　練習がある日にリアリティ番組の撮影なんか組むわけないのに。

「マネージャーに電話する」わたしは自分のスマホを手にとった。

「もしもし？」ジョンソクが電話に出る。

「ジョンソク、あのね、いまメンバーがリハーサルしてるみたいなんだけど、今日スケジュールに入ってなかったよね？」

「ああ、正式な練習ではないからね。みんなが自主的にやることにしたらしい」

「ちょっと待っててくれる？」わたしはジョンソクにたのんでから、リアにむかっていった。「自主練みたい」

リアがわたしの表情を読んでいう。「行きたい？」

どうしても行かなきゃいけないわけじゃないけど、わたしがいないときに練習するなんて……。撮影でいそがしいからと思ったのかもしれないけど、それだけじゃない気がする。行ったほうがいいと直感が告げている。

「行くべきって気がする」でも、撮影はどうしよう？　放りだすわけにはいかない。

「あたしに任せて」リアがいう。「ディレクターにお腹が痛いから横になりたいっていう。あの手のタイプは女子がらみの問題には敏感なはずだから。時間、どれくらい必要？　1時間？　2時間？」

「わかんない。どれくらいかかるか見当もつかない」

「わかった。こまめに連絡して」

わたしはリアをハグした。「ありがとう、リア」

リアはニッコリして、いきなり痛みにゆがんだ顔をしてお腹をぐいっとつかんだ。「イタタタタ……痛い……」うめきながら、ディレクターのイスのほうに行く。うわ、やるなあ。さすが韓国ドラマを熱心に観ているだけある。

わたしは電話口にむかっていった。「むかえに来てくれる？」

ジョンソクに事務所まで送ってもらうと、わたしはリハーサル室に直行した。みんながビックリしてこっちを見る。

「レイチェル」ミナが腰に手をあてて声をあげる。「わたしたち、忘れられたと思っていたわ」

忘れる？　きいてもいないことをどうやって忘れるの？

「そんなことない。はじまってどれくらい？」わたしは言葉を選んでたずねた。

「いまはじめたところ」ヨンウンが答える。

「お出ましいただいて光栄だわ」リジーが目を細くしていう。「優先順位が低いからって遅れないでくださるとたすかるんだけど」

わたしはリジーの皮肉はムシして首を横に振った。「グループより優先順位が高いものなんかないよ。とにかく、時間がもったいないからさっさとやろう！」

みんな、うなずいて、リハーサルを再開した。主にヴォーカルの練習だ。最初は声がかすれたけど、すぐにみんなと合わせられるようになった。ああ、やっぱり来てよかった。おわったあと、遅れたぶんをもうちょっと練習しようと思って残った。みんなはリハーサル室を出て自販機に直行したけど、ソニが声をかけてきた。

「レイチェル、そんなに長くかからないでしょ？　みんなといっしょにヴィラにもどるよね？」

「まだリアとの撮影が残ってるんだ」

「そっか。あたしも今日練習があるとは思ってなくて」ソニが肩をすくめる。「今朝急にリジーが部屋の予約を入れたの。ハモるパートが不安だからって。だいぶよくなったと思うけど」

えっ、リジーが？　リジーはうちのグループのヴォーカルの要《かなめ》のひとりだし、ハーモニーが安定しないことなんてなかったのに。

「でも、わたしが今日リアリティ番組の撮影だってこと、みんな知ってたよね？　スケジュールにのってたんだから」どうしてリジーがリハーサルをセッティングしたのか、理由をもう少しさぐりたい。

「最近リジー、いそがしかったから。ふつうにレイチェルの撮影のこと、忘れてたんじゃないかな」ソニがまた肩をすくめる。

ふーん。リアとの撮影がはじまって以来、リジーから浴びせられたあてこすりの数々を思い出す。まだ妹をＤＢファミリーにできてないことを根にもってるのはミエミエだ。

わたしはソニにバイバイして、楽譜を片づけながらため息をついた。リジーの妹がＫ－ＰＯＰアイドルになれないからってわたしがリアとのリアリティ番組をやめる理由にはならない。ブランドだって立ちあげる。ソニだってラジオ番組をつづけるはずだ。個人活動はあくまでも、個人でやることだから。

リジーにメールしてみようかな。だけど、こういうことは直接話したほうがいい。わだかまりを解く方法があるはず。とにかくこれからは、もうちょっと気をつけよう。毎朝マネージャーに確認を入れて、ギリギリのタイミングでスケジュールに変更がないかきかなくちゃ。

その夜帰ると、ベッドにもぐりこんで夏まで寝てたいくらいくたくただった。リアはめちゃくちゃたのもしくて、しっかり時間をかせいでてくれた。撮影がおわると、ＤＢから電話でアルバムのことでスタジオに呼びだされて、試しにいろんなデュエット曲をうたわされた。あの曲のことを話す勇気はまだない。ミナに手伝ってもらって作詞したあの曲だ。今夜は定番の歌をいくつかうたってみたけど、正直いってイマイチ。昼間のリハーサル事件でまだ混乱してたし、幹部の指示はくるくるかわるし。ついさっきアレンジを加えすぎだってどなったかと思えば、今度はふつうでつまらないといってくる。

足音をしのばせて部屋に行くとき、頭のなかにあったのは、きのうのうちに洗濯しといてよかったーってことだけ。今日みたいな夜は、洗いたての気持ちいいパジャマが必須。

ジユンはもう寝てたので、そーっとベッドサイドのランプをつけた。

「レイチェル?」ジユンが寝ぼけまなこでいう。「うー、いま何時? なにしてんの?」

「もう遅いから寝てて」わたしはそっといった。

パジャマに着替えて、音をさせないようにクローゼットをあけて、ブレザーをかけた。そして

……えっ?

バレンシアガがない。

いつも上の棚においてるのに。うつくしいブルーのレザーが見えるはずのところには、一度も着てないモスキーノのTシャツがくしゃくしゃに丸まっている。わたしはひざをついて、クローゼットの底を手探りした。スカーフやら靴やらの箱をひっくり返して探す。どこにいったの？　ぜったい棚の上においといたのに。

ジュンのほうをじっと見つめる。目は閉じてるけど……。

「ジュン」わたしはささやいた。「わたしのバッグ、知らな……」

「なんなのよ、レイチェル？」ジュンがまばたきをして眉をよせる。「帰りがこんなに遅くなるなら、少しは気をつかってくれない？」そういってこちらに背をむけて枕で顔をかくしてしまう。「あと、電気消してくれる？」

２か月くらいたったとはいえ、ジュンがまだ失恋から立ち直ってないのはわかっている。わたしが寝てると思ってるときに泣いてるのも知ってる。

だけど心のどこかで、ジュンの肩をゆすって起こしたい気持ちにかられた。バッグのこと知らない？　ってつめよりたい。ヴィラじゅうのドアをたたいて、明かりをつけて、だれがどうしてバッグをとったのか、確かめたい。どうしてわたしヌキでこっそりリハーサルしようとしたの、ってききたい。だけど、心身ともにくたくただし、夜中に大騒ぎする勇気もない。

わたしはライトを消して、部屋からそっと出ると、スマホをとりだしてアレックスに電話をかけた。いまはメールって気分じゃない。

アレックスは2回目のコールで出た。「もしもし？」

「ハイ」廊下の壁に背中をつけたまま下にすべって床にすわる。

「どうかした？」アレックスがすぐにたずねる。

「なんでなにかあったってわかるの？」

「声ですぐわかった。くまのプーさんのイーヨーみたいだ」

思わず笑ってしまう。わたしはリハーサル事件のことを話してから、最後にバレンシアガのことを打ち明けた。恥ずかしいけど、喉にこみあげてくるものがあって、涙も出てきた。

「ごめん。なんか、どうしたらいいかわかんなくなってきちゃって。グループ活動とリアリティ番組とブランドのことと、ぜんぶ自分でやりたくてやってるんだし、感謝しなきゃいけないのに文句いうなんてしょうもないんだけど。一日がおわって、ゆっくり休んで充電したいと思っても、女子8人と暮らしてるとそうもいかなくて。実家に帰りたいし、両親にも会いたい。いつ会ったかも思い出せない。おなじ街に暮らしてるのに」わたしは深呼吸して涙をぬぐった。「ごめん」また謝る。

「いっぱいいっぱいで」

「まず、謝らなくていい。それから、きみのいうとおりだ。いっぱいいっぱいだろうね。そしてぼくからひとついわせてもらえば、バッグを盗まれたなら大ごとだ。それに、きみがガールズ・フォーエヴァーでの責任をないがしろにしているように見せるのも、見過ごしていいことではない。レイチエル、それは度を越しているよ」

アレックスにいわれて、心から思った。ぜったいまちがってる。カーリー・マットソンにいわれたことを思い出した。メンバーとはくだらないことで口げんかはさんざんしたけど恨みつらみがないからいい関係がつづいている、って。わたしたちはどうなんだろう？

「見当はついてるからだいじょうぶ」わたしはやっといった。リジーの顔が浮かんでくる。リジーはミナよりひとに対して容赦ない。ミナの場合は自分やまわりに対する期待が大きすぎるせいでキツくなるけど、リジーはちょっと違う。「グループ全員ってわけじゃないし。だれかハッキリしたら、ちゃんと話をするよ」

「ほんとうに？」

「うん」だけど、自分の声に迷いがあるのがわかる。

「で、今夜はどうするつもり？」

たしかに。どうしよう？　頭がごちゃごちゃで冷静な判断ができない。「選択肢、もらえる？」おずおずとたずねる。

「もちろんだ。A）ハリケーン・レイチェルを来襲させて、みんなを起こして詰めよる。B）ベッドにもぐりこんで、ジュンのいびきを頭からしめだす。C）ひと晩ホテルでからだと心を休める」

「ありがとう。Cがいい」

「それはよかった。パークハイアットに部屋を予約した」声で笑ってるのがわかる。

「わたしがなに考えてるか、バレバレだね」あれだけあったのに、笑みが浮かんできた。アレックスはほんとうにわたしのことをわかってくれている。

たぶん、ほかのだれよりも。

そう思うと、こわくなる。メールと電話ばかりだからかえって親密になったのかも。メールなら、髪の調子がイマイチだとか映画を観ながらポップコーンをシェアすべきかとか、そういう心配がいらない。スマホの画面があるせいで自分をさらけだせている気がする。いまも、マスカラがにじんで鼻水たれてるけど、気にしなくていい。素直な自分になれる。

アレックスを愛してる。

えっ？　待って。

いきなりなに？　自分でも混乱するけど、なんだか脳がほかの部分とかみあってない。頭のなかは、愛してるってことでいっぱい。だけど、本気じゃないよね？　まさか、だよね。だってまだ知り合って2か月しかたってないのに。

はやく電話を切らないと、よけいなことを口走りそう。本気じゃないことを。わたしは改めてお礼をいって電話を切ると、胸のドキドキをしずめようとした。それからそーっと部屋にもどって、スエットを着てスニーカーをはき、パジャマと洗面道具をトートバッグにつっこんで外に出た。

チェックインして、顔を洗ってベッドに横になったころには、もう限界だった。ムリ。ギブ。電気を消そうとしたら、スマホがピンと鳴った。

アレックス：どう？

わたし：あとは寝るだけ。サイコー。直接お礼いいたいけど。ね、前にもきいたかもだけど、なんで香港に住んでるんだっけ？

アレックス：アジアの金融の中心地だから、っていいたいところだけど、ほんとうはオックス・カフェがあるからだ。あそこのオックステールスープは近くに住む価値ありだからね。確かめに来るといいよ。レーンクロフォードがきみのブランドに興味があるそうだよ。5月の2週目あたり、打ち合わせに来られないかな？

えーっ！　わたしはベッドから飛びおきて、心のなかで悲鳴をあげた。これまでのところ、韓国で取り扱ってくれることが決まった百貨店はひとつだけ。まさかあんな老舗デパートがわたしのバッグをおいてくれるなんて！

それにもうひとつ。仕事で香港に行けるってことは、アレックスに会えるチャンスだ。しかも、アレックスが暮らしてる場所。これまでは、旅先でしかいっしょに過ごしたことがない。シンガポールでもパリでも、わたしたちは旅行者だった。地元でアレックスと過ごすのは、それとはまったく違う。ワクワクするけど、ちょっとこわい。

レイチェル、深呼吸して。すーっ、はーっ。

わたしはベッドの上にすわりなおした。考えてみたら、かなり危険だ。香港は、パパラッチが容赦ないので有名。だけど、仕事っていう理由があれば、ふたりでいるところを撮られても説明がつくはず……。

舞いあがってるのをさとられないように、わたしは返信した。

わたし：スケジュール見てみる。

ＰＳ激辛チートス用意しといてね。

13

スパンコールだらけ。どこもかしこもスパンコール。

6月の複数グループが出演するフェスに着る衣装合わせの真っ最中だ。最新シングルの『ミッドナイト・プリズム』をパフォーマンスすることになっていて、衣装のコンセプトがかなりカッコいい。

登場はツルッとした生地のすっきりとした黒いドレスで、サビに入ったタイミングで横についているホックをはずして、ピカピカのレインボーカラーのスパンコールつきミニワンピにチェンジする。真っ暗な夜から色とりどりの明るい光があらわれる、っていうイメージだ。わたしが全身鏡に上から下までうつるように立つと、スタイリストがバイオレットカラーのストラップレスのミニドレスを合わせてくれる。動くたびにスパンコールがキラキラ揺れる。これから数日は、いろんなところからバイオレットカラーのスパンコールが出てくるだろうな。

右に目をやると、リジーがアクアブルーのドレスのサイズを調整してもらっている。きのうからずっと、「ギリギリに決まったリハーサル」の件をどう切りだそうか考えていた。どう話せばいちばんいいだろう。

もうひとつ、きのうの夜に脳細胞を支配していたアレックスに対する自分の気持ちのほうは、なんとか頭の外に追いやった。胸のあたりの生地にピンを刺してもらいながら考えるには、ちょっと大問題すぎる。

私服に着替えていいといわれたとき、わたしはチャンスだと思ってリジーに話しかけた。「ね、リジー？」

リジーがこちらをむいて、ピンがささったらしく顔をしかめる。

「あのね、最近妹のエスター、どうしてる？　リジーたち、きょうだい仲がすごくいいでしょ？　なかなか会えなくてさみしいの、わたしもわかるから」いきなりリハーサルの話をしないほうがいい。たぶんリジーはほんとうにハモりのパートが不安だったのかもしれないし。しかも、もしわざとわたしをはずそうとしたんだったら、問題の本質を解決しなきゃいけない。

リジーが目をパチクリさせる。「わかる？　ふーん、そう？　レイチェルはリアリティ番組の撮影で、毎週14時間は妹といっしょに過ごしてるのかと思ってたけど？」マズい。たしかに。「そもそも前からそうだったわよね。練習生の寮に住むのを拒否して自宅で家族と暮らしてなかったっけ？」

またしても、たしかに。まあ、まさか練習生時代までさかのぼって責められるとは思ってなかったけど。ほっぺたが赤くなる。たしかに最近、リアと過ごす時間が増えたのを当たり前みたいに思ってた。リジーと共通点があると思ってたけど、じっさいは、わたしはかなりラッキーだ。

謝ろうと思って口をひらいたとき、リジーがスタイリストにピシャリといった。「もういい？」そして、さっさとむこうに行ってしまった。

「リジーの両親、最近離婚したの」スーミンがオレンジ色のスパンコールのドレスを着て近づいてきた。「リジーの妹、かなりショック受けてるみたい」

わたしはパッとリジーのほうをむいた。ウンジといっしょにソファにすわってる。知らなかった。どうして話してくれなかったの？　ここ1か月くらいの自分の行動を思い出す。リアとの撮影の話をして、両親が番組がはじまるのをすごく楽しみにしてる、なんていっちゃってた。ああ、なんて無神経。

「ちょっとほっといてあげたら？　そのうち落ち着くわよ、きっと」スーミンがいう。

いますぐリジーのところに行って謝りたい。だけど、スーミンのいうとおりだ。いまはほっといたほうがいい。

そのとき、雑誌をめくっていたヨンウンが声をあげてみんなを呼んだ。「ね、これ見て！『エンタテインメント・デイリー』がガールズ・グループの人気投票をやってる。ガールズ・フォーエヴァーが86パーセントの票を獲得してるよ」わたしたちは雑誌に群がって記事をながめた。

「86？　それじゃ、B＋にもならない」ソニが顔をしかめる。

「バカね、テストの点数じゃないのよ」ミナがあきれた顔で、ヨンウンから雑誌を奪う。「20以上のガールズグループから選んだのね。2位でも9パーセントしかとれてないわよ」

「うわ、ヒサン」ジユンがミナのうしろからのぞきこんで声をあげる。

「で、それ以外はみんな、1パーセントもとれてないわね。わたしたちの圧勝」ミナが満足そうにいって、雑誌をこちらによこす。

ざっとチェックして、ずっと下のほうにアカリのグループを見つけた。ティーン・バレンタインはたったの0・03パーセント。わたしは雑誌をスーミンにまわした。あてにならないファン投票に見えるけど、事務所はこの手のものをまじめに受けとる。独走のガールズ・フォーエヴァー以外に、DBはトップテンに8つのグループを食いこませてる。アカリの事務所のJVCは4つしかエントリーしてなくて、しかもランキングの下位。きっとピリピリするだろうな。アカリにメールしてはげましたいけど、ここ5年くらい友情は途切れたままだし、もう番号もわからない。

「好きな理由はリジーのダンスが別次元だから、ですって。リジーを見てると推し変したくなる。ウンジ、ごめん！　だそうよ」スーミンが記事を読みあげる。

リジーがニヤッとして、ウンジがひじ鉄をする。「心配しなくてもだいじょうぶよ、ウンジ。みんな、お顔が天才っていってるから」リジーがふざけてウンジをたたく。

「そのシルバーの髪、すごくいいもん」ヨンウンがいって、ウンジがうれしそうな顔をする。「めちゃくちゃセクシー。クイーンみたい」

ウンジは『ヴォーグ』の撮影からもどってきたとき、ゴージャスなプラチナみたいなウェーブヘアになっていた。正直、ほんとはわたしがやるはずだったのにってうらやましくなった。だけどいまは、もっと自分がもらえたチャンスに感謝しなきゃって反省してる。

バレンシアガのことは気になるけど、その反省のおかげで（あとパークハイアットの体温調節してくれるマットレスでぐっすり寝たのもあるけど）、なくなってるのを発見したときよりは落ち着いてきた。考えてみたらみんな、わたしにとってあのバッグがどんな意味をもってるか、知らないし。ファンからのプレゼントだと思ってる。だれかが軽い気持ちで借りただけかも。たまにあることだし。

だけど……どこにあるかは確かめたい。わたしはコホンと咳払いして、なんてことなさそうにたずねた。「あのね、わたしのバレンシアガのバッグ、だれか知らない？　部屋になかったの」

「えっ、あのファンがくれたブルーのバッグ？」アリが衣装に合わせた黄色いプラダのプラットフォームシューズに足を入れる。「見てないけど」

一瞬、みんなに正直に話そうかと思った。あれは知らないファンからのものじゃなくて、たいせつな人からのプレゼントだって。だけど、アレックスとのことはまだはじまったばかりだし、どういう関係かハッキリしてない。まだ話せる段階じゃない。

ほかの子たちは肩をすくめて首を横にふった。「パリにもってってたんじゃないの？」ウンジがいう。

ザワザワが喉元まであがってくる。パリから帰ってきてから最低でも3回、あのバッグをもったし、みんなだって見てるはずだ。ウンジなんかつい2日前に、ジッパーについてるタッセルがかわいいってほめてくれたのに。バッグにいきなり足が生えて散歩するわけじゃないんだから。だけど……カーリーの言葉が心をよぎる。くだらないことで口げんかはさんざんしたけど、恨みつらみがないからいい関係がつづいている、そういってた。きのうの夜はメンバーを恨みそうになったけど、やっぱりだれかが借りただけだって思いたい。わたしがこんなふうに大ごとにしちゃったから、いまさらみんなの前でいいだせなくなってるだけだ。

いちばんたいせつなのは、心の健康。

「そっか、わかった」わたしは息をすーっとすった。「どこかにないか、ちょっと気にしててくれると助かる」

「オッケー」リジーがアクアブルーのドレスをハンガーにかけて、バルマンのジーンズをはく。

「気にしとくね」ヨンウンもいう。

いまはこれ以上どうしようもない。わたしもピンつきのバイオレットのドレスをぬいで、白のカシミアのニットと黒いミニスカに着替えた。今朝は超早起きしてチェックアウトして、みんなが起きないうちに家に帰った。わたしが着替えて衣装合わせに行く準備が整ったころ、みんなが起きてきてメイソンジャーにひと晩つけといたオートミールをとりにきた。

フィッティングルームを出ようとしたとき、マネージャーのひとりが入ってきた。

「レイチェル？　ミスター・ノが話があるってオフィスで待ってるわ」

「うわぁーっ」ジュンが、クラスメートが校長室へ呼びだされたみたいに大げさに声をあげてはしゃぐ。「なにがバレたんだろーっ」

はぁ？　なにいってんの、って顔をしながらも、不安になってくる。ブランドを許可したことについてもう気がかわったとか？　ううん、きっと考えすぎ。この前呼びだされたときだって、リアとのリアリティ番組のことだったし。わるいこととは限らない。

「すぐ行きます」わたしが返事をすると、マネージャーはうなずいて、ミスター・ノのオフィスに急いでもどっていった。わたしはそっこうで荷物をまとめて、フィッティングルームを出た。とにかく行ってみるしかない。

オフィスに入ってすぐ、わかった。

よくないことだ。

ミスター・ノが厳しい顔つきをしてるし、ミスター・ハンもいて、両手を背中のうしろで組んで行ったり来たりしている。ミスター・ハンはわたしを見て、ピタッと止まった。

わたしは頭をさげていった。「アニョハセヨ、ミスター・ノ、ミスター・ハン」

「すわりなさい」ミスター・ノがいう。顔とおなじく厳しい声。

わたしはすわって、ひざの上で両手を組んだ。いやーな沈黙が流れる。空気がめちゃくちゃピリピリしてる。やっと、ミスター・ハンが口をひらいた。

「きのうの夜、ホテルに泊まったというのは事実かな？」

えっ？　そもそも予想ついてなかったとはいえ、予想外。「はい」わたしはゆっくりうなずいた。

「パークハイアットのフロント係が『リビール』にリークした」ミスター・ハンがつづける。「きみがボーイフレンドと密会していたといううわさが流れている」

心臓が口から飛びだしそうになる。でも、顔に出しちゃいけない。ミスター・ハンはふだん幹部というより仲間って感じだから、ミスター・ノにキツくいわれるより響く。いつもの愛想よさはどこへやら、口を引きしめて冷たい目をしてる。ミスター・ノのほうは黙ったまま、タカのような目でわたしを見すえている。アレックスのことはまさか知らないよね？　だけど、ボーイフレンドと密会っていうのはほんとうに違うし。

「ありえません」わたしは必要以上に声に自信をのせていった。「ホテルにはひとりで泊まりました。レコーディングがおわるのが遅かったから、みんなもう寝てるだろうと思ってじゃましたくなかったんです」１００パーセントじゃないけど、ほとんど真実だ。ふたりともレコーディングのスタジオに午前2時くらいまでいたんだからわかるはず。わたしがいったん帰ってバレンシアガのことで動揺したなんてことは知らせる必要ない。

まだミスター・ノの鋭い視線を感じる。息を殺して待っていると、やっと口をひらいた。

「ほんとうのことをいっているのかもしれないが、それがまわりにどう見えるのか、考えるべきだったな。この業界にこれだけいれば、わかるはずだ。きみの行動は利己的で軽率だ」

わたしはうなだれた。そのとおりだ。わかってたはずなのに。たったひと晩ひとりでホテルに泊まっただけでパパラッチに目をつけられるなら、この先もっと気をつけなきゃいけない。アレックスとツーショット写真なんか撮られたら、それが完全にプラトニックな雰囲気のものでも、なにをいわれるかわかったもんじゃない。そしてそんなことになったら、わたしだけじゃなく、グループ全体も、ＤＢもヒサンなことになる。

ガールズ・フォーエヴァーはまちがいなく、Ｋ－ＰＯＰでいちばん愛されてるガールズグループだ。ファンはわたしたちに大きな期待をしているし、ずっとその期待にこたえてきた。だれも、失望させたくない。メンバーも、事務所も、ファンも。「申し訳ありません、ミスター・ノ」わたしは顔をあげていった。恥ずかしくてほっぺたが燃えるように熱い。「二度とないようにします」

ミスター・ノは、しばらくしてうなずいた。「レイチェル、今日のところはこれでよしとするが、このようなことは二度と許されない。いいな？」

「はい、ミスター・ノ」

「では、もう行っていい」

立ちあがったとき、ふと思い出した。「あの、実はお話があったんです。香港のレーンクロフォードがわたしのブランドを取り扱うことに興味を示していて、２週間後の打ち合わせを打診してきたんです。スケジュールに組みこめますか？」

ミスター・ノが、ほほうというふうに眉をくいっとあげる。ちょっとだけホッとした。これなら、ＤＢにもいい影響を与えてることになるはず。

「問題ないだろう。まじめに取り組んでいるのはいいことだ」

わたしは誇らしくなった。「ありがとうございます、ミスター・ノ」

「レイチェル、忘れないように」一礼してオフィスを出ようとするわたしに、ミスター・ノが声をかけた。「きみの責任は重大だ。われわれの期待にしっかりこたえてくれ」

14

われわれの期待にしっかりこたえてくれ。

それから2週間、その言葉が頭のなかをエンリピしていた。5月の初旬に入って、街じゅうの木々が花をつけはじめた。5月のソウルは、ほんとうにきれいだ。デザインのインスピレーションもつぎつぎわいてくる。フローラル、パステル、シアサッカー！

香港に行けるのは楽しみだけど、心配もつきまとう。レーンクロフォードとの打ち合わせはぜったいに失敗できない。3時間半のフライトのあいだも、プレゼンの資料をずっと確認してた。

香港国際空港におりたつと、すぐに脱出できるようにアレックスが車で待機しててくれた。アレックスはまだメディアに目をつけられてないから、たぶんあとはつけられてないはず。それでも、「万全の体制をとった」といっていた。わたしは目立たないベースボールキャップを目深にかぶって大きなサングラスをかけていた。いまのところ、バレてない。だけど念のため、アレックスは長期契約の駐車場のほうにとめて、車の場所をメールしてきた。助手席に乗りこんでサングラスをはずし、バックミラーをのぞきこむ。

「異常なし？」

「だいじょうぶだと思う」アレックスがこっちを見てニコッとする。「ハイ、レイチェル」

「ハイ、アレックス」わたしもニコッとした。アレックスがこちらにかがみこんできて、わたしたちはキスをした。

「プレゼントがある」アレックスが手をのばしてグローブボックスをあける。

アレックスがとりだしたのは、激辛チートスの袋。リボンシールがはってある。

わたしは吹きだして、もう一度キスをした。

「この車、サービスばつぐん。これでUberの評価、爆あがりだね」

なんかもう、ニマニマしっぱなし。キャップがうしろに落ちちゃってるけど、もうかまわない。いっそのこと、週末のあいだずっとこの駐車場の暗がりのなかで過ごしたいくらい。

駐車場を出るといきなり、バックミラーに怪しげな動きがうつって、わたしたちはハッとした。契約駐車場を出るにも、到着ロビーの外の送迎エリアをとおらなきゃいけない。ドアの近くで迎えの車を待っていたふうの数人がいきなり、うしろにとまっていたバンのなかにかけこんだ。そのうちひとりがダッフルバッグのなかからカメラをとりだすのが見える。

マズい。なんで？「アレックス、覆面パパラッチ！まさか、ほかの人を撮りにきたんだよね？」わたしはパニクっていった。

「任せとけ。レイチェル、シートベルトをしっかりしめておけよ。少し揺れるかもしれない」

アレックスがいきなり車を発進させた。

すると、えっ、ウソ……バンが追いかけてくる。

「えっ、えっ、えっ、ついてくる！」

アレックスがアクセルを踏みこんでスピードをあげる。クラクションを鳴らされまくりながら、どんどん車線をかえて車のあいだを縫って走る。

「心配いらないよ。ぼくは優秀なドライバーなんだ」アレックスがいう。

からだをひねってうしろを見ると、バンはまだついてきてる。

アレックスがタッチスクリーンのボタンを押して、ハンズフリーの電話をかける。相手はすぐに出た。

「アレックス？」

「ダニエル、状況は見えているか？」

「ああ、わかってる」

「えっ、だれ？」わたしはたずねた。

「バディだ。空港までべつの車でついてきてくれた。こんなこともあろうかと思ってね。うしろの赤いホンダ、見える？」

バンばかり気にしてて、赤い車がすぐうしろをついてきてるのに気づいてなかった。パパラッチのバンよりわずかに前にいるけど、ほとんど並んでいる。

「そろそろ計画実行かな？」ダニエルがいう。

「そうだな。たのむ。レイチェル、しっかりつかまってろよ」

電話が切れると、アレックスは高速をおりて一般道に入っていった。すぐうしろから、ダニエルとパパラッチがほとんど信号無視の勢いで追いかけてくる。わたしは必死で取っ手につかまっていた。心臓バクバクだし、おでこから汗も落ちてくる。こわいけど、ちょっとだけワクワクしてきて、アドレナリンがからだをかけめぐっている。はやくリアに、カーチェイスしちゃったって話したい！　まあ、生きて帰れれば、だけど。

アレックスが左に急カーブを切って、狭い道に入っていく。すぐうしろをダニエルの車、そのうしろにパパラッチのバン。道はどんどん狭くなってきて、車の幅ギリギリだ。どうしよう。もう逃げ切れない。

ふいに、ダニエルが急ブレーキをかけた。赤いホンダが狭い道をふさぐように止まる。パパラッチは追突しそうになって、ギリギリセーフで止まった。ダニエルの車がじゃまで進めない。バックミラーをチェックすると、カメラをもった人が助手席から出てきて、ボンネットを思いっきりたたいて悔しがってる。

わたしたちは狭い道から脱出したとき、やったーっと声をあげた。

「すごい、すごい、信じられない！」わたしはさけんだ。万全の体制って、このことだったんだ。

「いっただろう、優秀なドライバーだって」アレックスは笑いながら、ハンドルをバンとたたいた。

「ふぅーっ。愉快だった」

だんだん心臓のバクバクがおさまってきた。胸に手を当てて、アレックスのほうを見る。「なにがあってもいっしょならだいじょうぶっていってたの、ほんとうだったね」

アレックスがニヤッとする。「ああ。たとえ世界が相手でも、ぼくたちなら平気だ、レイチェル。きみとぼくとダニエルみたいないい友だちがいればね」

わたしは笑った。アレックスが味方してくれれば、なにがあってもだいじょうぶって気がする。

　カーチェイスでもなんでも。


　わたしはフォーシーズンズホテルを予約しておいた。空港からのカーチェイスのおかげで、パパラッチがどこにいるかわからないってことが身に染みた。アレックスと手をつないで街を歩きたいに決まってるけど、アレックスの部屋で雑誌をめくったり、カラーコーディネイトされたシリアルの箱を見て笑ったりして過ごすだけで満足だ。ダニエルが近くにひそんでるかもしれないパパラッチに目を光らせつつ、ホテルとアレックスの部屋の送り迎えをしてくれた。

　日曜日の夜、わたしたちはアレックスの部屋でオックステールスープをつくっていた。オックス・カフェに行くのは危険すぎる。前もって、料理の腕はイマイチとことわっておいたけど、肉と野菜をかき混ぜるくらいならできるだろうといわれて手伝っていた。するといきなり、アレックスが声をあげてキッチンからかけだしていた。

「なに？　わたし、なんかマズいことした？」わたしはとっさにコンロから飛びのいた。

「いや、そうじゃなくて。今日、おばあちゃんの誕生日だから家族とテレビ電話する約束してたんだ！」アレックスがとなりのリビングからさけぶ。わたしはコンロをタイマーにして、リビングに行った。アレックスはノートパソコンをとりだしてソファにすわると、画面に表示される時間を見ていった。

「ああ、5分しか遅れてない。よかったね」

「えっ、よかったね、って、わたしも参加する予定なの？」わたしはおそるおそるアレックスの隣にすわった。

「もちろん！」ログインしようとキーボードをたたいていたアレックスが、ふと指を止めてこちらを見る。「だけど、心配だったらかまわないよ。わかってるから」

わたしはにっこりして、アレックスのほっぺたにキスをした。「ううん、だいじょうぶ。信用してるから」

胸がドキドキしてきた。つきあってる人の家族に会うのははじめてだ。前にカナダでジェイソンの元気いっぱいのおばさん3人組と食事したことはあるけど、あれはたまたまだし。わたしは耳に髪をかけて、白いTシャツのしわをのばした。トマトソースのしみがついてる。時間があれば、ちゃんとした「家族と顔合わせ」用の服に着替えるのにな。画面に、アレックスのおばあちゃん、両親、きょうだいたちがあらわれた。

それから、おばさん、おじさん、いとこらしい人たちが10人くらい。

う、どうしよう。家族とのテレビ電話とはきいたけど、まさかこんなにたくさん集まってるとは。アレックスのことは信用してるし、家族も信用したいけど、K－POP界でのサバイバル本能がアラームを鳴らしている。もしだれかがスクリーンショットを撮って『リビール』に売ったりしたら？　もしだれかがインスタに集合写真を投稿して、ネット民に見つかったら？

「おばあちゃん《ハルモニ》！　誕生日おめでとう！」アレックスがいう。

アレックスのおばあちゃんは、アレックスとまったくおなじ笑顔をしていた。目尻にくしゃっとしわがよって、エクボが浮かぶ。うれしそうに画面にむかって手をふった。「アレックス！　顔が見られてうれしい！」３匹いるネコのうち２匹がひざの上にのっている。グレーの子は大きさからして、ファッツ・ドミノかな。

「遅れてごめん」アレックスはコホンと咳払いすると、ニヤッとしてこちらを見た。「みんな、ガールフレンドのレイチェルだよ」

　ガールフレンド？

　顔がカーッと熱くなる。いままで少なくとも面とむかって、その言葉を使われたことはなかった。この数か月で急速に距離が近づいたし、アレックスに対する気持ちはどんどん強くなっていたけど、ふたりの関係をそんなふうに定義するのはまた話が違ってくる。たぶんダメなんだけどと思っていたことが、ぜったいにしちゃいけないことにかかわったみたいに。Ｋ－ＰＯＰアイドルは、ガールフレンドにはなれない。

　アレックスの視線を感じる。あ、みんながわたしが返事するのを待ってるんだ。

「アニョハセヨ」わたしはあわてていって、頭をさげた。「みなさんにお会いできてうれしいです。ハルモニ、お誕生日おめでとうございます」あー緊張する。テレビ電話に参加してるチョン家のいろんなメンバーがうつる小さいボックスをチラチラ確かめると、若い子たちがささやき声でしゃべりながらつつき合っているのが見えた。角にうつってるポニーテールの10歳くらいの女の子が「ガールズ・フォーエヴァー！」と思わず声をあげてしまってから、ハッと気づいてマイクをミュートに切り替えた。

「はじめまして、レイチェル！」アレックスのお母さんが、みんなの気をそらしてくれる。家族写真を見せてもらってたからすぐにわかった。穏やかでやさしそうで、テレビ電話なのにいるだけでホッとする。「アレックスから話はたくさんきいてるわ。あたらしいファッションブランド、おめでとう！」

わたしはまた頭をさげた。「ありがとうございます。アレックスにはものすごく助けてもらっているんです」

「ごめんごめん、遅れて。オンマ、誕生日おめでとう！」いきなり髪がもじゃもじゃで体格のいい男の人がフレームに飛びこんできた。バタバタしてる感じとみんなの顔つきからして、遅刻の常習犯なんだろう。

「ヒューおじさんだ」アレックスがささやく。

「で、話はどこまでいった？」ヒューおじさんがいう。

ちょっと間があって、アレックスのお母さんが答える。「ちょうどアレックスのガールフレンドのレイチェルを紹介してもらっていたところよ」

「えーっと、レイチェルはどこだ？　んん？　どうすればみんなの顔が見えるんだ？」

「ギャラリーモードにして、ヒューおじさん！」ポニーテールの女の子がいう。

となりでアレックスがくすくす笑っている。わたしも思わず笑ってしまった。「こんにちは、ここです！　ミスター・チョン、お会いできてうれしいです」わたしはいった。

「ああ、そこにいたのか。はじめまして。で、レイチェル、仕事はなにを？　そこにいる甥っ子とおなじ金融系？」

　またしても沈黙が流れる。信じられないという顔で画面がいっぱいになる。ポニーテールの女の子が、イラッとした顔をする。

「あ、歌手をやっています」わたしはおそるおそる答えた。

「そうかそうか！　そりゃたいへんだ。エンタテインメント業界ってのは、なかなか厳しいからね。オレの学生時代からの友だちは、45歳でまだカフェでうたってるよ。ああ、ノラ、先週のサッカーのゲーム、大活躍したんだって？」

　そこから話題は、シアトルにいるアレックスの10歳のふたごのいとこ、ノラとジェレミーにうつった。ふたりがかわりばんこに、ハルモニにサッカーのトロフィーとあたらしいスパイクを見せる。それから30分くらい、わたしは会話を楽しもうとしていたけど、頭のなかでは「ガールフレンド」という言葉が鳴り響いていた。

　そのうちハルモニが、ネコのエルヴィスに糖尿病の注射をする時間だからといって、テレビ電話はおわった。アレックスがパソコンを閉じてこちらをむくと、わたしの両手をとった。

「どうだった？　つかれさせてないといいんだけど。だれも録画とかそういうことはしてないからだいじょうぶだ。母が前もって注意しておいてくれたし、みんなもわかってくれている。まあ、ヒューおじさんには伝えてないけど、そこは心配いらないだろう」

　わたしは首を横に振ってにっこりした。「心配してないよ」ウソじゃない。テレビ電話のあいだじゅう、アレックスとの関係が定義づけられたことで胸がザワザワしてたけど、そんな精神状態でもアレックスの家族の配慮は伝わってきた。アレックスのお母さんやハルモニや、あの小さいいとこのノラでさえ、よその人にしゃべったりはしないだろう。「みんな、ステキな人ばっかりだね」わたしはアレックスにいった。

　アレックスがにっこりする。「うん、ありがとう」

　一瞬わたしは、未来のチョン家の集まりを思い浮かべた。アレックスのお母さんとうちのオンマが意気投合して、ノラはリアに会って大よろこびではしゃいで……アレックスのガールフレンドだって認めて、なにがわるいの？　アレックスをボーイフレンドだといってうちに連れてきて、アッパにも紹介して……。

　ブーッ！　コンロのタイマーが鳴って、オックステールスープができあがったと知らせる。その瞬間、幸せな妄想がどこかへ飛んでいった。「われわれの期待にしっかりこたえてくれ」。ミスター・ノにそういわれた。カン・ジナやジュンのことを考える。自分の気持ちをハッキリさせて、しっかり代償を払った。カン・ジナはアイドルとしてのキャリアを失ったし、ジュンはボーイフレンドと別れた。

　帰らなくちゃ。頭のなかがぐちゃぐちゃだ。レーンクロフォードのプレゼンに集中しなくちゃ。ありえない妄想にふけってる場合じゃない。Ｋ－ＰＯＰアイドルでいる限り、現実になりようがない妄想に。

　わたしはソファから立ちあがって、ダイニングルームのイスにかけてあったジャケットを手にとった。バッグはどこにおいたんだっけ？

「えっ、どこ行く気？」アレックスがリビングのドアのところに立って、ビックリして眉をよせる。

「せっかく苦労してつくったのに、味わわないつもり？」

「こんなに遅くまでいるつもりじゃなかったから」アレックスと目を合わせられない。夕食をいっしょに食べる計画だったのにわるいとは思うけど、こうするのがいちばんだ。これ以上、気持ちをかき乱されたくない。仕事が第一優先。「明日の打ち合わせの準備が山ほどあるから。ルームサービスたのむことにする」バッグがドアノブにかかってるのを見つけると、わたしはすぐに肩にかけた。「明日、また会えるよね？」

「そうだね」アレックスはまだ混乱した顔をしている。

「よかった。じゃあまた！」

わたしはドアをあけて出ていった。

15

練習生になったばかりのころは、ＤＢ幹部と話すときにいちいち神経をすり減らしていた。こぶしを握りしめすぎて、手のひらに半月型の爪の跡がついていたくらいだ。いまでも幹部と話すのはちょっとこわいけど、幹部によって違う攻略法を身につけた。

だけど、ファッション業界のプレゼンとなると、なにがなんやらさっぱりで初心者にもほどがある。

受付の人がまた声をかけてくれる。「コーヒーか紅茶のおかわり、いつでもおっしゃってください」

「ありがとうございます。でも、いまはけっこうです」わたしはいった。すでにカフェイン摂取しすぎだ。今朝、ホテルのロビーのカフェでアレックスと待ち合わせてさんざんアイスコーヒーをのんだ。

きのうの夜、いきなり帰っちゃってわるかったなと思ってたけど、アレックスはなにもいわなかった。オックステールスープはどうだったときいてみると、かすかな笑みを浮かべながらいった。

「おいしかったよ。いっしょに食べられなかったのが残念だ」

「きっとうまくいくよ」アレックスは、レーンクロフォードのガラス張りの本社ビルが見えてくるといった。「じゃ、あとでまたフォーシーズンズで」

「えっ、いっしょに来てくれないの？」わたしはビックリした。てっきり横にいてくれると思ってたのに。

「ぼくはただの世話係だから、引き合わせたらそこで役目はおわりだ。ここからは、きみひとりの力でやれるはずだよ。レイチェル、これはきみの企画だ。ブランドのことをだれよりもわかっているのはきみだ。きっとものにできるよ」そういって軽くキスをすると、帰ってしまった。

受付で、時計をチラッと見る。ほんとうならもう20分前に打ち合わせははじまっているはずだ。

やっとのことで、会議室に案内された。床から天井まである窓から湾が見渡せるオシャレな部屋だ。シックなパンツスーツに色の濃い髪を低い位置でひとまとめにしている女の人が、マホガニーのテーブルの前のイスから立ちあがって、わたしの手をとった。「レイチェル・キムですね。わたしは、セレステ・グエン。レーンクロフォードのシニア・バイヤーをしています。お会いできてうれしいです」

わたしはほほ笑みを浮かべて握手をしたけど、内心パニクっていた。話をするのはアシスタント・バイヤーのリチャード・チャンだときいていた。リチャードの好みは徹底的にリサーチしたけど、セレステのことはなんにも知らない。

「リチャードは急用ができてしまったので、わたしがかわりにお話を伺います」

「うれしいです！　あ、いえ、急用がうれしいのではなくて……」もごもごいいながら、顔がひきつる。落ち着け、レイチェル。

「それで、レイチェル・キム。ガールズ・フォーエヴァーとしてすばらしい活躍をしてらっしゃるのね」

表情が読めない。もしかしてファンだったりする？　それともＫ－ＰＯＰはキライとか？　打ち合わせの５分前にあわてて調べた？

「以前も有名人のブランドは扱っていました。オング・シスターズのブランド、ご存じ？」

わたしはうなずいた。クリスティーン・オングは有名なアジア映画にいくつも出てるし、ミシェル・オングは女優ではないけど、有名な俳優と結婚してる。

「あのときはとてもいい経験をさせてもらいました」セレステがいう。

「すばらしいです」

セレステが、眉をあげる。「クリスティーンがミシェルと大げんかして発売直前にブランドからぬけたことが？」

うわ、マズい。知らなかった。「いえ、そのことではなくて。あの……いろんなご経験をされているのがすばらしい、ってことです。安心してお任せできます」

あ、なんだか上から目線の発言だったかも。

セレステはわたしの言葉をあっさり流した。「どちらにしても、オング・シスターズのコレクションは９パターンしかありませんでしたから。そんな少ないアイテム数でブランドを立ちあげるなんて、きいたこともありません」

えええ……どうしよう。わたしが用意したのは９どころか、６パターン。もしかして、少なすぎた？　ふつうはブランドを立ちあげるときにどれくらいアイテムを用意するかなんて、ぜんぜん考えてなかった。ああ、もっとリサーチすべきだった。

セレステが指を組む。「それで、どうしてファッションを仕事にしたいと思ったのですか？」

「子どものころから、ファッションが大好きだったんです」ファッション愛を語るとなったら、任せといてだ。プレゼンみたいに用意してなくてもいくらでも話せる。「音楽の道を目指すことにしたとき、ただ歌をうたってダンスをするだけではなく、パフォーマーになりたいと思ったんです。そして、なにを身につけるかもパフォーマンスの一部です。着る服とつけるアクセサリーには、たくさんのパワーが潜んでいるんです」

セレステはうなずいてからいった。「絵型とサンプルを見せてください」

わたしはバッグの試作品を見せながら、商品構成と色の選択について詳しく説明した。何度も話してるから、言葉がスラスラ出てくる。

「それからこの取りはずせるストラップは……」そういって、練習生時代の経験にインスパイアされたバッグを見せる。「どこにでも付け替え可能です」

セレステがバッグのレザーのストラップに指を走らせる。「ステキね。ほかのも見せていただける？」

「6パターンだけなんです」わたしはおそるおそるいった。

セレステが眉をよせる。「ああ、そうなのね」

ぜったいマズい。リサーチ不足。

「つぎのシーズンは１００くらいデザインを考えています」いいながら、自分で思っていた。は？　１００くらい？　なにいっちゃってるの？　超興奮状態だってこと、差し引いてくれますように。でももしかして、１００くらいはふつうとか？　デザインはめちゃくちゃ楽しかったけど、いざビジネスとなったときに自分がどれだけ役立たずか理解してなかった。

「ただ、まずは今シーズンの話をしましょう」セレステは、わたしのバカげてるかもしれないけどもしかしたらごく当然の来シーズンの展望をあっさり流した。「デリバリーのほうはどうなっていますか？」

「実用的で毎日つかっていただけるような商品をデリバリーしたいと思っています」わたしは自信たっぷりにいった。セレステが、困ったような顔をする。

「デリバリーの時期は？　もしわたくしどもの店におくことになったら、どれくらいで納品していただけるのかしら？」

「すぐにでも納品できます」あせって答える。ううう、業界用語、ぜんぜん知らないし。

「製作チームに確認しなくていいのですか？」セレステが眉をあげる。

マズい。しなきゃいけないに決まってる。物流部門にききもしないで約束するって、ありえない。

「詳細はのちほどご連絡さしあげます」

セレステがほほ笑む。これって、ほんもののほほ笑み？　それとも社交辞令？　「そのサンプルをおいていっていただけますか？　チームで検討してみます。２週間くらいでお返事できると思います。来シーズンはもっと期待してもいいのかしら？」

わたしはうなずいて、なんとか笑顔をつくった。検討してもらえるだけでありがたいけど、このプレゼンで、自分がどんなにアマチュアかを痛感させられた。

帰りの機内で計画を立てた。今回は完全にしくじったけど、このままってわけにはいかない。もっとプロフェッショナルに徹しなきゃ。あと、アレックスのガールフレンドだと認めるべきか問題も、このままってわけにはいかない。

ソウルでは、目のまわるような日々が待っていた。フェスでのパフォーマンスまであとひと月しかない。ソニがラジオ番組の授賞式とスケジュールがかぶってしまい、8人でフォーメーションを組みなおさなきゃいけなくなった。頭のなかで振り付けがぐるぐる渦巻いていた。リアとのリアリティ番組を撮影するときは、なるべくリラックスしようと努めた。姉妹の自然な日常が求められてるんだから、それにこたえなくちゃ。カメラは意識しないけど、撮れ高は気にしなくちゃいけない。疲れた顔は見せちゃダメ。ストレスは感じさせないこと。

どの現場にも5分前に着けるようにスマホのアラームをセットしていた。練習はひとつ残らず参加する。韓国での販売ルートの担当者の電話にはかならず出る。エスプレッソを3杯のんでから、リアとの12時間ぶっつづけの撮影に行く。ぜんぶ、きちんとこなさなきゃいけない。ＤＢに、やらなきゃいけないことをやってるってところを見せなきゃ。それよりも、自分自身に証明したい。

「オンニ、だいじょうぶ？」リアが、アルバムのレコーディングスタジオで会ったときにきいてきた。「なんか、つかれてない？」

「だいじょうぶ、だいじょうぶ」
リアは、だいじょうぶじゃないよねって顔をしたけど、なにもいわずにアイスコーヒーを差しだした。「はい。買ってきた」
「ありがとう。助かった」わたしは一気にのみほした。頭がキーンとなったけど、ゆっくり味わうなんてぜいたくは許されない。

レコーディングがおわると、わたしは急いでヴィラにもどった。今夜は『きみを愛するとき』のプレミア試写会にグループで招待されている。ヘアメイクの人たちが2時間前からヴィラに来ていた。

リビングのあちらこちらにミラーやらイスやらがおかれていて、メンバーのほとんどはもう少しで支度がおわりそうだ。スーミンはシャンデリアイヤリングをつけているところだし、アリはマノロに足を合わせている。ウンジは鏡をのぞきこんでリップを何度もつけ直している。なんだか顔が青白いけど、だいじょうぶかな。イベントでレッドカーペットを歩くのは久しぶりだ。しかも、ソン・ゴンウが出席するイベントとなったら、だれだって最高におめかししたい。

わたしはフルールドゥマルのシルクのガウンに着替えて、アズキのドーナツにぱくつきながら髪にカーラーをつけてもらった。
「あんまり急いで食べるとお腹がパンパンになるわよ」ミナがにらんでくる。高い位置でポニーテールにして、キラキラのアイメイクをして、オフショルダーのジャンプスーツを着て、めちゃくちゃきれいだ。すました顔をしてるけど、きっと緊張してるんだろうな。プレミアにはお父さんも来るから、本人はぜったい認めないだろうけど、演技を評価してほしいはずだ。ミナが神経質になってるときって、すぐわかる。このところずっと、プレミアではキャストの自分がＶＩＰ扱いされるっていばってた。正直、わたしはホッとしてた。いるだけでなんにもしなくていいイベントって、いまのわたしにとっては休息みたいなもの。「ベッドの上にガードルおいといたわよ」ミナがとおりがかりにいって、自分の部屋に行く。親切のつもりだろうけど、本心はわからない。

　メイクをしてもらってるとき、しきりに目の下にコンシーラーをはたかれた。くまがひどいんだろうな。メイクがおわると、髪に巻いたカーラーがあと十分はとれないといわれたので、部屋に行って着替えることにした。クローゼットをあけて、バレンシアガがあるはずの場所がまだ空っぽなのを見てため息をついたとき、FaceTimeのベルが鳴った。部屋のカギを閉めて（ごめん、ジュン）、電話に出る。

「うわ、シンプソンズのリサみたいな髪型だ」アレックスがわたしのカーラーを見てニヤニヤしている。

　レーンクロフォードとの打ち合わせのあと、アレックスに空港まで車で送ってもらいながら、わたしはずっとムスッとしてた。アレックスもほっとくのがいちばんだと思ったらしい。認めたくないけど、あのときはアレックスにイラッとしていた。どうして同席しないって前もって教えてくれなかったの？　それにわたしに確かめもしないで家族の前でガールフレンドと紹介するなんて、どういうつもり？

　だけどほっぺたにキスしてそっけなく「じゃあ」といって別れたとたん、イラつくなんて大まちがいだと気づいた。うまくプレゼンできなかった自分に腹が立っていただけだ。わるいのは自分。離陸する前にメールで、ありがとうとごめんねを伝えた。

　こうしてアレックスの顔が画面に出てくると、香港でのぎこちない空気が溶けていくのを感じる。関係性の定義なんかなしで、また前のアレックスとレイチェルにもどれたような気がする。

「これ、シンプソンズのリサをお手本にしたんだよ」わたしは真顔でいった。

　アレックスは笑ってから、真剣な表情になった。もちろん、わざとつくった表情なのがわかる。

「実はね、あんまりよくない報告があるんだ」

「ふーん、なに？」

「韓国人としてあるまじきことなのはわかってるんだけど、実はスンドゥブを一度も食べたことがない」

　わたしは、ひぇーオソロシイっていう顔をした。

「わかってるわかってる。どこかいい店知らないかな？　来週ソウルに行ったら連れてってほしいんだけど」

　今度は、本気でひぇーってなった。

「いつ？　なんて？」

「急な出張が入った」アレックスがニヤーッとする。

　連れていきたい店なら心当たりがある。それをいうなら、連れていきたい場所なんて山ほどある。会わせたい人だって。リアがシンガポールから帰ってきてすぐにペラペラしゃべったから、オンマは写真を送れってうるさい。あと、好きな食べものリストも。アレックスがソウルに来るなんて知ったら、到着ゲートで名前を書いた紙をかかげて待ちかまえてるんじゃないかな。正直、わたしも家族に会わせたいし、Ｋ－ＰＯＰ以前のわたしのことを知ってほしい。通ってた学校に連れていって、ここでチョウ姉妹と会ったんだよって教えたい。東大門《トンデムン》の夜市に行ってどこのダンプリングがいちばんか探したい。ルーフトップバーで音楽をききながらのみたい。

だけど、そのうちいくつ、実行できる？　ソウルでは人目だらけだ。アレックスの地元でいっしょにいるだけでも大きな一歩だったのに、韓国でなんて想像もつかない。

「パパラッチに撮られるのが心配なら、ソウルに女友だちがいる」アレックスがわたしの表情に気づいていう。「いっしょに来てもらえば、疑われずにすむよ」

わたしは首を横に振った。「ううん、ふたりで会いたい」

「方法を考えてみよう」アレックスがはげますようにいう。

「レーンクロフォードからなんか連絡あった？」セレステは2週間くらいで連絡くれるっていってたけど、まだなんにもいってこない。

アレックスがこんどはほんとうに真顔になる。「まだないけど、検討する時間がないだけかもしれないし」

うん……そうだよね。または検討した結果、あんなアマチュアに返事する価値もないって結論が出たのかもしれないしね。あの日のなんともいえない気まずい雰囲気からしてビックリしないけど、ショックはショック。

そのとき、ドアノブがガタガタいった。「レイチェル！　なんで閉まってるの？」ジユンの声がする。

「あ、ごめん、うっかり！」わたしはさけんで、アレックスにささやいた。「ごめん、もう行かなくちゃ」

プレミア試写会の会場に着くと、まずグループの集合写真の撮影。わたしは衣装のしわをささっと直して――クリーム色のストラップレスのマキシドレスで、ももまでスリットが入ってる――巻いた髪を片方の肩にかけて、カメラにむかってニッコリした。こんなことを6年もやってると、キラキラスマイルなんてお手のものだ。いくら心のなかでは泣きそうでも。

グループ写真のあと、ミナは母親役のパク・ユファを見つけてあいさつをしにかけよった。ミナがユファと写真を撮られているとき、残りのわたしたちはイベントホールのほうに歩きだした。エアコンがきいた室内に入ろうとしたとき、名前を呼ばれた。

「レイチェル！　やあ！」

マックスウェル・リー・ハリスが手を振っている。パリで会った『ヴォーグ』のフォトグラファーだ。カメラをもってこちらに近づいてきた。

「またお会いできてうれしいです！　ソウルにはお仕事で？」わたしはいった。

マックスウェルがカメラを指さして笑う。「もちろん仕事だ。韓国のエンタメ特集を組んでいるんでね。頼みこんでやっとソウルに来られた。ここのセブンイレブンで売ってるキンパをしばらく食べてないからね」

わたしは笑った。「もっとおいしいキンパ、いくらでもあるんじゃないですか？」

マックスウェルが肩をすくめる。「セブンイレブンで買えるところに意味があるんだよ。今日はまたすばらしい衣装だね。似合っているよ。そのヘアクリップもいいね！」

わたしはサイドにつけたゴールドのヘアクリップに手をやった。カーラーをはずしたらなんだかプードルみたいだったので、ボリュームをおさえたくてつけてみた。

「ありがとうございます」

「そのクリーム色とゴールドの組み合わせ……そうだ、主演俳優と並んだらちょうどいい！　いっしょに写真を撮らせてもらえないか？」

あっという間にわたしは、ジェイソンとソン・ゴンウがカメラの前でポーズをとっているところに連れていかれてしまった。

「レイチェル！」ジェイソンが声をあげる。やわらかいゴールドのシャツにクリーム色のスーツ。確かに、はからずしてリンクコーデみたいだ。「来られてよかった！　セナに会った？」ジェイソンがレッドカーペットのむこうを示す。セナがインタビュアーに囲まれている。明るい赤の髪が、ツヤ感のある白いドレスに映えている。セナがこちらにむかってウインクをした。わたしも手を軽く振った。

「ガールズ・フォーエヴァーのレイチェル・キム？」ソン・ゴンウがにこやかにいう。うわ。スクリーンで見たまんま。背が高くて筋肉質で、にこやかな笑顔。右目の真下にチャーミングなほくろ。

シトラスのコロンのいい香り。光沢のある黒いスーツにクリーム色のシャツを着ている。「わあ、やっと会えたな」ダイヤモンドのようなスマイルをキープしたままいう。マックスウェルがさっそくパシャパシャ写真を撮る。わたしもあわてて口角をあげた。マックスウェルが手をとめてカメラをチェックしている間に、ゴンウがさりげなくいう。「話はいろいろきいているよ」

えっ、だれから？　ミナがわたしの話題を出すとは思えないし。ジェイソン？

「いいねー、もうちょっとぎゅっとかたまってくれないか？」マックスウェルがいう。

ジェイソンとゴンウがさらに近づいてくる。ゴンウはわたしの腰に手をまわしてきたし、ジェイソンはわたしの肩に手をかけてきた。視線のすみに、待っているメンバーの姿がうつる。待っているというか、監視だ。ミナの視線がみるみるキツくなってくる。

マックスウェルが撮影しおえると、わたしはジェイソンとゴンウに急いであいさつして走り、メンバーと合流した。「待たせてごめん」

あきらかに気まずい空気が流れている。さっきまで上機嫌でしゃべりっぱなしだったミナが、キレている。リジーとウンジもギロッとにらんできた。

「ねえ、レイチェル、よりによって今夜、わたしを出し抜くつもり？」ミナが小声でいう。ミナの視線を追うと、お父さんのミスター・チューが腕を組んで厳しい表情をしていた。うわっ、マズい。ミナにとって今夜がどんなにたいせつかはわかってる。メディアに注目されるのがミナでなきゃいけないってことも。ミナのプライドのためじゃなくて、お父さんにミナの夢をまじめに考えてもらうために。

「ちがう、ごめん、ミナ」わたしはあせっていった。「今夜の主役はミナだよ。ただ、パリで会ったフォトグラファーが……」

「またパリの話？」リジーがあきれた顔をする。「もうたくさんよ、レイチェル。パリに行って、クールな人にたくさん会ったのはわかったから。いちいちもちださないで」

「ほーんと」ウンジは、ミナとリジーよりピリピリしている。それどころか、本気で怒ってるみたいだ。「どうしてレイチェルばっかり、やりたいことができるの？」ウンジは眉をぎゅっとよせて、もっとなにかいいたそうにした。ミナがちょっとふしぎそうな顔をする。すると、ウンジがつぶやいた。「とにかく今日の主役はミナなんだからね」

弁解もできないうちに、メンバー8人はわたしをおいてさっさとホールに入っていった。

16

スクリーンのなかのミナが、ソン・ゴンウが交通事故で記憶喪失になったのを悲しんで泣いている。わたしは、３つむこうの席にいる実物のミナをちらちら確認していた。席についたときはまだカンカンだったけど、映画がはじまってから怒りがおさまってきたみたいだ。たしかにミナはすごくいい演技をしていた。

ミナのさらにむこうの席から、すすり泣きがきこえる。ウンジだ。たしかにゴンウのいまの演技は感動的だけど、そこまで？　練習生時代から、ウンジはいつもミナにくっついていた。ソニもだけど、ウンジはもっと自信をもっていいのに。グループでいちばん美人なのに、ミナとリジーの陰にかくれてないと不安みたいに見える。それに最近は、とくに情緒不安定に見えて心配だ。

ぼけっと考えごとをしていたら、いつの間にか映画がおわっていたらしく、歓声と拍手がきこえてきて、ミナの名前がスクリーンに映しだされた。

アフターパーティで、わたしは思い切ってウンジに声をかけた。

「ちょっと話せる？」そっとウンジの肩に手を触れる。

一瞬、手を振り払われるかと思った。だけどウンジはちょっとためらってから、ため息をついてうなずいた。わたしはパーティ会場のすみっこにあるネイビーブルーのベルベットの長イスのほうにむかった。

「ねえ、ウンジ、なにかあった？」わたしはたずねた。ウンジは目を合わせようとしないで、ネックレスを指でさわっている。きれいな鎖骨がいつもより目立っているような気がする。やせたのかな？「わたしたち、確かに前からの親友ってわけじゃないけど、なんだか最近、悩みごとがあるみたいに見えて……心配なんだ」

ウンジがわたしをチラッと見る。それからまた目をそらした。涙があふれてくる。

「ウンジ？」わたしはさらに小さい声でいった。

ウンジがくちびるをぎゅっと引きしめる。涙が止まらなくなってきた。まわりを見てだれもきいていないのを確かめてから、小声でいった。「ソン・ゴンウと……つきあってるの」

えっ……予想外。思い返してみると、ミナが『きみを愛するとき』の撮影の話をして自慢するたびに、ウンジはだんだん挙動不審になってきたような気がする。演技の仕事のことで嫉妬してたんじゃなかったんだ。自分のボーイフレンドといっしょにいられるのがうらやましかったんだ。なんていってあげればいいかわからない。

「ああ、ウンジ」わたしはウンジの背中をさすった。「それはつらかったね。いつから？」どうやって知り合ったんだろうと思いながらわたしはたずねた。「なかなか会えなかったでしょ？」いくらおなじ街に住んでるというメリットがあっても、ゴンウはアレックスよりずっと有名人だ。どうやっていままでバレずにつきあってたのか、謎だ。

「もういいの」ウンジは涙をぬぐいながらいった。「どうせもうおわりだから」

「なんで？」

「なにいってるの？　さっきのゴンウの目、見たでしょ？　レイチェルの背中に手なんかおいちゃって。レイチェルのこと、狙ってるの、わかるもん。遊び人なの、気づくべきだった」

なにいってるの？　わたしはウンジをハグして、ぎゅっとした。「ちょっと、それは違うってば。わたしのことなんか、なんとも思ってないよ。あれはただ、衣装がリンクしてたから写真撮影に応じてただけ。だいたいわたし……」

わたしはウンジの肩に手をおいたまま、からだをはなした。ウンジが正直に打ち明けてくれたんだから、わたしもウソはつけない。それで誤解がとけて信頼をとりもどせるなら。こんなに傷ついてるウンジ、見てられないし。

「わたしにはべつに好きな人がいるし。アレックスっていうんだけど」

ウンジが目を丸くする。「えっ、ほんとに？」

「うん」わたしはシャンパンをひと口のんで、ちょっと警戒した。いきなりバーカウンターのうしろからミスター・ノが飛びだしてきて「つかまえた！」っていわないとも限らない。リア以外の人に打ち明け話をするのは、かなり勇気がいる。

ウンジはニコーッとしていった。「レイチェル！　ぜんぜん知らなかった！」

わたしは弱々しくほほ笑んだ。「うん、まあ、だってほら……」

だけど、メンバーのひとりに打ち明けただけで、心の重荷が軽くなった。ウンジもおなじ気持ちだろう。

「ああ、なーんだ、よかった。だったらあたしたち、ダブルデートできるね」ウンジが久しぶりに晴れやかな表情をする。

わたしはシャンパンでむせそうになった。はっ？　ダブルデート？　そんなのムリに決まってる。だけどウンジがあんまりうれしそうだから、つい調子を合わせてしまう。

「うん、楽しそう。わたし、ダブルデートなんてしたことないし」

わたしたちはシャンパンをのみおえると、会場にもどった。みんなと合流する前に、ウンジがわたしの腕をつかんで、深呼吸をしていった。「レイチェル、さっきはごめんね。なんか、ずっと落ち着かなくて」

わたしはうなずいた。「わかるよ」

一瞬ためらってから、ウンジはわたしをハグしてきた。わたしもぎゅっとした。

これで、映画界のビッグスターと、大人気アイドルグループのメンバー9人中ふたりを含んだ極秘デートを計画しなきゃいけなくなった。

ダブルデート予定表
6：00――レイチェルがレストランに到着。個室Cに直行。
6：03――アレックスがレストランに到着。電話がかかってきたフリをして立ち止まり、ウンジの到着を待つ。
6：05――ウンジが到着。化粧室に直行。レイチェルがウンジにメールで危険がないことを知らせる。
6：08――ゴンウが到着。個室Fに直行。
6：10――アレックスが個室Cでレイチェルと合流。
6：13――ゴンウが個室Fから個室Cへ移動。
6：15――レイチェルがウンジにメールして個室Cで合流。
注意事項：予約の名前は、キム・ユミ。予約した4名用の個室は、レストランの裏手。時間がきたら、すみやかに移動すること！

ウンジとわたしは入念な計画を立てた。それはもう細部に至るまで。不安だったけど、正直、ウンジとふたりでこっそり計画するのは楽しくもあった。目立たないエリアの個室のあるレストランをさんざん調べて、〈マリゴールドハウス〉に決めた。それほど知られてないけど雰囲気がよくて、ソウルの中心から少しはなれた江北《カンブク》にある。もちろん危険にはかわりないけど、首相が極秘会議をひらいたこともあるって話で、お店のスタッフが秘密厳守してくれるという点は信頼できる。

とうとう、ダブルデート決行の夜になった。なにを着るか迷いまくったあげく、ふつうの白Tシャツに黒いレザーのレギンスをはいて、クロップドのライダースを合わせた。悲しいことに、ドレスアップより目立たないことが優先。

全員、時間厳守で店に到着して、計画どおりに行動し、ひとつのテーブルをアレックス、ウンジ、ゴンウと囲むことができた。

なんだかパラレルワールドかなんかにいるみたい。わたしたちは笑いながらおしゃべりして、ギンダラのソテー、自家製チリペッパーソースをかけたバーベキューチキン、もち麦のキノコリゾット、ナシのスライスを添えたクロマグロなどの料理を楽しんだ。

「うわ、これは絶品だ」アレックスがマグロをフォークにのせながらいう。「これだけのために韓国にもどる価値ありだな」

「香港に住んでるんだっけ？　一度、ファンミーティングで行ったことがあるよ。いいところだ」ゴンウがいう。

「つぎに来るときは連絡してくれ」アレックスがいう。すごいな、このふたり、会って５分で親友みたいになってる。しかもひとりは、国民的人気の大スターなのに。アレックスって、だれにでもこんな感じなんだろうな。いっしょにいる人を居心地よくさせる能力をもってる。

そんなことを考えていたら、アレックスが手をのばしてきてわたしの手を握った。やさしい茶色の瞳でじっと見つめてくる。

「いいわねー」ウンジがテーブルのむこうで小さく声をあげる。「つきあってどれくらいなの？」

わたしはチキンを食べようとしていた手をピタッと止めた。つきあって、っていわれると困るけど……。だけどアレックスがあっさり答えた。「３か月だよ」

ウンジが眉をあげておどろく。「３か月？　それってＫ－ＰＯＰ基準だと永遠みたいなものね」

「ほんとうに？」アレックスがいう。「レイチェルがどう思っているかは知らないけど、ぼくは３か月どころかもっとつづけたいと思っているよ」アレックスがわたしの目をのぞきこむ。わたしは目をそらして、チキンを口にいれた。ほっぺたが熱いし目がうるむけど、チリソースのせいじゃない。アレックスは自信たっぷりにわたしたちの関係を口にするけど、わたしにしてみたら、おでこに「ガールフレンド」っていうタトゥーをした５００キロくらいあるゴリラが出現したみたいな感じだ。スルーしてアレックスとの時間を楽しみたいのが半分、だけど残りの半分は、そういうわけにはいかないとわかっている。

わたしはチキンをのみこんで、ウンジとゴンウのほうをむいた。「ふたりはどうやって出会ったの？」

ウンジがいたずらっぽく笑う。「カレ、あたしの電話番号を何か月も前から手に入れようとしてたらしいの。あたしを知ってる友だちにたのみまくって、デートのセッティングをしてもらって」

「何か月も、じゃないよ」ゴンウが言い訳がましくいう。「数週間。それで教えてもらったのがそこから２週間くらい」

「数週間プラス２週間で数か月になるでしょ」ウンジがからかう。

ゴンウが照れて肩をすくめたので、みんな笑った。

ディナーのあいだじゅう、ゴンウはテーブルの下でウンジの手をなんども握っていた。すごく自然な感じだったし、ウンジが幸せなのもすごく伝わってきた。ふたりとも、大好きなんだな。だけどゴンウは演技が仕事だし……一瞬思って、すぐにそんな考えは振り払った。ダメダメ、雰囲気をこわしちゃいけない。

「そうだ、最近スポンサーがついたんだろう？」ゴンウがうれしそうにいう。

ウンジが恥ずかしそうに笑った。「ＳＫアモーレがあたらしく出す香水のイメージモデルをすることになったの。すごく楽しみ」

「うわ、すごいね！　ぜったい似合うよ！」わたしはいった。

帰る時間になると、わたしたちは来たときとおなじく、ひとりずつ店を出た。見つからずに帰るのも、今夜のたいせつなミッションだ。どうかうまくいきますように。最初にゴンウが店を出る。それから14分後にウンジ。アレックスとわたしはすわったまま、さらに15分待っていた。

「で、ほんとうに漢江《ハンガン》のほとりを散歩するのはムリなのかな？」アレックスが眉をくいくいさせながらたずねる。もちろん、ふざけてるだけだ。最初から、人目につくようなことは避けようと話し合っている。だけど、ヴィラまで車で送ってもらうことになってるから、あと20分くらいはいっしょにいられる。

アレックスが時計をチラッと見る。「ぼくの番だ。じゃ、あとで」

アレックスはニコッとしてほっぺたにキスをしてからドアにむかおうとした。わたしはアレックスの腕をぐいっとつかんでこちらをむかせると、くちびるをアレックスのくちびるに押し当てた。

「ちゃんとバイバイしたくて」

「まだ車で会えるよ」

アレックスがまたキスをしてきた。ゆっくりとやさしく。

「時間がおしてる」わたしはいった。

「じゃ、車で」アレックスがわたしから手をはなす。

そして、ドアから出ていった。

わたしは帰る番になると、ライダースをぐいっとあごまで上げて、ベースボールキャップをかぶり（できるだけレイチェルっぽさは消さなくちゃいけない）、店を出て車に直行した。アレックスは念のため、かなり暗いスモークガラスの車を借りていた。助手席にすべりこんで、まわりをチェックする。見るかぎり、パパラッチはいない。車が走りだす。うまくいった。

わたしはほっとして、シートにもたれかかった。

「安心した？」アレックスがチラッとこちらを見る。

「うん、すごく。なにもなくてよかった。思ったよりずっとうまくいった。これで、ソウルにきたときにはビクビクしないでもっと会えるようになるといいんだけど」

アレックスはにっこりした。「だったらいいね。だけど、こそこそするのもスリルがあってわるくない」わたしはアレックスをピチッとたたいた。アレックスが笑う。

それから急に真顔になった。「実はレストランに着く前にメールを受けとったんだけど、みんなとの食事中にいいたくなくて。セレステが、立ちあげまでに来シーズンのデザインを見せてほしいそうだ。その条件で、最初の6パターンをおいてくれるそうだよ」

一瞬、ぽかーんとしてしまった。え？　レーンクロフォードが、わたしのブランドを扱ってくれる？　やっと理解が追いつくと、わたしは歓喜の声をあげて、助手席でよろこびの舞をした。アレックスも笑いながら、ハンドルを握ったままできる限り、わたしに合わせてよろこびを表現してくれた。だけど、すぐにまたキリッとした顔になっていう。「たしかにすごいことだし、舞いあがるのももっともだ。だけど、先方が期待している来シーズンのアイテム数は、今回プレゼンした数の３倍だからね」

わたしは深呼吸をした。せっかくの幸せムードを不安でくもらせたくない。だけど、ふいに胸がぎゅっとした。３倍？　それって、18アイテムってこと？　いまの６アイテムをデザインするのにほぼ２か月かかってるのに、おなじ期間で18考えるなんてこと、できる？　ほかにもいろいろやらなきゃいけないことがあるのに。

「なんとかなるって」アレックスが、わたしが過呼吸になりそうなのに気づいていう。「この前のプレゼンみたいに完成された形にする必要はない」アレックスがまた手をのばしてきて、わたしの手を握る。「ぼくがついている。スケッチだけ描いて、あとはひとに任せればいいんだ。きみの才能とセンスがあればだいじょうぶだ」

はげまされて、手を握られているうちに安心してきた。

あっという間に車はヴィラに着いた。わたしは名残惜しくて、窓の外をながめてため息をついた。

「もっといっしょにいられればいいのに。短すぎる」

「同感だ」アレックスはいって、車を駐車場にとめた。

わたしはにっこりして、かがみこんでキスをした。アレックスのくちびるがあったかくてやわらかい。両手がわたしの腰にそっとおりてきて、わたしはアレックスの首にぎゅっと手のひらを押しつけた。アレックスがわたしをぐいっと引きよせる。せっぱつまった感じで。わたしたちはキスをして、またキスをして……このまま永遠にキスしていたくて……だけどとうとう、あの５００キロのゴリラの姿をした現実がちらつきはじめて、わたしはゆっくりくちびるをはなした。

「帰らなくちゃ」小さな声でいう。わたしたちはおでこを合わせていた。

「ああ、うん、そうだな」アレックスの声がかすれている。

そのまま数秒間、おたがいの呼吸の音をきいていた。そしてアレックスがわたしの両手をとって、指にキスをした。

「おやすみ、レイチェル」

「おやすみ、アレックス」

車をおりてあたたかい6月の風に吹かれながら、振り返って投げキッスをした。それからヴィラにかけこんだ。ほぼカンペキな夜の魔法が消えてしまわないうちに。


つぎの朝、シャワーを浴びてキッチンに行くと、みんなすわって朝ごはんを食べていた。ほとんどみんな。ウンジ以外。

「ウンジ、まだ起きてこないの?」わたしはウンジと相部屋のリジーにたずねた。

「さっき出ていったわよ。なんで?」

「ううん、べつに」あのあとゴンウとどうしたか、ききたかった。メールしてみようかなと思ったとき、スマホがピンと鳴った。

メールだ。ミスター・ノから。

ミスター・ノ：レイチェル、直ちにDB本部に来るように。

えっ???

ミスター・ノから直接メールなんて、めったにない。しかも、「直ちに」なんて、はじめていわれた。マズい。ぜったいマズい。わたしは急いで部屋にもどって支度をした。まだ濡れてる髪をねじってひとまとめにして、デニムをはき、ダボッとしたボーダーのTシャツを着る。本部に行くまでのあいだ何度も、メッセージを読み返した。なにをいわれるんだろう?

だけどオフィスに入ってすぐ、わかった。ああ、そういうことか。

ウンジがいる。ソファにすわって、顔は涙でぐしょぐしょだ。

わたしたちの目が合う。

バレた。ウンジが口パクでいった。

17

写真。めちゃくちゃたくさん。

ミスター・ノがコンピュータにアップして、画面をこちらにむけた。レストランを出るゴンウ。駐車係にチップをわたす。白のベントレーに乗る。それからほんの数分後の時間表示つきで、レストランを出るウンジ。身バレしないようにやたら大きい黒のスクエアサングラスをかけているけど、ゴンウの車のドアをあけたとたんサングラスをおでこにあげて、助手席に乗りこむ。どう見てもウンジだってわかる。ただ、決定的なシーンは写ってない。ただいっしょに車に乗っているというだけで、怪しまれるようなことはひとつも……。

そして、ミスター・ノがつぎの一連の写真を出した。

ウンジとゴンウがアイスクリーム屋さんにいる。ゴンウがウンジが手にしているコーンのアイスをなめている。かなり大写しで、アイスに入ったオレオまで見える。そのあと、とどめが刺された。ふたりはキスをしている。キスシーンの写真は何枚もあった。

背筋がぞくっとする。ウンジが気の毒なのはもちろんだけど、頭の大部分を占めていたのは、写真に写っているのがアレックスとわたしでもおかしくなかったってこと。

わたしは息を殺していた。ミスター・ノが『リビール』から送信されてきた写真を最後までクリックしていく。だけど、アレックスとわたしの写真は一枚もない。５００キロのゴリラの存在が常にチラついていたおかげで、キャッチされずにすんだのかも。

ああ、そうか。それでわたしたちは楽勝で店を出られたんだ。パパラッチはウンジとゴンウのあとをつけて行っちゃってたから。

ウンジのほうをチラッと見る。顔は真っ青だし、消えちゃいたいみたいに縮こまっている。いくらぬぐっても、涙がどんどんこぼれている。胸がしめつけられる。アレックスと会うたびに想像していた悪夢のシナリオを、ウンジは実際に経験しているんだ。

「『リビール』がいうには、ゴンウとのつきあいを認めれば、すべての写真を出すのは控えるそうだ」ミスター・ノが厳しい表情でいう。「アップされるのは、ふたりで車に乗っている写真だけになる」ウンジはほんの少しだけ明るい顔になったけど、すぐにミスター・ノがつづけた。「ただし、『リビール』が正式にきみたちの関係性を報道することを許可する同意書にサインするのが条件だ。もちろん、そうなればＤＢも、きみがソン・ゴンウとつきあっていることを認めるコメントを出すことになる」

ウンジはくちびるをかんだ。正式なコメントが出たら、心の準備ができてなくても否応なしに関係性が公になる。

「シン・ウンジ、慎重に考えなさい。これ以上きみのイメージに傷をつけない唯一の方法だ。ＳＫアモーレがすでにかぎつけて、今朝、スポンサーをおりると連絡してきた」ウンジがギクッとして顔をあげる。だけどこの業界、スキャンダルはあっという間に広がる。ウンジがわたしのほうを見ながら震えた声でいう。「レイチェルは？　レイチェルだって店にいたのに」

「レイチェルの写真はない」ミスター・ノがいう。

ウンジはあぜんとした。ミスター・ノがわたしのほうを見ていう。

「だが、ウンジがいっていることが事実なら、きみも自分の行動にもっと気をつけなければならんな、レイチェル。ここに呼んだのは、警告のためだ。こういうことをしたらどうなるか、わかっただろう。友だちのようになりたくなかったら、もっと注意するように」

わたしはぐっと息をのんで、頭をさげた。「はい、ミスター・ノ。わかりました」罪悪感でウンジの顔が見られない。ウンジは『リビール』に報道を認めるサインをしている。こんなの不公平だ。ミスター・ノのオフィスから出るとすぐ、わたしはウンジの手に手をのばした。「ウンジ……」

ウンジはぱっと手を引っこめた。顔は涙でぐしょぐしょだ。「なんなのよ？　あたしたち、両方ともボーイフレンドと出かけたのに。なんでレイチェルは撮られなくて、あたしだけ？　なんでレイチェルにはいやなことがひとつも起きないわけ？」

ウンジの声がどんどん高くなっていく。

「ウンジ、ごめんね」だけど、そんなふうに思われてるの？　いやなことがひとつも起きない？　もちろん、たくさんチャンスをもらってることには感謝してる。だけど、お気楽に生きてるわけじゃない。ウンジは、さっさとひとりで歩いていってしまった。

つぎが自分だったらどうしよう？

みんなの頭のなかに、その不安が渦巻いているのがわかる。最初はジュン。そしてウンジ。こんどはだれが、ヒミツのボーイフレンドをさらされるんだろう？　みんな口には出さないけど、ピリピリした空気が流れているし、ウンジのほうをチラッチラッとうかがってる。夜遅くにスーミンの部屋の前をとおりかかったら、せっぱつまった声で電話をしているのがきこえてきた。リジーが『リビール』の記事をスクロールしてるときの表情から、自分だったらどうなってるだろうと思ってるのが見え見えだった。

いちばん身に染みていたのはわたしだ。アレックスとわたしは、もう2回も見つかりそうになっている。シンガポールでファンに会ったときを入れると3回だ。あのダブルデートは、無謀すぎた。わたしがウンジの立場にいないのは、ただツイてただけ。

記事が出るとすぐ、アレックスはFaceTimeをしてきた。だけど、わたしは留守電にして、「いまは話せない」とメールした。少し距離をおかなくちゃいけない。

3日間、わたしはウンジと話をしようと努力したけど、避けられつづけた。ウンジはわたしだけじゃなく、だれともほとんど口をきかなかった。ミナとリジーとさえ。話すとしたら、もともとそれほど仲がいいわけじゃなかったジュンだけ。ジュンなら自分の気持ちをわかってもらえると思っているらしい。わたしはなんとかふたりの力になりたいと思ったけど、やることなすこと気にさわるみたいだった。わたしはだれのジャマにもならないように、なるべく部屋にこもって、あたらしい18パターンのバッグのデザインに集中した。いつ踏んでしまうかわからない地雷を避けるために、ヴィラのなかをそーっと移動した。

複数グループによるフェスの日になってもまだ、気まずい空気が流れていた。

「スーミン、今日は振り付けまちがえないでよ」アリが黄色いスパンコールのミニワンピの上に黒いロングドレスを着ながらいう。いつもみたいにじゃれてるんじゃなく、本気で辛辣《しんらつ》なことをいってるのがわかる。「コーラス部分の最後のステップ、いつも一拍遅れるんだから。あんなカンタンなとこ、どうやったらミスれるのって思うけど」

「はぁ?」スーミンがアリをにらみつける。「ひとのこといってる場合? 2番の高音のところ、鼓膜が割れるかと思っちゃう」

　アリがいいかえそうとして口をひらいたとき、ミナがふたりをギロッとにらみながらいった。

「ふたりとも、いいかげんにしてちょうだい。こっちが頭痛くなってくる」

　こればっかりは、ミナに賛成。

　ちょっと違う空気をすいたい。ヘアメイクがおわって衣装を着ると、わたしは控え室を出てバックステージにいった。ちょうどセイ・ゴー!の出番だ。リアもほかのメンバーも、モノトーンのスタジャンとコンバットブーツですごくかわいい。わたしはリアがセンターで踊っているところを写真に撮った。

「楽しんでる?」うしろから声がした。振り向くと、ジェイソンが近づいてきた。赤いレザーのジャケットに黒のダメージジーンズ。わたしはニコッとして、スマホをしまった。

「うわ! カッコいいね。出番、つぎ?」わたしはいった。

「うん。ちょっと緊張してる」ジェイソンがステージをみてうなずく。「リア、やるなあ。すごいよ」ああ、11歳のリアがきいたら、呼吸停止しちゃうんじゃないかな。ううん、16歳のリアだって、舞いあがるだろう。

「がんばって。きっとうまくいくよ」わたしはいった。

ジェイソンがウインクする。「当たり前じゃん。ぼくをだれだと思ってる?」

あはは、かわらないな、ジェイソン。わたしはジェイソンがギターを手にしてステージに出ていくのを見つめていた。

「思い出にひたってる?」

ギクッとする。ミナだ。

「えっ? まさか。大昔の話だよ」

「ならいいけど」ミナがわたしの目をのぞきこむ。「こんな時期にアイドルとの熱愛なんて、とんでもないもの。わかってるわよね?」わたしはだまってうなずいた。ウンジはきっと、だれにもダブルデートだったとはいってないだろう。「さ、行きましょう。スタイリストが最終チェックをしたいそうよ」

わたしたちは控え室にもどったけど、ドアの前で思わず立ちどまった。ミスター・ノが今日のライブを放映しているテレビ局の幹部と話をしている。ミナとわたしは顔を見合わせて耳をすませた。

「ありえない」ミスター・ノがイラッとした口調でいう。「それは認められないといったはずだ」

「ですけど、もうふたりとも準備しているんです。あと10分で出番なんですよ」テレビ局の幹部が予定表を見ながらいう。「どうしろと? 出演するなといえとでも?」

ミナとわたしはまた顔を見合わせた。だれの話だろう？

「そうだ。そうしてもらいたい」ミスター・ノがキッパリいう。

「冗談でしょう？」

「Ｎ＆Ｇの出演をキャンセルしなければ、うちのアーティストは辞退させてもらう」

「どのアーティストです？」テレビ局の幹部がガールズ・フォーエヴァーの控え室のほうを不安そうに見る。

「全員だ」ミスター・ノが、何度もきいたことのある断固とした声でいう。

テレビ局の幹部はしばらく目を見ひらいていたけど、やがてつぶやいた。「わかりました」そしてべつの控え室のほうに走っていった。きっとＮ＆Ｇの控え室だ。

わたしはかたまって突っ立っていた。ＤＢがＮ＆Ｇを干《ほ》しているのは明らかだ。事務所の力が強いと、やめたタレントは排除されてしまう。それでＮ＆Ｇの活動の話をずっときかなかったんだ。あたらしいサウンドをつくるために活動休止していたわけじゃなかった。ＤＢの保護の外に出たとたん、どんな立場に立たされるのかがよくわかった。

「行きましょう」ミナがいう。わたしたちは、衣装の最終チェックのために控え室にもどった。不安そうな顔をしていたミナが、すぐにいつものすました表情にもどる。

暗転したステージに出ていって、わたしたちはフォーメーションを組んだ。『ミッドナイト・プリズム』は疾走感あふれるダンスチューンで、コーラス部分のフォーメーションがくるくる変わる動きがとくに人気がある。ダンス未経験者でもマネしやすくて、わたしはファンが投稿してるダンス動画を見るのが大好きだ。スタートの立ち位置について観客に背をむけ、片腕を高く突きあげて手をだらんと下げる。これからパフォーマンスというときはいつもだけど、からだじゅうをアドレナリンがかけめぐる。

スポットライトがついて、音楽がはじまり、観客が熱狂する。

さあ。

このところグループ内の空気はぎこちなかったけど、ステージ上ではカンペキにシンクロしていた。アリとスーミンのシンメもまったく乱れずに、笑顔を振りまいていた。

夢中でパフォーマンスして、どんなにステージに立ちたかったかを思い知った。この５か月ずっと、この瞬間を求めていた。コーラスのパートが近づいてきて、黒いドレスをはぎとってうしろに投げながら移動する心の準備をする。もう１００万回も練習してタイミングをからだにたたきこんだから、寝ながらだってできる。

その瞬間がきて、わたしはさりげなく黒いドレスのホックをはずして、スパンコールがきらめくバイオレットのミニワンピ姿になった。観客が、思いがけない衣装チェンジに息をのんで歓声をあげる。黒いドレスをうしろにほうって横移動。右足を出して観客にウインクしたとき……。

イタッ！

左足に激痛が走った。

見おろすと、ウンジのピンヒールがわたしの左足の親指に突きささっていた。痛みでよろけて、右隣にいたヨンウンにぶつかりそうになる。なんとかギリギリ立て直してすぐにフォーメーションにもどり、痛みにゆがんだ顔を、ちょっとおどけたふうに見せた。残りのダンスのあいだ、ステージ用の笑みを顔にはりつけたままだったけど、親指がズキズキして燃えるように痛い。涙がこぼれないように、必死でまばたきした。

どういうこと？　まさか、わざと？

ウンジのほうをチラッと見ても、なにごともなかったみたいにニコニコ踊っている。自分がなにをしたか気づいてる？　あれだけ思いっきり踏んづけて気づかないはずがない。

あとはなにもないままパフォーマンスがおわった。観客が熱狂して歓声をあげる。笑顔の海を見わたすと、〝＋エヴァー〟がライブのときにつけるカチューシャが光っている。一瞬、痛みなんか飛んでいってしまった。パフォーマンスの楽しさとファンを幸せにできたよろこびで、ハイ状態になる。だけどステージをおりたとたん、痛みはすぐにもどってきた。ミスター・ノが待ちかまえているのを見て、痛みが倍増する。

「レイチェル、いまのはなんだ？　ステップをミスして転びそうになっていたじゃないか！」

「申し訳ありません、ミスター・ノ」わたしはくちびるをかんだ。左足の親指がはれてきてるのがわかる。

「ＬＡのステージまでに完璧にしておくことだな」ミスター・ノが眉をよせる。そしてほかのメンバーにむかって首を横に振った。「ひとごとではない。きみたちはグループなんだ。ひとりがしくじれば、全員の印象がわるくなる」

「はい、ミスター・ノ」みんなが答えた。

わたしはずっとウンジと目を合わせようとしていたけれど、この3日間とおなじく、ぜったいにこちらを見ようとしない。指がズキズキする。爪のまわりに血がにじんで固まってきて、紫色になっている。どうか爪がはがれませんように。

着替えおわってバックステージにむかうとき、ジェイソンが近づいてきた。ダボダボの白いフーディに着替えている。「アフターパーティで会える？」

そうか、アフターパーティか……。気が重い。リアも行くだろうし、もちろんうちのメンバーも全員出席する。ひとりだけ行かないなんてことはできない。だけど正直、さっさと帰って紅茶をいれてソファで足を休めながら、バッグのデザインを考えたい。パーティ会場にむかうための車の横で、ウンジがミナとリジーといっしょに笑ってるのが見える。リジーがわざとらしくふらついてみせた。きっと、さっきのわたしのまねだ。

「あのね、ジェイソン、今日はまっすぐ帰ろうかなって」

「そっか。じゃ、また」ジェイソンがバイバイと手を振る。

わたしは手を振り返して、マネージャーたちが待っているところに行った。ジョンソクにたのんでヴィラまで送ってもらおう。

車のシートに沈んで、ミスター・ノにいわれたことを考える。ごもっともだ。ＬＡまでにはカンペキにしとかなきゃいけない。あと2か月しかないし、グロー・アジア・ツアー以来のビッグステージだ。今夜みたいに地元で一曲パフォーマンスするのにもたついてるようじゃ、海外でのライブなんてうまくいくわけがない。

わたしはため息をついて、スマホに手をのばした。画面ロックを解除しようとしたとき、アッパからの着信が5件もあるのに気づいた。心臓がバクバクしてくる。どうしてこんなにあせって連絡とろうとしてるの？　電話なんてめったにかけてこないのに。

すぐに折り返しかけてみる。

「レイチェル？」アッパはワンコールで出た。

「アッパ、なんかあった？」

「ああ、あったあった」ニヤついてるのが声でわかる。動悸《どうき》がおさまってきた。

「レイチェルなの？　いうの？」うしろでオンマの声がしている。「スピーカーにして！　わたしもききたいから」

その直後、ふたりの声がきこえてきた。

「レイチェル、きこえる？」オンマがきく。

「うん、オンマ。どうかしたの？」

「話しちゃえよ」アッパがいう。

「ムリムリ。話して」オンマが笑う。

もう、なんなの、じれったいなー。「どっちでもいいから早く話してよ」

「わかった。じゃあ、いっしょにいおう。3、2、1……」

「「清潭洞に引っ越した！」」ふたりが声を合わせる。

「えーっ？　どういうこと？　清潭洞？　わたしが住んでるとこの近くってこと？」

「正確にはレイチェルが住んでいるところから5分だ」アッパがはしゃいでいう。「どうしても近くに引っ越したくて、家を買うために仕事を増やしたんだよ」

うわ。清潭洞の家なんて、ぜったい安くない。アッパは夜中の3時にメールしてきたとき、きっとまだオフィスにいたんだろうな。わたしの近くに住むためにそんなに一生懸命仕事してくれたなんて。

「ヒミツにしておくの、たいへんだったんだから。リアなんかしょっちゅう、いつになったら話せるのってきいてきてたわ。だけど、どうしてもサプライズにしたかったの」オンマが笑う。

うれし涙があふれてくる。「ああ、信じられない。そんな近くにいるなんて！　うれしすぎる。いつ引っ越したの？」

「先週だ。まだ引っ越したばかりだよ。荷物が片づいてから話したかったから。いつ見にこられる？」アッパがいう。

「住所メールして。すぐに行く！」

電話を切るとすぐ、わたしはジョンソクのほうに身を乗りだしていった。「行き先、かえてもいい？」

「かまわないよ。どこでおろす？」

「実家！」

18

はじめて見る実家に入ったとたん、キムチチャーハンのにおいがただよってきた。コンロからおろしたばかりのほかほかで、たぶん目玉焼きがのってる。

「さ、さ、食べなさい」オンマにさっそくダイニングキッチンに連れてこられる。「来るってわかってたら、もっといろいろ準備したのに！」

「いいってば、サイコー」オンマの料理のにおいだけで癒されて、やわらかいブランケットみたいにずっと包まれてたくなる。「でも待って、家のなか、見てまわりたい！」

「あとでぜんぶ案内してあげるから。まずは食べなさい」オンマがキッパリいって、わたしを木のテーブルの前にすわらせる。

　オンマが食べろといったら食べる以外の選択肢はない。わたしはスプーンをもって、チャーハンをパクついた。ああ、天国。こういう家庭料理を食べたの、いつぶりだろう？　豪華な料理ならさんざん食べてるけど、こういう愛情たっぷりの手づくり料理とは比べものにならない。

　すわったままあたりを見まわしてみる。あたらしい実家は、前の家より大きくてあたらしい。大きな窓のむこうに夜景が広がっている。うれしいのは、家具がほとんど前の家のままだってこと。はしっこがほつれてきてるラグ。リアが12歳になったときにオンマが買ってきた白いソファ。ふたりともう汚さないわよね、といわれた10分後、わたしはバナナミルクをぶちまけた。リビングにはアッパが世話をしている観葉植物が並んで、そのうしろの壁には家族写真がずらっとかかっている。ああ、あれはわたしのお気に入り写真のひとつ、前歯が2本ぬけているリアがニカッと笑っている写真だ。この家はあたらしいのになんだかなつかしくて、わたしは胸がじんとした。

「ん？　足、どうしたんだ？」アッパがわたしの赤くはれた親指に気づいて声をあげる。

「パフォーマンスのとき、うっかり踏まれちゃって」わたしは左足をかくしながら答えた。アッパに心配させたくない。「だいじょうぶ。もうよくなってきたから」

「いやいや、せめて氷で冷やせ」そういって、アッパはもう冷蔵庫にむかっている。

前からオンマとアッパがすぐ大騒ぎするのがイヤだったけど、今日は胸にしみる。せっせと世話を焼いてくれるふたりを、わたしはじっと見つめていた。やっと会えた。この前会ったのって、クリスマス？　ううん、クリスマスはまだツアー中だった。台北《タイペイ》のホテルからFaceTimeして、集まってプレゼントをあける家族を見て涙をこらえたっけ。なんかふたりとも、歳とったな。オンマの顔には見たことないシワがあるし、アッパは明らかに白髪が増えてる。いつも時間がビュンビュン過ぎ去っていくように感じてるけど、それってオンマとアッパにとってもおなじなんだ。

「さあ、そろそろツアーをはじめるか？」アッパがパッと立ちあがる。わたしが小さかったころにプロボクサーをしてたアッパにもどったみたいで、笑いそうになった。

「うん、行こう」

ふたりの案内で、リビングルーム、ふたりのベッドルーム、リアの部屋を見ていく。リアの部屋は相変わらず散らかってたけど、もう小さい女の子の部屋じゃない。ベタベタはってあったネクスト・ボーイズのポスターもないし、ベッドカバーは星の柄じゃない。ベッドにひしめいていたぬいぐるみもない。まあ、もこもこのウサちゃんだけ、クッションのあいだにうまってたけど。

廊下には、オンマとアッパの思い出の品がずらっと並んでいた。この家にあるすべてに物語がある。これ以上の家なんて想像つかない。

「ここはゲストルームだ」アッパが最後のひと部屋を案内してくれる。「まあ、レイチェルが来たときは自分の部屋だと思って好きにつかってくれ」

アッパがドアをあけて、わたしを先に入れてくれる。うわあ……わたしが大好きなライラックがさしてある花びんがベッドサイドのテーブルにおいてある。ああ、これはお気に入りのディプティックのキャンドルの香り。オンマがわたしの電話を切ってすぐ、つけてくれたんだろうな。窓の下には大きな木の机があって、削りたてのえんぴつがたくさんさしてあるマグカップがおいてある。

「デザインするときは、この机をつかえばいいと思って」オンマがいう。引き出しのひとつをあけて、ライトつきのドローイングボードを取りだす。スイッチを入れると、やわらかい明かりがともった。「それにこれは……トレーシングするときに必要かなと思って。ネットの記事で読んだの」

「そうだ！」アッパが声をあげる。「この前、清潭公園のすぐ近くによさそうなダイナーを見つけたんだ！　こんど行こう」

涙があふれてくる。アッパはうれしそうに、そこのダイナーでは卵をクジラとか星とか好きな形に料理してくれるんだ、なんてしゃべっている。ふたりとも、ほんとうは清潭洞なんか好きじゃないのは知ってる。わたしが練習生をしてたころ、アッパがＤＢ本部まで送ってくれるときによく、高級車ばかりとまってるといっていた。ちゃかしてる感じでいってたけど、セレブな雰囲気で居心地わるいんだろうなと感じた。

デビューしたとき、わたしは家族を清潭洞のレストランに招待した。誇らしかったしみんなもよろこんでくれたけど、アッパはどのフォークをつかえばいいか迷うなとかふざけてばっかいたし、オンマは値段を見ていちいち驚いていた。

この引っ越しは、オンマにとってはとくに一大決心だったはずだ。オンマはシンプルで実用的なのが好きだし清潭洞ってまちがいなく、それとは正反対。わたしの近くに住むためにふたりがどんな犠牲を払ってくれたかと思うと……でも、それって今回に限ったことじゃない。ニューヨークでの生活を捨てて韓国に引っ越してきたのだって、わたしの夢をかなえるためだから。

玄関のドアが勢いよくあいて、リアの声がきこえてきた。「オンニ、いるの？　ただいまーっ！」

わたしは走っていって、ふたりでキャアキャアはしゃいだ。リアが抱きついてくる。

「アフターパーティはどうだった？」わたしはたずねた。

「うん。ヘヴンがシャンパンのみすぎて、スマホなくしたって騒ぐからみんなで探したらクラッチバッグのなかにあったってオチ。いつものこと。そんなことより！」リアは両腕を広げてぐるぐるまわした。「この家、どう？」

「サイコー。もう、黙ってたなんて信じらんない！」

リアがニカーッとする。オンマとアッパも出てきた。「サプライズ、得意だもん。で、今夜は泊まれるんでしょ？」

　わたしは振り返った。すでに、いま住んでいるヴィラよりずっとしっくりきてる。

「うん。っていうか、引っ越してくるっていったら、どう思う？」


　その夜、わたしは遅くまであたらしい机でスケッチを描いて、オンマに借りたパジャマで寝た。ああ、サイコーの夜。つぎの朝、アッパとふたりでキッチンのテーブルについて、もやしスープ《コンナムルグ》を食べた。オンマはスープをつくってから、梨花《イファ》女子大学の朝の講義に出かけた。大学が遠くなっちゃってごめんね。明日はわたしが朝食をつくろう。そうすれば少しは時間が節約できるはず。リアはもう出かけてたけど、アッパはオフィスが近いからいっしょに食べる時間があった。

「レイチェル、だいじょうぶか？」アッパがたずねる。わたしは、おはしでもやしをかきまわしていた。「きのうは引っ越すといったものの、後悔してるんじゃないか？」

「ううん、後悔なんかしてないよ。みんながどう思うかなって考えてただけ」

「メンバー、か」

「うん。あと、メディアも」きのうの夜は、こうするのがいちばんだって思えた。だけど朝になってみると、みんなに話すのがこわくなってきた。たしかに9人で暮らすのはちょっとキツくなってきたけど、そのせいで引っ越すわけじゃない。あそこを出たいんじゃなくて、この家で暮らしたい。

「なんとなく、心のどこかでヴィラにいるべきだって思ってるのかも。ここで暮らすほうがずっといいってわかってるのに。だれも失望させたくないし、あきらめたって思われたくない」

アッパがテーブルのむこうからわたしの目を見つめてくる。「ひとつだけハッキリしているのは、おまえは決してあきらめたりしないってことだ。自分のやり方を貫けばいい。いままでしてきたように」

喉につまったかたまりをのみこんで、うなずく。「ありがとう、アッパ」

アッパがにっこりする。「さあ、スープをのもう」

アッパがさらっといった言葉は、わたしがいちばんききたかったことだ。朝食のあと、わたしは勇気をふるいおこしてヴィラにむかった。歩いて5分のあいだ、何度も何度もセリフを頭のなかで練習した。だけどどうしても、みんなのリアクションが想像つかない。確かめる方法はひとつしかない。

ヴィラに入るとすぐ、みんなの話し声とお皿がカチャカチャいう音とテレビの音がきこえてきた。深呼吸をひとつ。ダメもとだ。

リビングに手を振りながら入っていった。「ただいま、みんな。おはよう」

全員ピタッと動きを止めてこちらを見る。しわくちゃのパジャマ姿で髪もてきとうにひとまとめにして、起きたばっかりって感じだ。リジーがメガネをあげて、眉をよせる。

「午前さま？　いま帰ってきたの？」

「レイチェル、どこに行ってたの？」ミナがコーヒーのマグカップをもったまままわたしをにらむ。

「アフターパーティで酔っ払って、だれかと泊まったとか？」

そもそもアフターパーティに行ってないし、といおうとしたら、ウンジが口をはさんできた。

「あーら、レイチェルはそんな軽いことしないわよね。ちゃんとボーイフレンドいるもん」

沈黙が流れる。

みんながスプーンをおいて、目を見ひらく。

きこえるのは、背景に流れるエナジードリンクのコマーシャルの音だけ。

「ボーイフレンド?」とうとうスーミンが口をひらいた。

「うん、まあ」わたしは答えたものの、言葉がうまく出てこない。「アレックスっていうんだけど。シンガポールで会って、それ以来メールとか電話とか」

「そうなんだ!」ソニが目を輝かせる。「すごい、シンガポールで会ったなんて。だってあのときはジユンが……」

思わずそういって口ごもると、ごめんというふうにジユンのほうを見た。その先はいわなくても、あのときジユンが写真を撮られたのはみんなわかっている。

「じゃあ、やっぱりあの夜、男の人と会ってたのね」ミナが腰に手を当てていう。そういえば、友だちとコーヒーのんでたって説明したんだっけ。まあ、あのときは、たしかにそうだったし。

「うん」わたしはゆっくりといった。「共通の友だちが連絡とってくれて。だけど、あのときはほんとうにただの友だちだったから。つきあうようになったのは、そのあと」こんな苦しい言い訳してもしょうがない気がする。ジユンの顔には、それっておなじじゃないの、って書いてある。「それに、きのうの夜はアレックスといっしょだったわけじゃないから」わたしはあわてていった。

「家族といたんだ。それで、みんなにたいせつな話があるの」深呼吸をひとつ。

「このヴィラを出て、家族といっしょに暮らそうと思って。急な話だけど、両親が最近このすぐ近くに引っ越してきて、部屋とかいろいろ用意してくれてるの。もちろんグループ活動に支障はないようにする。それどころか、いい影響があると思うんだよね。リセットできる、っていうか」緊張して、ペラペラしゃべってるのがわかる。わたしはくちびるを引きしめて、弱々しく笑った。「で、どう思う?」

だれも口をひらかない。

そのうち、ジュンが咳払いをしていった。「うらやましいな、家族と住めるなんて」

「あたしだって正直、家族と住めるもんなら住みたい」ヨンウンもいう。「いい気分転換になるんじゃないの、レイチェル」

わたしはうなずいた。ヨンウンのおかげで助かった。部屋にむかおうとすると、いきなりソニがいった。

「でも、ボーイフレンドのこと、もっとききたい。どんな人? 写真ないの?」

「えっと、すごくやさしい人」アレックスのことをひとに話すなんて、なんだかヘンな感じだ。ウンジが顔をゆがめてる。まだ傷が癒えないんだろう。わたしは話をかえようとしていった。「でも写真はあんまりないんだ。遠距離だし」

「ふーん、おめでとう、レイチェル」ミナがほほ笑む。「ボーイフレンドと引っ越しと、どっちも」

「ありがとう、ミナ」わたしはゆっくり答えた。ミナはそれ以上なにもいわなかったけど、なんだか決まりがわるい。みんな、思ったより引っ越しのことを理解してくれたけど、アレックスのことが思いがけなくバレてしまった。みんな、まさかひとに話さないよね？　わたし以外にもこっそりつきあってるメンバーがいるのはわかってる。リジーとスーミンはとくに、ウンジとゴンウのことがバレたときも不安そうだった。これ以上メンバーがメディアの注目を浴びるようなことがあったら、自分たちだって危険になるはずだ。

「じゃ、えっと、荷物の整理をしようかな」わたしはこれ以上アレックスのことをきかれないうちに部屋にむかった。

まずはドレッサーの引き出しの中身を出す。スーツケースがいくつかあるから、入れられるだけ入れちゃおう。Ｔシャツと靴下とパジャマを丸めてスーツケースの底につめているとき、ふとドアのところに人の気配を感じた。ジュンかと思って顔をあげると、ウンジだった。

ウンジは無表情で黙ったまま立っていたけど、ふいに口をひらいた。「で？　ほんとに出てくの？」

「うん」わたしはウールの靴下を丸めながら答えた。

「スノードームの崩壊ね」ウンジがくちびるをとがらせる。だけど、責めてる感じじゃなくて、悲しそうに見える。わたしは顔をあげて声をかけた。

「ウンジ」ウンジのくちびるが震えている。手を引っぱって部屋のなかに連れてきて、ジュンのベッドにすわらせた（わたしのベッドは服だらけなので）。

「ほんとうに不公平だと思ってる。アレックスとわたしが撮られててもおかしくなかったのに」わたしはおそるおそる、ウンジの肩に手をまわした。ウンジはビクッとしたけど、払いのけたりはしなかった。「ほんとうにごめんなさい。こんなことになるなんて思ってなかった」

「うん、そうね」ウンジの声はかすれていた。

「でも、協力して乗りきろうよ。メディアに負けちゃダメだよ。勝手に関係を暴露するなんてひどすぎる。DBだってかばってくれてもいいのに。ノーコメントっていうのがそんなに難しいこととは思えないよ」

DBなりに業界のしきたりの範囲内で守ろうとしてくれてるのはわかってる。だけどたまに、もっとメディアとたたかってくれてもいいのにとも思う。「でも、ジュンみたいにむりやり別れさせられなかったんだよね？」

「たぶん」ウンジはため息をついた。「ああ、有名人とつきあうのがこんなにたいへんとは思わなかった。レイチェルみたいにただの一般人だったらもっとラクだったのに」

ある意味正しいのはわかってるけど、「ただの」ってのはちょっとアレックスに失礼じゃない？まあ、いまは指摘しないけど。

「なにやってる人だっけ？　金融関係？」ウンジがたずねる。

わたしはうなずいた。「ファッション業界に投資してるの。今回のブランド立ちあげにも協力してくれて」そういいながら、なんとなくクローゼットのなかに目をやった。バレンシアガがあった場所に。

えっ？

あった、じゃない。ある。

ブルーのバレンシアガがもどってきてる。

棚の上に。もともとおいてた場所に。

ただし、最後に見たときとはまったく違う姿になっている。

レザーがボロボロになって、インクみたいな染みが正面ににじんでいる。どう見ても乱暴に扱われたあとだ。わたしはパッと立ちあがって、破れたレザーに指を走らせた。胸がチクチク痛む。

「ああ、かわいそうに。だれにこんなことされたの？」わたしはつぶやいた。

おろおろしているウンジを部屋に残して、わたしはバッグを手にリビングにむかった。

「ねえ、これ借りてたの、だれ？」わたしはイライラをできるだけ抑えてたずねた。「お願い。大ごとにしたくないけど、知ってる人がいたら話して」

「ちょっと、レイチェル、なんなの？」リジーがいう。「この家の最終日に、ひとを泥棒扱いする気？」

「そんなんじゃなくて……」

「レイチェル、ねえ、ほんとに引っ越しちゃうの？」ソニが涙目でいう。

わたしは、イライラを抑えこんだ。いまは、引っ越しを実行することが先だ。

「ソニ、だいじょうぶだから」わたしはいった。「むしろ、いままでより結束が強くなると思う。バスルームを争う人数だって減るわけだしね」

「そうだね」ソニがいう。

「あ、それと、リジー」わたしはリジーのほうをむいた。リジーが眉をよせる。「妹さんのことをたいせつに思う気持ち、よくわかるよ。もしリジーも実家にもどりたいなら、わたしは味方するから」リジーがうつむく。

「あっ、これであたし、部屋を独占できるじゃん！」ジュンが明るく声をあげた。

「ひとり部屋はローテーションよ」スーミンがすかさずいう。このヴィラには部屋は５つしかなくて、メンバーは９人。だからミナ以外全員、ふたりで部屋をつかっていた。いままでは、だけど。

「わたし、ジュンのつぎ！」アリがパッと手をあげる。

「ダメよ。つぎはわたし！」スーミンがいう。

わたしはバッグのやぶれたレザーを見つめた。距離をおくことで、わたしたちの関係がよくなりますように。

１９

「ガールズ・フォーエヴァーはもはや永遠《フォーエヴァー》ではない！」
「レイチェル・キムがソロ活動の準備開始か？」
「約６年前にガールズ・フォーエヴァーがＫ‐ＰＯＰシーンに彗星《すいせい》のごとくあらわれたとき、多くの人が恋に落ちた。しかし、なにごとにもおわりはある。関係者によると、レイチェルは前からほかのメンバーとの折り合いがわるかったらしい。先週末、メンバーが暮らすスノードームで激しい口論があり、レイチェルがスーツケースをもって出てきたという目撃情報もあり……」

くだらない。何十ものタブロイド紙に、こんなしょうもない記事がのっている。

好感度をさげるようなうわさをかき消すために、ＤＢは９人そろった写真が出る場をせっせとつくって、仲よし家族みたいなイメージをキープしようとした。

「もう少しのがまんだ」この前の現場でミスター・ハンがいった。「もうすぐスケジュールもふつうにもどる。だがいまは、全員いっしょに行動することがたいせつだ。このところ、ガールズ・フォーエヴァーの姉妹感が薄れてきているからな」

そう思うなら事務所がはっきりコメント出してくれればいいのに。

「それから、心するように」ミスター・ノも現場に来ていた。「カムバックにむけて、ファンによけいな心配材料を与えないようにしなさい」まあ、それは確かに。もう6月もおわりだし、9月のLAのライブが迫ってきている。〃＋エヴァー〃のために、一致団結しなきゃいけない。ファンはどんなときでもわたしたちの味方をしてくれた。失望させたくない。

とはいえ、わたしが引っ越してからグループ内の雰囲気は明らかによくなった。たしかに最近スケジュールを詰めこまれすぎだけど、撮影現場でメンバーに会えるとうれしいし、前の晩はなにをしてたのかとか、はやく話がききたい。

長い一日をおえて帰ってくると、オンマが麦茶とあったかい料理を用意して待っててくれた。週末には星形のオムレツをアッパと食べたり、リアがセイ・ゴー!がはじめて出す中国語のアルバムの歌詞を覚えるのを手伝ったり。ガールズ・フォーエヴァーのプロモーションと家族とすごす以外の時間は、あたらしい部屋の木の机にはりついて、バッグのデザインをした。

レーンクロフォードの条件を最初にきいたときは、正直ぜったいムリって思った。だけど6月もおわりに近づいてくると、約束した18のデザインのうち半分近くができあがっていた。ヴィラでの緊張感から解放されたせいか、家族に囲まれてる安心感のせいか、オンマが用意してくれた机やドローイングボードのせいかは不明だけど、引っ越しのおかげであらたな創造性があふれだしてきたみたいだった。アイデアがつぎからつぎへとわいてきて、えんぴつを走らせるスピードが追いつかないくらい。

立ちあげの日はどんどん近づいてきてるし、たぶんギリギリまでかかりそうだけど、はじめてなんとかなるって思えるようになってきた。

「うわぁ、カッコいーい」７月の頭のある晩、リアがのぞきこんできて声をあげた。描いていたのは、ＤＢにスカウトされて韓国に引っ越してきたあとの練習生時代の経験にインスパイアされたバッグのシリーズ。手触りすべすべの長方形のミニバッグに取りはずせるストラップがついてるから、斜めがけもできるしクラッチにもなる。色のバリエーションも豊富で、ストラップも数タイプつくるから、いろんな組み合わせができる。７年間の練習生時代にいろんな変化があったから、成長していく感じをバッグに反映させたかった。

「わあ、ゴージャス！」リアが写真サンプルの束を手にとりながらいう。この前、ロッテ百貨店で韓国でのローンチのために大々的にキャンペーンをしたときのものだ。

リアが見ている写真は、わたしが真っ白な背景の前で満面の笑みを浮かべ、頭の上に三角形のバッグをのせてバランスをとろうとしてるところ。

「これって、ニューヨークをイメージしたやつでしょ？」リアがたずねる。わたしはうなずいた。このバッグはデザインにすごく苦労した。安っぽくならずにニューヨークっぽさを出したくて、ジッパーにつけるチャームをめちゃくちゃ工夫した。「あたしのぶん、１個とりおきしといてね。めっちゃクール」リアがいう。

わたしはニコッとした。「セレステには、『ノスタルジックだけど新鮮』っていってもらった」最近はセレステとそのチームと密に連絡をとっている。アレックスに連絡係をさせたくない。いまみたいな状況だとくに。

そのときスマホが鳴って、心拍数が一気にあがった。アレックスからメールが来るたびに、スマホから警報が出てるみたいな気がする。ほらほら、レイチェル・キムが男とメールしてるよ！　みたいに。ウンジの熱愛発覚とわたしの引っ越し以来、メディアの監視の目がどんどん厳しくなってきた。だけどアレックスとメールしたりFaceTimeしたりするたびに、会いたい気持ちがどんどんつのる。だから、頻度を調節するようにしてた。アレックスには、わたしたちのことを公にしたくないと正直に伝えるべきだとは思うけど、自分の気持ちさえハッキリしなくて、どうやって説明すればいいかもわからない。だからいまのところ、なんとなく距離をおくしかなかった。

「ごめん。このところバタバタしてて」って打とうとして画面を見ると、メールはアレックスからじゃなかった。

ユジン：久しぶり。来週の火曜日、お茶しない？

ユジンは、わたしをスカウトしてくれたＤＢのヘッドトレーナーで、練習生時代のメンターだ。しばらく会ってなかったけど、ぜんぜんかわってない。きびきびしててまじめそのものだけど、あったかくて人当たりがいい。好奇心でいつもキラキラしている瞳に、蛍光ブルーの髪。わたしたちは、ＤＢ本部の屋上にあるルーフトップカフェで落ちあった。ピカピカのガラスのテーブルに立ててある大きな白いパラソルの下でアイスコーヒーをのむ。

「絶好調みたいね」ユジンがいう。

「絶好調だし、超絶いそがしいです」わたしは笑った。「ブランドのローンチが8月頭だから、ここからもいそがしくなる一方。もちろんグループのプロモーションもばんばん入れられてるし」

「そうね。最近ノンストップよね」ユジンが眉をくいっとあげる。「それで、引っ越して家族と暮らしてるんですって？」

「ＤＢからきいたんですか？　それとも『リビール』からの情報？　意味不明な記事、めちゃくちゃたくさん出てるし」

　ユジンはグラスをおいて、身を乗りだしてきた。「あのね、レイチェル、あなたは世間の注目の的なのよ。成功してる証拠。だけどね、トレーナーとしてひとつ忠告させて。グループ内の競争意識のせいで、深い恨みが生まれることがある。とくに、グループが一定のレベルに達するとね。最初はみんなで力を合わせてトップを目指す。だけどいったんのぼりつめるとよくあるのは、メンバーがこんどはグループ内のトップを目指そうとすること。あなたたち、もうずっといっしょに活動してるでしょ？　5年？」

「6年です。来月でちょうど6年。でも、ユジン、わたしが引っ越してからメンバーの雰囲気は正直、前よりよくなってきてるんです。メディアってやたら引っかきまわしたがるから。陰謀が渦巻いてるとかじゃないと気が済まないみたい」

　ユジンはどうかなって顔をした。「その話だけど……」目を細くして、わたしをじっと見つめる。

「あのとき、あなたもウンジといっしょにいたんでしょう？」

　一拍おいて、気づいた。これってただの久しぶりにお茶しましょうってやつじゃなかったんだ。ユジンはＤＢにいわれて警告を伝えにきたのかも。わたしはアイスコーヒーをずっとのんでから返事をした。「はい。いました。だけど……」言葉を慎重に選ばなきゃ。ユジンは昔から友だちみたいなものだけど、ＤＢ側の人にはかわらない。「心配するようなことはひとつもないんです。わたし……自己管理してますから」

アレックスをひたすら避けて現実逃避するのを自己管理っていえるなら、だけど。

わたしは深呼吸をして、ユジンの目を見ていった。「グループの一員として、ＤＢのアイドルとしての責任はわかってるつもりです」ユジンがミスター・ノにポジティブな報告をするための答えはこれしかないのもわかっている。

「そう、ならいいわ」ユジンの表情が少しやわらぐ。「だけど、当然わかってるでしょうけど、実際どうであるかとどう見えるかがおなじとは限らない。そしてこの業界では、後者が重要なの」

ユジンがイスの背もたれによりかかって、カフェのなかを見わたす。練習生、デビュー組、マネージャーがあちこちでラテをのみながらしゃべっている。表面的にはなんてことない休憩タイムに見えるけど、じつはほとんどがユジンとわたしみたいにまじめな話をしているんだろう。いまユジンがいったように、見かけが現実をうつしているとは限らない。

「そうだわ！」ユジンがふいにガラスのテーブルをたたいた。「来月のグループのアニバーサリーにパーティを企画したらどう？　ＤＢがなにかしら計画してるだろうけど、レイチェルが主催すれば、はっきりとした証明になるわ。どこに住んでいようと、グループ外でどんな活動をしていようと……」ユジンが眉をくいっとあげる。深い意味がありそうで、わたしはほっぺたが熱くなった。

「ガールズ・フォーエヴァーをいちばん優先しているってことをね」

わたしはアイスコーヒーをのみほしながら考えた。ユジンのいうとおりだ。ユジンといると、練習生時代の思い出が一気によみがえってくる。そのうちほとんどに、アカリの存在がある。

アカリは、練習生の苦楽をともにしてきたいちばんの親友だったし、いちばんの理解者だった。元バレリーナならではのアカリのダンスが大好きだった。なのに、アカリがＤＢで評価されないことに悩んでべつのレーベルに移ることになったのを、わたしは知らなかった。アカリは相談しようとしてくれていたのに、自分のことでいっぱいいっぱいで、何度もスルーしてしまったから。

アカリとの友情をこの手でこわしたと思うと、心が痛い。メンバーにおなじことをしちゃいけない。いまはまだ、グループ内に確執があると思っているのはメディアだけだ。でも、メディアの力がどんなに大きいかもわかってる。何度もそういう記事を読まされたら、ほんとうかもしれないって気がしてくるものだ。メンバーに、わたしがグループ活動に身を入れてないなんて思われたくない。６周年記念パーティを主催すれば、わたしがメンバーをたいせつに思っているっていう証明になるはず。うまくいけばメディアにも、あたらしい記事のネタを提供できるかも。

わたしはユジンにニコッとした。「わかりました。やります」

「今夜はとくにきれいだよ、レイチェル」ジョンソクが、後部座席に乗りこむわたしにいう。わたしはシンプルだけどクラシックな白いパンツスーツにゴールドのフープイヤリングをつけて、肩には特大の紙袋をさげていた。

ユジンの思惑どおり、ＤＢはわたしが周年パーティを主催するのに大賛成で、あらゆるメディアに知らせた。ここ3週間、わたしは何時間もメニューを検討したり（スーミンはイチゴのアレルギーがあって、ジュンはアーティチョークがきらい）、スケジュールを調整したり（ソニのラジオの収録、アリのミュージカル、ミナの演技関係の仕事とかぶらないように）していた。もちろん、その合間にブランドの立ちあげのための最終調整もあった。

　気づいたらもう1週間後にせまっている。今夜の会場のレストランにむかう前に、セカンドシーズンのためのデザインをレーンクロフォードに18パターン送った。ハニーバターチップをお供に徹夜してなんとかギリギリ間に合った。メールの送信ボタンを押したときの解放感といったら。今夜のディナーはメディアへのアピールって意味も大きいけど、メンバーと6周年をお祝いできるのもすごく楽しみ。

　レストランに車が着いたとき、メールを受信した。

アレックス：記念日だね。おめでとう！

　胸がドキドキした。もちろんガールズ・フォーエヴァーの6周年のことだけど、将来、わたしたちの記念日を祝う日のことを想像してしまった。すでにお馴染みとなった罪悪感が押しよせてくる。アレックスに話したいことは山ほどある。ふたりの関係、ふたりの未来、わたしの恐れと希望。だけど、いつもいまじゃないって気がする。ひとまずハートの絵文字だけ送ってから、スマホをポケットにしまった。

　マスコミがすでに、〈オアシス４１１〉の前に集まっていた。わたしはほかのメンバーの到着を待ってから車をおりた。〈オアシス４１１〉は、ウンジたちとダブルデートした〈マリゴールドハウス〉とは正反対で、セレブ感がただようい かにも高級レストラン。フラッシュがパシャパシャたかれるなか、わたしたちはしばらく店の前ではしゃいでハグし合った。6周年を記念して、全員で腕を組んで公式の集合写真も撮った。それからパパラッチに手を振って、店に入った。

すぐに個室に行ったけど、あのダブルデートのときとは違って、床から天井まである窓のむこうには、植えこみのなかでカメラを構えている人がいっぱいいる。だけどドアが閉まるとすぐ、10秒前までのやたらハイな雰囲気はシューッと消えて、気が抜けたような沈黙が流れた。ここ数週間というもの、メンバー愛をアピールするプロモーションばかりしてたから、わちゃわちゃ感を使い果たしたみたいだった。

しばらくぼけーっとしていたら、ミナが口をひらいた。「ここに来る前に買いものざんまいしてきたとか?」わたしのイスの横においてある紙袋のほうにうなずいてみせる。

「いいわねー、買いものする余裕あって。あたしなんか、ここんとこ寝る暇もなかった」リジーが冷たくいう。反論しようとしたら、わたしが決めたメニュー表が来て、店の人が読みあげた。

ヒラメのアントレのところで、ジュンが明らかに顔をしかめた。えっ……さんざん考えてみんなの好きなものを入れたつもりだったけど、まちがっちゃった?

店の人がいなくなるとすぐ、わたしはいった。「ごめん、もしヒラメがイヤな人がいたら、違うものを用意してもらえるはずだから……」カンペキな夜にしたい。メディアのためじゃなくて、わたしたちのために。ガールズグループが6年つづくのは画期的だ。ちゃんとお祝いしたい。

「あっ、違う違う」ジュンが笑う。「ヒラメ、大好き。さすがの選択だよ、レイチェル。ただ、3

年目にやったシーフードのコマーシャルのこと、思い出しちゃって。覚えてる？」

「あーっ、あの黒歴史、封印してた！」リジーがいう。

「生きてるロブスターと共演したよね。ソニがもってかえって飼おうとしてたじゃん」ヨンウンがソニをつつく。

アリが笑いだして止まらなくなる。そのとき、アミューズのエアルームトマトとナスのクロスティーニが運ばれてきた。

「たしかにあのロブスターとの共演もヒサンだったけど、ペペロの日に人間ペペロに仮装させられたのもかなりのものだったわよね」スーミンがいう。「チョコが溶けて、みんなドロドロだった」

「うわーっ、あれも記憶から消し去ってた」リジーが声をあげる。「あれこそサイアク」

リアとわたしはよく、ペペロの日にチョコがけのペペロを交換しあってたけど、あの仮装をさせられたイベント以来、大好物だったペペロを食べたいとも思わなくなった。

「いまでもペペロ見るたびに吐きそうになるわ」ミナがいうと、みんなしてゲラゲラ笑った。アリが胸をおさえて手をばたつかせる。「もうっ、苦しいーっ！」

それでまた、みんなして笑い転げた。そのあともひとしきり、この6年間の思い出をシェアした。サイアクの経験や、めちゃくちゃ笑えるできごとや、すごくこわかったこと。

「わたしがいちばんこわかったのは、台湾の空港でソニが行方不明になったときかな」わたしはオイスターを威勢よくズズーッとすすりながらいった。「飛行機が離陸するってときになって、めちゃくちゃパニクったの、覚えてる？　ソニ、誘拐されたかと思ったんだからね」

「ごめーん」ソニが顔を真っ赤にして笑う。「朝ごはん、つい食べすぎちゃったんだもん」

「トイレに行くっていっといてくれればよかったのに！　ミナなんか、航空警察を呼ぼうとしてたんだから！」わたしが笑いながらいうと、ミナがあきれた顔をしたけど、口元はゆるんでいた。

「わたしは、ファンが握手会で興奮しすぎて失神しちゃったときがいちばんこわかったかな」スーミンがいう。「ヨンウンなんかテーブル乗りこえて人工呼吸しようとしてたわよね」

「そういうときのために救急訓練受けたんでしょ」ヨンウンがいう。

「覚えてるわ」アリもうなずく。「あのファンの子、10秒くらいしたらむくっと起きあがって、めちゃくちゃ恥ずかしがってたわよね。だけどみんなでハグして、写真を撮ったら、人生最高の日だってはしゃいでた」

「かわいかったわよね。やっぱりわたしたちのファンは最高だわ」ミナがいう。

　わたしたちのこんな姿、メディアに見せてあげたいくらい。みんなすっかり気をゆるして、いっしょに過ごした6年を振り返りながら心から楽しんでいた。だけど考えてみたら、こんなにのんびりできることはめったにないからこそ、特別なのかも。なにがあっても、わたしたちは6年を共に過ごした家族同然の仲間だ。テーブルを見まわしながら、わたしはつくづくそう感じていた。

「ところで、みんなに報告があるの」リジーがいう。「DBの許可がおりて、家族といっしょに住むことになったの。来週、ヴィラを出ていく」リジーが一瞬こちらを見てからすぐに目をそらして、飲みものを手にとった。

「あっ、あたしも！」ヨンウンがいって、わたしのほうをうれしそうに見る。「お母さんがめちゃくちゃよろこんでて、みんなに、はやくカフェに遊びにきてちょうだいって。なにかイベントも企画しようとして、もうミスター・ノに10回以上連絡してるんじゃないかな。そのうちスケジュールに入ると思うから待ってて」ヨンウンは軽く微笑んだ。「とにかく、レイチェルにお礼をいわなくちゃ。前も家にもどろうかって考えたことあったけど、レイチェルが先に引っ越さなかったら幹部に話す勇気がなかったもん」

ああ、よかった。わたしの引っ越しのせいでロクなうわさが立たなかったから、少しでもグループにポジティブな影響があったときいて心からうれしい。「よかったね。ほんとよかった。ところで、わたしも報告があって……」わたしは特大の紙袋に手をのばした。心臓ばくばくだ。ずっとタイミングを待ってた。「みんなにプレゼントがあるの」

ひとつずつ、わたしはバッグをとりだした。「ブランドのファーストコレクション。どれも、これまでの人生のたいせつな場面にインスパイアされたものなんだ。ここ6年は、どの瞬間もみんなといっしょだった。だから、真っ先にみんなにわたしたくて」わたしは8個のバッグをテーブルの上に広げた。緊張するけど、ちょっとだけ誇らしい。ＮＹＣのバッグ、練習生バッグ、ファーストツアーバッグ、それからお気に入りの〝レイチェル・ナウ〟って呼んでるバッグ。手触りがすべすべで、丸型で、世界じゅうを飛びまわるＫ－ＰＯＰアイドルをイメージした。

みんながどのバッグにしようかと大騒ぎしてるのを見て、わたしはニヤニヤが止まらなかった。よかった。うちのメンバーは好みがうるさいからあんまり期待しないようにしてた。だけど、みんなに支持されるのがどんなにたいせつかを実感した。ウンジが練習生バッグを肩にかけてみている。

7年間の練習生時代もいろいろあったけど、デビューしてからの6年も負けずに成長できたと思う。

〝レイチェル・ナウ〟のバッグの丸い形が、いまのわたしを象徴している。そうだ、忘れずにプロモーションの言葉に入れておこう。でもいまは、とにかく6周年を祝いたい。もう6年もたったなんて、信じられない。またテーブルを見まわして、ちょっとうるっとしてきた。いっしょにいろんなことを切りぬけてきた。9人のメンバーで。

　わたしはグラスを手にとった。

「ガールズ・フォーエヴァーの6年間と未来に乾杯」

20

「しーっ、まだ起こしちゃダメ」

「ちょっと前につめて」

「3つ数えるわよ、いい？」

「ブランドの立ちあげ、おめでとう！」

笛のピロピローッという音がして、わたしは目をあけて、ガバッとからだを起こした。「あーっ、もう、心臓が止まるかと思った！ ビックリさせないでよ！」

みんな、どっと笑う。わたしはすっかり目をさまして、あたりを見まわした。ゴールドとピンクの紙吹雪がふってくる。オンマがドアに寄りかかって、アッパが机の前のイスにすわっている。ベッドのはしっこにはリア、ヒエリ、ジュヒョンがごちゃっとかたまってすわって、パーティハットをかぶってニヤニヤしている。

「いったいなんなの？」わたしが笑ってると、リアがゴールドの縁取りがついたピンクのハットをわたしの頭にのせた。

「〈レイチェルK〉の誕生日のお祝いに決まってるじゃん。こんな日によく寝坊できるね！」リアがいう。

「だってまだ朝の８時だよ！」

「まあね。それにしたって！　あたしたちなんか、２時間前から準備してるんだからね！」

「ジュヒョンとわたしはもう行かなくちゃなんだけど」ヒエリがいう。グレーのパンツに長袖のシャツ、胸に名札もついてる。すぐに研究室にむかうらしい。「だけど、どうしてもがんばってっていいたくて寄ったの」

「ぜったいうまくいくわよ」ジュヒョンが片方の腕だけのばしてハグしてくる。「これからうちのブランドのマネージャーと打ち合わせなんだけど、そのあとすぐ狎鷗亭《アックジョン》ロデオ通りに引っぱっていって、わたしもひとつ買うからね。そのようすをブイログする予定」

「うわ、そんなことしなくていいのに」笑いながらいったけど、ちょっと恐縮しちゃう。

「なにいってるの？　するに決まってるでしょ！」ジュヒョンが、あきれたみたいにいう。ヒエリもつづけていった。

「親友だから当たり前だけど、どっちにしても、バッグがめちゃくちゃステキだからよ！」

「うん、ありがとう」ほんとうにうれしい。出会ってすぐ仲よくなってから１００万回目くらいになるけど、こんなすばらしい友だちをもててほんとにラッキー、と思った。そのとき、ヒエリのアップルウォッチが鳴った。

「さ、そろそろ本気で行かなくちゃ遅れちゃう」ヒエリがベッドからピョンと立つ。

「あとでお祝いにのみましょうね！」ジュヒョンがいいながら、ヒエリのあとを追ってドアにむかった。

正直、今日一日のことを考えると不安でしょうがない。だけどわたしはベッドから飛びだして、ふたごにハグをした。バタバタと帰っていくふたりを見送って手をふる。

「ありがとう」わたしは、リアとオンマとアッパにいった。「すごくうれしい」

「今日のためによくがんばったわね」オンマがわたしの肩をぎゅっとする。「お祝いしないなんて考えられないわ」

「うちの娘がデザイナーかあ」アッパが誇らしげに声をあげる。

ああ、とうとうブランドが立ちあがるなんて、信じられない。わたしが自分のブランドを立ちあげたなんて。きのうの夜、何時間も眠れずに今日のことを考えていた。わたしがデザインしたバッグをもってる人とすれ違ったりしたら、どんな気分だろう？　でも、もしかしたら、だれも買ってくれないかもしれない。百貨店の棚にバッグが並んだままほこりをかぶっていくようすが頭に浮かんできて、寝返りばかりうっていた。ブランドが大失敗しても、だれもわたしを責めないだろう。だけど、みんなをガッカリさせたくない。

リアが笛をピロピロ鳴らして、わたしがどっぷり浸かってた不安の沼から引きあげてくれた。

「オンニ、今日はスペシャルな朝食を用意したんだよ！　卵とチーズのクロワッサンサンド！　通りのむこうにあたらしくできたカフェで買ってきたの」リアは、「クロワッサン」をわざとらしくフランス語っぽく発音した。「パリパリでふわふわですごいの。あったかいうちに食べなくちゃ！」

「もう口のなかがバターになった」わたしは笑った。「ひとつだけ用事を片づけたらすぐに行くよ」

オンマとアッパとリアが部屋を出ていくと、わたしはスマホに手をのばした。インスタの投稿をする準備はできている。最後にもう一度、写真をチェックした。両方の肩にバッグを６つともかけてポーズをとっている。バッグは全体として見るとまとまりがあるけど、どれも個性的。だから、背景と衣装をどうするか、すごく悩んだ。けっきょく、真っ白な背景にして、いろんな色の花を床にばらまいた。衣装は薄色デニムのセットアップ。

「〈レイチェルK〉であなたのお気に入りを見つけてください」ってキャプションをつけて、@rachel.k.shop.をフォローしてもらえるように情報を添えた。

深呼吸をひとつ。

さあ。

クリック。

よし、と。オーマイガーッ。投稿しちゃった。ちゃんとあがってるのを確認するとすぐ、スマホを枕の下にかくした。そうでもしなきゃ、あと１００回くらいチェックしちゃいそう。すでに指がスマホを触りたくてうずうずしてる。反応が知りたい。わたしは急いで部屋を出て、朝食のテーブルへむかった。

一日のはじまりにクロワッサンサンドってサイコー。リアがいってたとおり、バターたっぷりで外側がパリパリ。わたしは一気に半分食べてから、やっと紅茶をのんだ。たっぷりミルクをいれたアールグレー。うーん、サイコー。おかげで胸のざわざわをほとんど意識しないで、家族と共にお祝いの朝食を楽しむことができた。だけどあっという間に食べおえてしまうと、もうスマホが気になってしょうがない。気をまぎらわすために、セイ・ゴー！のファンミーティング用の衣装をリアが選ぶのを手伝った。それからリビングのソファにすわってテレビをぼけーっと見ていたら、アッパが入ってきて、どうしてアニマルチャンネルなんか見てるんだってきかれた。気づいたら、ミーアキャットの交尾をひとしきり見ていた。

もう我慢できないってなったころにちょうど、インタビューの準備のためにスタイリストが来る時間になった。衣装を選んでヘアメイクをしてもらってるとき、部屋でスマホがしきりに鳴ってる音がきこえていた。

「かわりに見てあげましょうか？」スタイリストがいう。あと5分でジョンソクが迎えに来る。近くのオシャレなカフェでインタビューの予定だった。

「だいじょうぶ。自分で見る」わたしはいった。

エンタテインメント業界に6年いてなにを学んだかというと、いずれは世間の評価に立ち向かわなきゃいけないってこと。だれにもかわってもらえない。どんなにこわくても。

ギリギリまで待って、わたしはスマホを手にとってドアにむかった。迎えの車に乗りながら、画面を見る。えっ？　ロック画面にメッセージがあふれてる。

ふいに、クロワッサンサンドがお腹のなかからもどってきそうになった。ずっとおさえていた不安が一気に押しよせてくる。

急いでメッセージをスクロールしていく。

カーリー・マットソン：レイチエル、おめでとう！　すごくステキ。わたしも誇らしいわ。XOXO

ジュヒョン：大成功よ！　たったいまもロッテにいるみんなに、このブランドのデザイナーと友だちだって自慢しちゃった。お昼休みに外に出て見にきたんだけど、ひとつにしぼれない。全部ほしい！

ヒエリ：スゴい！

インスタの投稿にもみるみる、いいねとコメントがついて、見るのが追いつかないくらい。ネット記事もどんどん出てきて、「新鮮にして機能的」とか「独自の視点」とかほめてくれてる。そのうちひとつ、『ナイロン』が投稿した記事を読んでみた。

「〈レイチェルK〉は、K-POPアイドルが立ちあげた初のブランドだ。ガールズ・フォーエヴァー（韓国でナンバーワンのガールズグループ）のスターのブランドとあれば、もちろん世界じゅうにいるファンが注目するだろうが、K-POPの枠を超えたブランドに成長していくのは明らかだ。新たな才能の誕生に大いに期待する」

　ああ、夢みたい。大失敗はしたくなかったけど、期待以上。だけど、好意的な記事が出たからって、じっさいに売れるとは限らない。


　実際に店頭にバッグが並んでいるのを見るのは、記事が出るよりも夢みたいだった。ロッテ百貨店のなかで、わたしは水着売り場の奥からそーっと、お客さんがわたしのバッグを手にとったり鏡にむかって合わせたりしているのをながめていた。お客さんがとぎれたタイミングで売り場に近づいて、自分の目で確認してみる。自分がデザインしたバッグが百貨店の照明の下でプラダやらフェンディやらと並んでいるのを見たら、からだじゅうにアドレナリンがかけめぐった。これが現実だなんて信じられない。

ディスプレイは気球をモチーフにしていて、バスケットのかわりにバッグがぶらさがっている。わたしは写真を撮って、アレックスに送った。

「えっ？　レイチェル？」

名前を呼ばれて振りむくと、ちょっとした人だかりができていた。

ボディガードが立ちはだかる。人がどんどん集まってきて、歓声をあげながら手を振る。「レイチェル！　バッグ、すっごくいい！」

わたしは両手を振ってこたえた。うれしくてニコニコしすぎてほっぺたが痛いくらい。「ありがとう！　ありがとう、みんな！　来てくれてありがとう！」

握手をしながら通路を歩いて、ひとりひとりにお礼をいう。ある女性は、ロースクールの卒業祝いにバッグを買いにきた、と話してくれた。わたしに刺激されて弁護士になる夢をあきらめないと決めた、って。アルバイトをかけもちしてバッグを買ったという高校生の女の子もいた。横に立っていたその子のお母さんは、おかげで娘がお金をかせぐたいせつさを知るきっかけになった、といってくれた。みんな、すごくうれしそうで、なんだかもう感激。

ああ、はやくスエットに着替えてかき氷《パッピンス》を食べながら感動をかみしめたい。

そう思いながら車にもどるとスマホが鳴って、アレックスからの着信が3件あった。すぐにFaceTimeをかけると、ワンコールでアレックスが出た。

「レイチェル？」アレックスの顔が画面にあらわれる。「やっと話せた」

「うん……ねえ、信じられる？」うまく言葉が出てこない。

「ああ、もちろん」アレックスはニカーッと笑った。「信じられるに決まってるよ。きみのブランドはすばらしいし、このためにさんざん努力したんだから。ああ、直接会ってお祝いしたい」

「わたしも」アレックスはここ数週間、難しい交渉にかかりっきりだった。この幸せな時間をアレックスと共有したいのはもちろんだけど、こんなにマスコミに追いかけられているときにいっしょに過ごせるわけがない。

「いい知らせがあるんだ」アレックスがいう。「ロッテ百貨店の初日の売り上げがかなり好調だという報告が来ている」

「ほんとに?」

「この数字なら、2、3年後には直営店をもつことを考えてもいいんじゃないかな」

直営店? 想像もつかない。興奮と不安がからだをかけめぐる。こんな大ごとになるなんて。しかもこんな急に。もちろん飛びあがりたいくらいうれしいけど、同時にこわい。もうあと戻りはできない。

21

ブランドの立ちあげ前、よく準備にいそがしいなんて思ってられたと思う。立ちあげ後は、ガールズ・フォーエヴァーの活動と、〈レイチェルK〉に関するインタビューと、つぎのシーズンのデザインと、メディア向けのプロモーションで、毎日がそれこそ飛ぶようにビュンビュンすぎていく。

そして、人生にどんなに大きな変化が起きても、毎朝あわててシャワーを浴びたり、アイスコーヒーを買う列に並んだりしなきゃいけない。将来のことを考えれば、やっぱり不安になる。

アレックスと話をしなきゃいけないのはわかっていた。わたしたちの関係について。だけどいまの状態が居心地よすぎて、こわす勇気がない。ブランドは期待以上の評価を受けた。グループは6周年をむかえて、いままで以上に結束してる。家に帰れば家族がいる。好きに会えるわけじゃないけど、アレックスは心の支え。よけいな話をもちだして、この状態をこわしたくない。いまはほぼカンペキな釣り合いを保ってるけど、ちょっとつつけばすぐに壊れてしまいそう。何枚もお皿をもってバランスをとっているけどヘタに動いたらぜんぶが割れてしまう、みたいな感じだ。

8月の上海ほど暑い場所って、そうそうない。浦東《プードン》国際空港におりてすぐ、ムシッとした暑さが肌にささるようで、さっそく汗ばんできた。まずはペニンシュラホテルにチェックインしてシャワー、といきたいところだけど、今回はそうはいかない。8時間後にはまた、ソウルにもどる飛行機に乗らなきゃいけない。

今週はスケジュールがパンパンだったけど、レーンクロフォードが上海に出した旗艦店《きかんてん》のグランドオープンにどうしても顔を出したかった。個人的な仕事でグループ活動を欠席するのはだれでもあるとはいえ、もうすぐＬＡのライブだし、ひとつも穴をあけたくない。だから、上海には日帰りで行くと決めた。

レーンクロフォードに着いてすぐ控え室にむかい、セレステにイベントのスケジュールを説明してもらいながら、ヘアメイクをしてもらう。それから急いで店の中央に設置したステージに出た。フラッシュが光り、ガールズ・フォーエヴァーのＴシャツを着てライトつきのカチューシャをしているファンの姿がたくさん見える。わたしは6パターンのバッグを見せながら、どんなインスピレーションを受けてデザインしたかを説明したり、メンバー愛を語ったりした。イベントがおわると、エスプレッソを一気のみして控え室にもどり、いくつかインタビューを受けてから、あっという間にまた空港にもどって、帰りの飛行機に乗っていた。

目が覚めたら、車が実家の前に着いていた。

「おやすみ、レイチェル」ジョンソクがいう。「また明日」

わたしは寝ぼけた状態で家に入った。ベッドが手招きをしている。だけどもぐりこむ前に、机の前にすわった。セレステに今日のイベントのお礼メールを書かなくちゃ。でも、パソコンをひらきもしないうちに、その場で眠ってしまった。

デビューした年に、ガールズ・フォーエヴァーはソウルから深夜バスに5時間のってサイン会のために移動したことがあった。到着したとき、ひと晩じゅうバスの窓に頭をもたせかけて寝てたせいで、首がヘンなふうに曲がっちゃってた。

今朝の首は、そのときより10倍ひどい状態だった。

机に突っ伏した状態で目がさめたとき、よだれで紙が顔にはりついていた。

えっ、いま何時？

もぞもぞとスマホに手をのばしたけど、もちろん充電が切れている。充電器を取りだして、電源が入るのを待つ。アレックスにきのうの報告をしたい。ひと言声がききたい。画面ごしでもいいから顔が見たい。やっと電源が入って、電話をかけようとしたとき、画面に通知があらわれた。

『午前9時――ヨンウンのカフェ』

一瞬、わけがわからなかった。そして、思い出した。あっ！

6周年のディナーのとき、ヨンウンがいってたイベントだ。お母さんのカフェに集まることになってた。

スケジュールにちゃんと入ってた。

きのうの夜、車をおりるときにジョンソクにもいわれた。「また明日」って。

スマホの画面にジョンソクからの着信がつぎつぎあらわれる。8：45、8：50、8：55。

そしていまは、8：57。

「ヤバいヤバいヤバいヤバい」わたしはぼさぼさの髪を手ぐしでとかしながら家のなかをダッシュして、ナイキに足をつっこんだ。

「いってきますは？」オンマの声が追いかけてくる。わたしはドアから飛びだした。

エンジンをかけたまま待ってるジョンソクの車にわたしは飛びのった。「ごめん！　ごめんなさい！」ジョンソクはなにもいわずにバックミラーでチラッとわたしの顔を見た。わたしはふーっと息をはいてシートによりかかった。

ジョンソクが制限速度オーバー気味でカフェに車をつけると、わたしはなかにかけこんだ。なにをいわれてもしょうがないと覚悟してたら、だれも遅刻を責めるどころか大はしゃぎ。大歓迎って感じで、奥の部屋から満面の笑みで手まねきしてる。なんか正直、気味がわるい。

ホラー映画でいまにもチェーンソーを振るわれて殺される人になったみたいな気分で、みんなのいる窓ぎわの広い個室に入っていく。

「遅れてごめんね。うわあヨンウン、雰囲気すごくいいね」わたしはいった。どのテーブルにもハーブをさしたメイソンジャーが飾ってある。

「ありがとう。ＤＢが写真撮影をするって決まってから、母がめちゃくちゃがんばったんだ」

そのとき、さりげなくＤＢのカメラマンがふたりいるのに気づいた。プライベートな女子会風景みたいな写真を撮っている。そうか、だからみんな、ニコニコしてるんだ。

ファンが数人、テイクアウトのコーヒーを買うカウンターにいる。この個室の音はきこえないけど、たっぷり時間をかけてラテにお砂糖をいれながら横目でわたしたちの姿を見るくらいはできる。

わたしの遅刻もバッチリ見えてたはずだ。

それから10分くらい、わちゃわちゃした仲よしトークをくりひろげると、撮影終了となった。

カメラマンが帰ったとたん、ヨンウンがつかつかと近づいてきた。

「なんなの、レイチェル？　なにしてたの？」

厳しい口調に思わずたじろいでしまう。やさしくて冷静なヨンウンがこんなに怒ってるの、見たことない。

「ごめん……ほんとごめん。きのう上海から遅くに帰ってきて、アラームをセットするの忘れてたの。遅くなってほんとうにごめんなさい」

「このカフェがあたしにとってどんなにたいせつか、わかってるよね」ヨンウンが腕を組む。「レイチェルが自分のブランドはじめたときにみんなで応援したのに、こっちが応援してほしいときは知らんぷり？」

「違う、ヨンウン。ほんとにうっかりしてただけなの。本気でわるいと思って……」

「これ見て」ヨンウンがリボンで結んだ小さなセロハンの包みを投げてくる。「うちのママがみんなのためにひとつずつ焼いたの。みんな、これをもって写真を撮ったんだよ。少なくとも、そのときいたメンバーはみんな」

クッキーだ。アイシングでわたしの顔が描いてある。テーブルを見わたすと、メンバー全員ぶんのクッキーがあった。リジーのブロンドは、うすい黄色のアイシング。ソニはバラ色のほっぺたをしている。ああ、ヨンウンのお母さん、ここまでしてくれたんだ。言葉が見つからなくて、わたしはじっとヨンウンを見あげた。なんて謝ればいいんだろう……だけどひと言もいえないうちに、ヨンウンはキッチンのほうにずんずん歩いていってしまった。

わたしはぼんやりすわったままカプチーノをすすっていた。すっかり冷めてて、エスプレッソが苦い。ミナがかがみこんできて、レイチェルクッキーのセロハンを勝手にはがした。「で？　ブランドをはじめてもグループ活動の手をぬいたりはしないって？　ふーん」

そしてミナは、クッキーをガリリとかじった。わたしの頭から。

カフェのトイレにこもったまま、もう30分になる。ここを出たらまた、メンバーとまた顔を合わせなきゃいけない。だけどずっといたら、カフェに集まった〝＋エヴァー〟にそんなに長くトイレでなにしてるんだろうってあれこれ憶測される。ああ、だけどいいかげん、ケリをつけなくちゃ。寝坊は１００パーうっかりだけど、ヨンウンを傷つけたのは事実だし、その報いは受けなくちゃいけない。廊下を歩いてみんなのいるテーブルにもどろうとしたとき、話し声がきこえてきた。

「まさかあのブランドが、あんなに話題になるとは思ってなかった」リジーがいっている。

わたしはギクッとして立ちどまった。壁にはりついて、姿が見えないようにする。

「ほんとほんと。だって、たしかにかわいかったりはするけど、そこまで？」ウンジがため息をつく。

「ムカつくったらないわ」ミナの声がする。目玉をぐるんとさせてあきれた顔をしているのが目に浮かぶ。「パパも、ＤＢがよく許可したって怒っていた。映画やミュージカルに出るのとはわけが違うもの。カンペキ、副業じゃないの」

「転職、かもよ」ジュンの苦々しい声がする。

「ファッションの仕事がしたいならすればいいと思うけど」ヨンウンがいう。「でも、特別扱い受けてるよね？　あたしなんか、YouTube のチャンネルももたせてもらえなかったのに、レイチェルは国際的に商売をはじめるわけ？　あのバッグ、香港でも売るって知ってた？」

「うん、知ってる。あたし、レイチェルは自分のブランドをグループより優先させるなんてことはしないと思ってたけど、なんかそんな気がしてきちゃったな」ソニが悲しそうにいう。

「こうなると思ってたわ」アリがなんだか満足そうにいう。

スーミンが深いため息をついた。「こんなことといいたくないけど……レイチェルもたまには失敗してみればいいのにって思っちゃう。なんか、そんなに努力しなくても幸運がふってきてるみたいに見えない？」みんなが、たしかにね、とつぶやいている。

「今朝出たインタビュー記事、見た？　レイチェルってば、やたらガールズ・フォーエヴァーがああだこうだって連呼しちゃって。ほんとにグループのことをたいせつに思ってるのか、ただ利用してるだけなのかって話」リジーがいう。

ショックで顔が熱くなる。気づいたら目に涙がたまっていた。ミナとかリジーがいうのはわかるけど、ほかのみんなまで……。わたしがグループの人気を利用して自分だけいい思いしようとしてるなんてこと、ぜったいないのに！

リジーがさらにいった。「まあ、心配いらないわ。計画があるから」

リジーが声をひそめて「計画」について説明をはじめる。ききとろうとして身を乗りだしたら、ちょうど顔をあげたミナと目が合ってしまった。

ミナがリジーに合図する。もう隠れてても意味ない。あわてて涙をぬぐって、テーブルに近づいていった。

「あら、レイチェル」ミナが眉をくいっとあげる。「あと10分でマネージャーたちが迎えに来るわよ。今度こそ時間に間に合うかしら?」

わたしはミナを見つめた。ミナも目をそらさない。

わたしは目をそらして、ドアのほうにむかった。「外で待ってるね」

やたらまばたきしてたけど、泣いてたのはバレてないはず。

22

『やあ、ぼくだけど。このところ、電話のタイミングが合わないみたいだね。とりあえず近況をアップデートしておくよ。やっとシェラトンとの契約がおわりそうだから、人間らしい生活にそろそろもどれそうだ。あと……ハルモニはきみがネコたちに選んでくれたセーターをえらく気に入っているよ。残念ながらエルヴィスがデブってきゅうくつそうだけど、ハルモニがダイエット用のカリカリを食べさせているから……とにかく、どうしても伝えたいことはひとつだけだ。きみに会いたい。時間があるときに電話をくれないか』

もう何度目かになるけどアレックスの留守電を再生しながら、DBのロビーでリアを待っていた。録音でも、アレックスの声をきくと癒《いや》される。この数日、切実に癒しを求めてるから。今週はきのうのカフェのあとスケジュールが入ってないから助かった。少し頭を冷やしてからじゃないと、みんなの顔が見られそうにない。

長いこと、ブランドが大失敗したらどうしようと不安だった。ひとりでもヘンなことしたら、全員の印象がわるくなるのよ……ミナの言葉がずっと耳にこびりついていた。だけど、成功しすぎだと非難されるなんて、1ミリも想像してなかった。ユジンにいわれたことを思い出す。どんなグループだって競争意識から来る恨みのせいでバラバラになることがある、って。わたしたちのグループもそうなのかな？

　中央の階段から足音がきこえて、リアとメンバーたちかと思って顔をあげた。セイ・ゴー！は早朝のレコーディングがあったから、おわるころにアズキのドーナッツを買って待ってるとリアに約束した。だけどおりてきたのは、怒りの表情を浮かべた大人たちだった。

「……このまますませるつもりはありませんよ。あの男にどれだけ金をつぎこんだと思います？　別荘ひとつぶんくらいは軽くこえてます」ブルーのシャツの男の人がいう。

「まったくだわ！　奥さんの二重の手術代だって半額にしてあげたのに」前髪ぱっつんのボブの女の人が怒りにまかせていう。見覚えがあるような気がするけど、思い出せない。

「オンニ！」リアがメンバーといっしょにべつの階段をおりてきた。「例のモノ、買ってきてくれたよね？」

　わたしはにっこりして、ドーナッツの箱を振った。「もちろん」

　ロビーを出ようとしたとき、スマホが鳴った。アレックスだと思って、わたしはドーナッツの箱をリアに押しつけた。だけど表示されている番号は知らない国際電話。いつもなら留守電にしちゃうところだけど、もしかしたらアレックスがなにかの理由でちがう番号でかけてきたのかもしれない。

わたしはＤＢのビルを出て、近くのベンチに腰かけて電話に出た。

「もしもし？」

「こんにちは。レイチェル・キムさんですか？」イギリスのアクセントの女の人がいう。

「はい」

「ああ、よかった。わたしはシンシア・バーンズといいます。ディシプリンの役員をしています」

わたしはベンチの上でシャキッとなった。ディシプリン・スポーツは、カーリーの夫、オリヴァー・マットソンのスポーツウェアのブランドだ。「はい、はじめまして。どういうご用件でしょう?」

「いま、あたらしいスキーウェアのラインのプロモーションを計画しているんです。スイスアルプスで撮影をするのですが、ぜひともモデルをしていただけないかと思いまして」

スイスアルプスで撮影? オリヴァー・マットソンのブランドの? やりたいに決まってる。

「はい! お声がけいただいてうれしいです!」

「よかったです。問題なければ、オリヴァーといっしょにファンミーティングを同時開催したいと思っています」

撮影とファンミーティング? そんなオファー、チョコパイ1年分くらいうれしい。

「このように直接ご連絡を差しあげて申し訳ありません。今朝、事務所のほうに連絡をとろうとしたのですが、マネージメントの役員は全員会議中といわれてしまって。どうしても急ぎで確認したかったのです。実はスケジュールがせまっていまして、9月15日にスイスにいらしていただかなければいけないんです。ギリギリなのですが」

「あ、はい、ギリギリですね。事務所に確認してみます」

「できるだけ早く結果をお知らせいただけますか? よろしくお願いします」

シンシアとの電話を切って、しばらくスマホの画面を見つめていた。信じられない。夢みたい。

すぐにリアに状況を説明して、わたしは事務所にもどった。撮影は1か月後だ。1分でもはやく許可をもらいたい。

「すみません」わたしはミスター・ノのオフィスのドアをノックした。「秘書に確認しようとしたんですけど、姿が見当たらなかったので……今朝はジョンソクも、犬の健診で獣医さんに行ってるはずで……」

「ああ……レイチェル」ミスター・ノがデスクから顔をあげる。ちょっとあわてててるように見えるけど、手招きをしてくれた。「かまわないよ。入りなさい」

「ディシプリン・スポーツから撮影のオファーがあったんです」わたしはすわるなり切りだした。「9月中旬にスイスに来てほしいそうなんです。スケジュールに組みこむことは可能でしょうか?」

ミスター・ノが眉をよせる。「ディシプリンからそんな話は来ていないはずだが」

「いま、直接連絡があったんです。今朝は役員が会議で出はらっているといわれたそうで」わたしは慎重に答えた。ちょっと気まずい空気が流れて、ミスター・ノがデスクの上の書類に目を落とす。それから急いで書類を裏返した。

「ああ、そうか。正確な日づけは? ＬＡのコンサートは30日だから、そことバッティングしないように調整しなければならん」わたしはうなずいた。「だが、スケジュールが組めれば、断る理由はないだろう」

ああ、よかった。「ありがとうございます、ミスター・ノ!」

帰ろうとすると、ミスター・ノが手をあげて引き止めた。サングラスの奥で目が光る。

「ひとつ念を押しておくが、レイチェル、優先順位をまちがえるな。もちろんわかっているだろうがね」

優先順位。それから数週間、頭のなかで何度もその言葉をくりかえした。

それからもうひとつ、謎の「計画」のことがずっと引っかかっていた。でもメンバーは気味がわるいくらい、あれからなにもいってこない。

スイスに撮影に行くことを話したときも、メンバーの反応はビックリするくらい冷静だった。

「ディシプリン？　オリヴァー・マットソンのスポーツウェアだよね？　へーえ、すごいじゃん」

ジュンがいって、ほほ笑んだ。どういう笑みかは読めないけど。ほかのみんなも自分のスケジュールのことで頭がいっぱいで、騒ぐ気力はないみたいだ。

もしかして、いらない心配だったのかな？

あの日はただ怒りを爆発させてただけかも。

だけど、どうしても気になる。そんなにかんたんにおさまるはずがない。なんたって、ガールズ・フォーエヴァーだから。

「ねえ、ジョンソク、知ってたら教えてほしいんだけど」わたしはヴォーカルのリハーサルのためにＤＢにむかう車のなかでジョンソクに切りだしてみた。

「最近メンバーのようす、ちょっとヘンだって思ったことない？」不吉な計画が進行中なら、ジョンソクも小耳にはさんでるかもしれない。

「ヘン？」

「うん。ほら、なんか、わたしの知らないところでたくらんでることがあるとか？」わたしはなんてことなさそうに笑った。ジョンソクとバックミラー越しに目が合う。ジョンソクもにっこりする。

「ああ、それだったらたぶん、親たちが乗りこんできた一件じゃないかな」

「親？　どういうこと？」

ジョンソクがくすくす笑う。「きみのブランドが立ちあがって数日後に、ほかのメンバーの親たちがＤＢ幹部に会いにきたんだよ。頭から湯気が立っているの、見せてやりたかったな」

そういわれて思い出した。リアをロビーで待ってた日、怒った大人たちが階段をおりてきたっけ。ボブの女の人に見覚えがあると思ったら、リジーがキレてるときとうりふたつだったんだ。

「きみがブランドを立ちあげたことでお怒りでね。そんな話はきいてないといっていたそうだよ」

「えーっ」信じられない。メンバーには逐一説明してたし、報告のメールだって山ほど送った。あ、そうか、カフェでいってた「計画」っていうのは、このことだったんだ。「で、ＤＢはなんて？」

「きみのブランドは事務所が正式に許可したものだと説明した。そうしたら、それならだれでも好きに事業をはじめてもいいはずってことになったそうだよ」ジョンソクが肩をすくめる。

「ええっ、そうなの？　だったらよかった」ビックリしたけど、考えてみたら最高のシナリオだ。みんなが好きにやりたいことを追求できる。

ひとりの利益がグループの利益につながるってことだよね？

「よし、今日はここまで」ヴォーカルのコーチがいう。ＬＡのコンサートのセットリストを通しで練習したところだ。「ずいぶんよくなった」

たしかによかった。今夜のハーモニーは、わたしたちの関係が改善してきたことの証拠かも。とはいえ、一度ちゃんと話し合わなくちゃ。と思っていたら、ソニが照れくさそうに近づいてきていった。「ねえ、今夜久しぶりにヴィラに来ない？　リジーも来るし、ヨンウンはトッポッキもってきてくれるって。みんなで集まろうよ。昔みたいに」

「うん、わかった」わたしはソニにむかってニコッとした。ちょうどいいチャンスだ。今夜みんなで話せば、いろんな誤解が解けるはず。「帰ってぱぱっとシャワー浴びたらすぐに行く」

「よかった」ソニが迎えの車に乗ろうとしているみんなのほうをチラッと見る。「楽しみにしてる」

２時間後、わたしはオンマにもたされたツイストドーナツをもって家を出た。食べものはたくさんあるといったのに、うちのオンマが手ぶらで送りだしてくれるはずがない。

「来たよー！」ヴィラに着いて声をかけたけど、なかはしーんとしている。んん？　出かけてるの？　ソニにメールで到着時刻を知らせといたのに……。

リビングに入って、飛びあがりそうになった。みんな、部屋のまんなかに立って腕を組んでわたしを待ちかまえていた。ソニの顔をチラッと見ると、ちょっと気まずそうだ。

「レイチェル、すわって」ミナがいう。「話があるの」

ミナがソファを手で示す。わたしはゆっくりと腰かけて、ドーナツの箱をテーブルにおいた。

「いったいなに？」わたしはみんなの顔を見あげた。心臓がばくばくする。

「ずっと話し合ってたの」リジーがいう。「そして全員の意見が一致したのよ。レイチェルがグループ活動に手を抜いてるって」

「そんな……違う。だって、たしかにいそがしかったけど、ガールズ・フォーエヴァーが優先順位のいちばんなのはかわらないよ。前からそうだったし、これからだって」

「そう？　でもそう見えないのよね。だったら証明してくれる？」ミナがほかのメンバーをチラッと見てから、またわたしを見すえる。「ブランドを休止してほしいの」

え？　ききまちがいじゃなくて？

「休止？」わたしはくりかえした。

「そうよ」ミナがキッパリという。「少なくともＤＢとの契約期間が残っているあいだは」

それって、あと4年？　立ちあげたばかりなのに。いま休止なんて、できっこない。そんなことしたら、〈レイチェルＫ〉はおわったようなものだ。本気でわたしに究極の選択をさせようっていうの？　ファッションか、ガールズ・フォーエヴァーか、選べって？

「それって……えっ……ちょっと大げさじゃない？」

「グループにとってなにがいちばんいいか、わたしたちでずっと考えてたのよ。そっちが自分にとってなにがいちばんか考えてるあいだにね」リジーが責めるようにいう。

「そんな……不公平だよね？　みんなだって、グループ外の活動してるのに。ミナは映画、アリはミュージカル。しかも……」理解が追いついてくると、ショックがイライラにかわってくる。「みんなのご両親だってよくわかってるはずだけど、ＤＢからブランドを立ちあげる許可を正式にもらってるんだよ」

リジーがミナをチラッと見る。親がＤＢに乗りこんできた話をわたしが知らないと思ってるんだろう。「そういう問題じゃないの」リジーがもごもごいった。

「しかも！」スーミンが思いついたように口をひらく。「わたしたちはファッションショーだの撮影だのってしょっちゅう海外なんかいってないし。もうすぐスイス、だっけ？　たいせつなコンサートの直前に？」

「レイチェルは夏のあいだ遅刻ばっかしてたでしょ」アリが腰に手を当てる。「それってかなり失礼。そうよね、ヨンウン？」

そこは反論したい。カフェのことはべつとして、遅刻ばっかなんてことはない。したとしても、１分か２分の話だ。みんななんか、個人の仕事でイベントを丸々欠席したりしてなかったっけ？　なんでわたしだけ？　だけど正直、ブランド立ちあげ以来、ずっといそがしかったのは否定できない。このところ頭のなかはファッションのことでいっぱいだった。もちろん、〝アレックスとの関係をどう定義するか問題を意識しないよう意識〟する件もあった。ガールズ・フォーエヴァーがいちばんなのはかわらないけど、もしかしたら、思ってるほど器用にこなせてないのかもしれない。みんなのいうことにも一理あるのかも。

「最近いつも疲れた顔してるし」ヨンウンがさらっとつけ加える。「いろいろ抱えこみすぎなんじやない？　手放すことも必要だよ」

「わるいけど、レイチェル、みんなのいうとおりだと思う」ジュンが肩をすくめる。「わるく思わないでほしいんだけど、あたしたち本気でレイチェルに決断してほしいの」

ソニがくちびるをかむ。味方してくれるのかと思ったら、なにもいわなかった。

「で……どうするの？」ミナが眉をくいっとあげた。

なんでこんなことに……わたしはみんなをじっと見つめていた。

選べっていわれても、もちろんグループを去るなんてことは考えられない。11歳でスカウトされてからずっとＫ－ＰＯＰの世界にいた。Ｋ－ＰＯＰが……グループがなくなったら、自分じゃなくなる。それに、ガールズグループってジェンガみたいなもの。パズルのピースが1本ぬけたら、全体が危うくなる。ミナだっていつも、ひとりでもヘンなことしたら全員の印象がわるくなるといっている。わたしがグループを脱退したり、はじめたばかりのブランドを休止したりしたら、まちがいなくグループの評判を落としてしまう。ガールズ・フォーエヴァーはいまは事務所の輝く星かもしれないけど、人気が落ちたらＤＢはそっこうで切るだろう。みんな、本気でわたしにそんな危険な選択をさせようとしてるの？

「考える時間をちょうだい」わたしはいった。リジーが反論しようとするのを、ミナがさえぎった。

「いいわ。優先順位がハッキリしたら知らせて」

優先順位。

またか。

23

「うわっ、オンニ！」

「リア！」わたしは悲鳴をあげて、メイクブラシを落っことした。「あー、ビックリした！」リアはバスルームのドアによりかかっている。朝の6時。みんなが寝てるうちに出発するつもりだった。早朝の便でスイスに行く。

「ビックリしたのはこっちだよ。イベントがんばってねってお見送りしたかっただけなのに、最近ビクビクしすぎ。なんかあった？」

わたしは肩をすくめてメイクをつづけた。「なんにも。仕事がずっとぱんぱんだったから。みんな、あたらしいダンスナンバーをとちってばっかいるし。このままだとLAのライブに出演させないって脅されてるの。だからカンペキに仕上げないと……いろいろあるけど、ぜんぶカンペキにしなきゃ」

リアはそうだねぇというふうにうなずくと、トイレのふたの上にすわった。「まあ、キツいよね。だけどね、オンニ、ハッキリいっちゃうと、タンクローリーにひかれたみたいな顔してるよ。ちゃんと寝られた？」

タンクローリー……。「ご忠告ありがと、リア」

リアは笑った。「心配していってるんだよ。ね、正直に答えて。マジでだいじょうぶ？　あたしに話してないことあるんじゃない？」

ううう……妹の直感たるや。話してないこと、もちろんある。メンバーに友人としての忠告、またの名は究極の選択を突きつけられたのが４日前。胃がキリキリしっぱなしだし、しかもリアの推察どおり、寝てない。

わたしはため息をついて、リアのほうをむいた。「うん、ちょっとあるかも」

「やっぱねーっ！」リアはぴょんと立ちあがって、シンクのすみっこに腰かけた。ちょっと満足そう。

わたしはリアのひざをピシャッとたたいた。「話さなかったのは、まだ考え中だから」

「ちょっとー、いつまでもったいぶる気？　考え中ってなにを？」

なにを考えてるか、わたしは話した。ぜんぶ。ヨンウンのカフェで「計画」の話をきいちゃったこと。メンバーの親たちが怒ってＤＢに押しかけてきたこと。究極の選択のこと。あたらしい事業をはじめたから怒ってるだけ？　それとも、本気でわたしが抱えすぎだって心配してくれてるの？

そしてサイアクなのは、みんなのいうとおりだったら？

「ちょっとちょっとー、オンニ、冷静になってよ」そこまで話すと、リアが声をあげた。「わるいけど、オンニってちょーーーー人任せだよね。自分がどれだけ抱えられるかいちばん知ってるのは自分だよ。メンバーはもちろんたいせつな仲間だけど、メンバーのために生きてるわけじゃないじゃん。仕事は自分のためにしてるんだよ。ＤＢで仕事してるんだよ。オンニは本気で自分が抱えすぎてもうムリだと思うの？」

「わかんない」正直に答えたら、こみあげてくるものがあった。ダメ、いまは泣きたくない。アイメイクまだ乾いてないし。「いちばん問題なのは、考えてるようでぜんぜん考えられてないってこと。ここ数日、バッタバタだったし。っていうか、ここ数週間。話さなかったのはごめん。でも、心配かけたくなかった。だれも失望させたくない」

　気づいたらこの10年くらい、Ｋ－ＰＯＰスターになりたい一心だった。だけどわたしはただ、ほかの人たちが敷いてくれたレールの上を歩いてただけだ。決められたことをやっていれば、前に進めた。いまは、つぎの一歩のための地図がない。自分で地図をつくろうとしているし、方向を決めようとしてる。

「リア」ひとに話したら、心が少し軽くなった。「ずっとこわかった。いま手にしてるものを台無しにしちゃうんじゃないかって。みんなをガッカリさせちゃうんじゃないかって。ベストを尽くせないんじゃないかって。プレッシャーに負けそうだった。進もうとしてる道があってるかまちがってるか、わかんなくて」

「で、アレックスはなんて？　いつも絶妙なアドバイスをしてくれるじゃん」

「それが……」声がかすれる。もう隠せない。とくにリアには。

「えっ、まさか、別れたとか？」リアがわたしの肩をさする。

「ちがうちがう。そういうんじゃない。ただ、ぜんぜんなにも話せてない」

「だって、なんで？　わかんないなー。どうして話さないの？」

「だって！」思ったより大声が出た。わたしはアイブローペンシルをおいてシンクに寄りかかり、リアと並んだ。「だって……メンバーとは人生の半分くらいつきあいがあるけど、アレックスとは知り合ったばかりだし。自分ひとりで考えて結論を出すのがメンバーへの義理かなと思って」アレックスはいつもわたしの目標をサポートしてくれる。グループのことも本気で考えてくれる。だけど、メンバーのほうはそうは思ってない。

「それでまさか、アレックスを避けてるとか？　ひとりでいきなりピカーッと解決策が見えてきちゃうのを待って？」リアは容赦なく現実を突きつけてきた。なんか、オンマみたい。

「まあ、そんなとこ」アレックスのメールにはずっと、「いまはちょっとムリ」か「ほんとだねー、同感」か「またあとで！」で返信してきた。むこうもおかしいとは思ってるだろうけど、いまのところなにもきいてこない。こんな重たい話をメールでするなんて、なんか違う気がするし。

「なんで話さないの？　ボーイフレンドだよね？」

それ。それが問題。わたしだってそうだと思いたいけど、現実は……少なくともわたしが住んでる世界の現実では、「ボーイフレンド」というのは危ない領域だ。ジュヒョンがよく高校時代に、友だちと成績と睡眠のなかで選べるのはふたつだけ、っていってたっけ。K－POPの世界ではどうやら、グループと夢と恋愛のなかで選択しなきゃいけないらしい。そんなの、5本の指のなかでどれがなくなってもいいか考えるみたいなものだ。だけどいつかは、優先順位をつけなくちゃいけない。

「フライトに遅れちゃう。話きいてくれてありがとう。リア、アイラブユー」

「あたしもアイラブユーだよ、オンニ。そのうち答えが出るよ。いままでだってそうだったじゃん」

「ジュネーヴ行き７８２便、まもなくご搭乗が始まります」

搭乗口に近づいていくと、アナウンスがきこえてきた。ジョンソクとわたしは搭乗券をチェックして通路を早足で進んだ。

空港に着くと、いつもの２倍か３倍のパパラッチが待ちかまえてた。〈レイチェルＫ〉のローンチ以来、前より目をつけられている。搭乗前のお決まりのアーモンドミルク＆チアシードのスムージーを買ったときも、いきなりものかげからカメラを構えた人が出てきたから、白いシルクのブラウスにスムージーをぶちまけそうになった。いつもはスケジュールの関係でグループと別行動で飛行機に乗るときは、空港の待ち時間を楽しみにしてるんだけど、今日はギリギリでよかった。できるだけ早く飛び立ちたい。

席につくとすぐ、耳栓をして頭のうしろにピローを入れた。フライト用のプレイリストをかけようとスマホを取りだすと、画面に現れた新着ニュースに自分の名前を見つけてしまった。すぐに機内モードに切りかえて知らないフリをしたくなったけど……やっぱりムリ。すぐにクリックしてチェックする。

「レイチェル・キム熱愛発覚か？」

うそ……。

もう読むしかない。

「数か月前から、ガールズ・フォーエヴァーのリードシンガー、レイチェル・キムには密かにつきあっている恋人がいるのではという憶測が流れてネットはざわついていた。ツーショット写真が存在しないなか、信頼できる情報筋の証言によると、レイチェルの極秘交際相手は、韓国系アメリカ人の実業界の大物、アレックス・チョンだと特定し……」

胃がざわつくなんてもんじゃない。スムージーのチアシードが特大サイズにふくれあがったみたい。

この「信頼できる情報筋」って……。アレックスのことを知ってるのは、家族と親友とメンバーだけ。

いくらなんでもメンバーが、タブロイド紙にわたしのことをしゃべったりする？　うっかり口をすべらせた相手がたまたまマズかったのかもしれないけど……。

はやく究極の選択にケリをつけないと、どんどんまずいことになりそうだ。わたしの人生なんだから、選ぶのはだれでもない、わたしだ。

スイス南部のツェルマットのホテルに着いたのは、すでに午後10時過ぎ。からだはまだ韓国時間で、それって出発した翌日の午前6時。空港から電車に4時間揺られてからケーブルカーに乗りかえて、撮影するシャレー近くの山腹にあるホテルに着いた。ディシプリンが空港から車を出してくれるといってくれたときは、景色をながめながら電車移動なんてステキとか思っちゃって断った。

もちろん、激しく後悔。心もからだも限界でボロボロ。いますぐお湯につかってベッドに倒れこみたい。景色なんかながめてる余裕はほとんどなかったけど、9月のおわりでも雪をいただいた山脈が夕日に輝いて、ピーチ色とラベンダー色の光の筋がゆらめいていた。

ベルボーイがいなくなるとすぐ、わたしはスーツケースをあけてカシミアのスエットとフーディのセットアップをさがした。同時にセーターを脱ぎすてて、ブラウスのボタンを外しはじめる。

コッ、コッ、コッ。

えっ？　わたしは顔をあげた。ルームサービス頼んだっけ？　ゾンビ状態で記憶にないけど、深夜におふろにつかりながらフレンチフライを食べようとしたという可能性は捨てきれない。

ドアに近づいていってそーっとあけてみると、だれもいない。グランドホテル・ツェルマッターホフにひそむ幽霊か、睡眠不足からくる幻聴か。

コッ、コッ、コッ。

ん？　音がするのはドアじゃない。クローゼット？

テーブルの上にあった花びんをつかんでクローゼットに近づいていく。まさか、パパラッチがクローゼットに隠れてるとか？

わたしは深呼吸をして、クローゼットのドアをあけた。

「それでボコボコにするつもり？」

「キャーッ！」とっさに、はだけた胸元を手でかくす。

アレックスが楽しそうに笑いながら、ドアのフレームに寄りかかっている。クローゼットだと思ってたのは、隣の客室になっている次の間のドアだった。

「幽霊かと思った……またはパパラッチ」わたしは花びんをおいて、目をごしごしこすった。

少なくともアレックスは、ブラがチラ見えしてたのはだまっててくれたけど。

理解が追いついてくると、わたしはアレックスに抱きついた。「ああ、会えてうれしい！」うれし涙が出てきて、自分でもビックリした。久しぶりだし、ここ数週間のストレスはハンパなかったし。アレックスの顔となつかしいコロンの香りは、逆立っていた神経を癒してくれるアロマオイルみたい。

「驚かせようと思って」アレックスは、わたしにぎゅうぎゅうしがみつかれて笑った。「何か月も会えてなかったし。かまわなかったかな？」

「もちろん！」わたしはアレックスの顔をまじまじと見つめた。かまうわけがない。あ、だけど……離陸前に読んだ記事のことを思い出す。内輪のだれかが情報をリークしたっていう記事。「来てくれてすごくうれしい……」最後にもう一度ぎゅっとして、わたしはつづけた。「だけど、あの……だれにも見られなかった？　記事が出てて……」

わたしはベッドにストンとすわって、ブラウスのボタンをいちばん上までとめた。カシミアの上下はもうちょっとあとだ。

「うん」アレックスもベッドのはしっこに腰かける。「見たよ。今日の午後、ジュネーヴに着いてからだけどね」

「アレックス……」

「SNSのアカウントはすぐに削除した」アレックスが安心させるようにわたしの肩に手をおく。

「もっともぼくのインスタのフォロワー、7人しかいなくて全員家族だけど」わたしは笑い転げた。

アレックスって、こんなときでも笑わせてくれる。

顔をあげたら目が合った。アレックスの目には、誠実さしか見えない。あとは心配。

「ありがとう」わたしはささやいた。

アレックスが静かにいう。「たとえ世界が相手でも、ぼくたちなら平気だ。そうだろう?」

アレックスが、わたしの同意を待っている。もちろん心では、そのとおりだと思っている。だけど頭がうまく機能しなくて返事ができない。香港でパパラッチ相手にカーチェイスをしたときは、この言葉をすぐに信じられた。だけど最近は、相手にしてる世界のほうがだんだん優勢になってきている気がする。

「それで……」アレックスがとうとう口をひらいた。「明日の写真撮影は、ぼくは同席しないほうがいいだろうな。極秘交際の相手はホテルで待機していることにするよ」アレックスはかすかに笑みを浮かべた。

「ううん、来て。オリヴァーとカーリーも会えるのを楽しみにしてるはずだよ。べつべつの車でシャレーまで行けばだいじょうぶ」

「わかった。おやすみ、レイチェル」

アレックスはすぐには立ちあがらなかった。おやすみのキスをすべきかどうか迷っているみたいに。

「たぶん幽霊もパパラッチも見てないと思うよ」わたしはアレックスのほうにかがみこんだ。

アレックスがニコッとする。くちびるがふれて、目を閉じたと思ったつぎの瞬間、アレックスが自分の部屋のドアを閉じる音がした。

わたしはため息をついた。「おやすみ」ひとりでつぶやく。

やっとカシミアの上下をスーツケースから引っぱりだして、顔を洗った。ぜいたくなバスタイムはパス。くたくたなのに、横になったら目がさえてきた。寝返りを何度もうちながらアレックスのことを考える。来てくれたなんて、サイコーのサプライズだ。数日ぶりに、まともに呼吸ができるようになったような感じ。だけど急に、心配が押しよせてきた。究極の選択問題をアレックスに相談したかったな。隣の部屋じゃなくて、ここにいてくれればいいのに。腕をからめあって眠れればいいのに。

こんなふうにハッキリ自覚したのははじめてだ。アレックスしかいない、って。うれしいけど、こわい。頭のすみっこで声がする。メディアにバレたらいままで積みあげてきたことが台無しになる、って。だけど少なくともいまは、その声はきかないことにしよう。ブランケットのなかにからだを埋めて、アレックスのエクボを思い出した。それからオシャレなスポーツウェアや、やわらかい雪のことを考えていたら、いつの間にか眠りに落ちていた。

24

実家にもどったとき、リアがおもしろがってわたしのスマホのアラームを自分の声に設定した。そのせいで、スイスの目覚めにきいたのはリアの元気いっぱいの声。「オンニ、起きて！　オンニ、起きて！　オンニ、起きて！」

わたしはもぞもぞとスマホに手をのばした。リアの声が消えるとすぐ、予定を確認する。アレックスからのメッセージが来てないか、いつものようにチェックしたけど、来てない。そうだよね、隣の部屋にいるんだから、ノックするだけでいいし。近くにいると思ったらうれしくてたまらないけど、なんか落ち着かない。この人だ、って……ほんものだって自覚したら、つぎはどうすればいい？　でもいまは、考えてる時間はない。

わたしはベッドから出て支度をはじめた。早朝から撮影しないと、おだやかな9月の空気のせいで雪がべちゃべちゃになっちゃう。鏡を見ると、目の下にくまがくっきり。やれやれ。メイクさんを苦労させちゃうな。

用意してもらった車で撮影にむかうとき、スマホにメールが来た。

ソニ：レイチェル、アレックスの記事を見たけど……だいじょうぶ？

心配してくれてるんだ。うれしいな。返信しようとしたら、メッセージがつぎつぎ表示された。

ソニ：関係を認めるの？
ソニ：DBは知ってるの？
ソニ：アレックスと別れるつもり？
ソニ：これ見た？

　最後のメッセージにリンクがはってあったけど、ダウンロードが遅くてなかなか表示されない。なーんだ。ソニは純粋に心配して連絡くれたんじゃないんだ。そう思ったらまた、例の情報源っていうのがメンバーなんじゃないかっていう不安におそわれる。

　ソニのいう「これ」ってなんだろう？　アレックスとわたしのツーショット写真だったらどうしようとおそれていたら、あらわれたのはファンの交流フォーラムのページだった。プライバシーを尊重すべきだとか、お似合いのカップルだとかいってる人がいる。どういうわけか、わたしがアメリカのポップスターと婚約してるっていいはってる人もいた。

　なんだかおかしくて、やっぱりわたしのファンって世界一だって思えた。だけど、ソニが騒いでるはこれかなっていうコメントを見つけた。アレックスの悪口のスレッドが立っている。売名のためにわたしを利用してるだけだって。

　ソニに、こんなのただのゴシップだから関係ないって返信しようとして、指が止まる。アレックスのことをわるくいわせておくなんて、まちがってる気がする。わたしとちがって、タレントじゃないんだから。だけどもしわたしが公式に反論したら、わたしたちの関係を認めてるようなものだ。ふたりともたぶん、まだその準備ができてない。わたしはため息をついて、スマホをしまった。ちやんとアレックスと話さなくちゃ。

マッターホルンの山頂近くにあるうつくしいスキー用のシャレーに着くと、すぐにトレーラーのなかでヘアメイクをしてもらった。機能性とファッション性を両立させたメタリックなオリーブグリーンのパーカを着て、シンプルな黒のサーマルのレギンスとブーツをはく。

ディシプリンからあたらしく発売されるウェアは、アクティブに見えてしかもオシャレ。さっそうとスキーをしていたかと思ったら、つぎの瞬間にはスロープ脇の5つ星レストランでのんでる、みたいな感じ。

「レイチェル、いらっしゃい！」カーリー・マットソンがラウンジに入ってきた。黒い私物のパーカを着ている。今日はいっしょにモデルをすることになっている。あのカーリー・マットソンとお揃いコーデができると思うと、心がはずんだ。

カーリーはわたしの左右のほっぺたにキスをして、うしろから近づいてくるヒゲの男の人のほうを手で示した。「夫のオリヴァーよ。オリー、こちらはレイチェル・キム」

「レイチェル、お会いできるのを楽しみにしていました」オリーがスウェーデン語のアクセント混じりでいいながら、わたしの手をとって握手する。「おうわさはかねがね」

「こちらこそ、お会いできて光栄です」うわさって、どんなことだろう？　アレックスがなにかいったのかな？　そういえば、アレックスはどこだろう？　シャレーを見まわしたら、ちょうどアレックスがドアから入ってきた。

「おはようございます、みなさん」アレックスがいう。わたしが目の下にくまを飼ってるとするなら、アレックスはアライグマだ。アレックスも眠れなかったみたい。こっちを見てニコッとするけど、エクボは出ない。近づこうとしたら、アレックスはあせったみたいにジョンソクと撮影スタッフに話をしにむこうに行ってしまった。なんか、不安になってくる。なにかあったのかな？

話をおえてもどってきたら、アレックスは電話をしはじめた。じゃましたくなくて離れたところで待ってたら、アレックスはスマホをポケットにしまってシャレーを出ていってしまった。追いかけようと思ったら、フォトグラファーに声をかけられた。「レイチェル、準備はいい？」

「はい、もちろんです！」そう答えたものの、ロボットみたいに不自然な声。

〝ロボット・レイチェル〟のままパーカとレギンスをアピールすることに集中しようとがんばった。カーリーはやっぱりすごい。うらやましいやらあこがれるやら。躍動感あふれるポーズをとって、ブーツで雪をけっている。隣にいるわたしなんか、ほんとにロボットみたい。

「もうちょっと動きを出してみましょうか。スキーですべってもらえますか？」フォトグラファーがいう。わたしたちは板をはいて、急斜面に見えるように工夫された練習用のスロープでポーズをとった。

「レイチェル、もうちょっとリラックス。設定は冬の休暇で、オリンピック競技じゃないんだから、眉間にしわを寄せて必死にならなくてもだいじょうぶですよ」フォトグラファーがふざけてさけぶ。笑おうとしたけど、〝ロボット・レイチェル〟は金属みたいに重たいからだを方向転換してカーリーのほうをむこうとしただけで、バランスを崩した。右足の板に全体重がかかって……。

「空気がおいしいわね。なんて気持ちいい……レイチェル？」

わたしは必死で立て直そうとしていた。スキーは得意だから、だいじょうぶなはず。だけど、右足だけどんどんすべってしまい、グキッとひねってスキー板からブーツがはずれてしまった。

恥ずかしすぎる。思ったよりひどく足首をひねってしまった。なんとか立ちあがったけど、めちゃくちゃ痛い。病院に行くほどじゃないけど、気づいたらスタッフが心配してまわりに集まってきていた。「だいじょうぶです。たいしたことありません」そうはいったものの、みんな大騒ぎで、わたしはふたりの男性に抱えられてシャレーのなかに運びこまれてしまった。カーリーもついてきたし、ジョンソクがアイスパックをとってきてくれた。

いっそのことアイスパックで真っ赤になった顔を隠したいくらい。おかげで予定していたファンミーティングも中止になった。わたしのせいで撮影も台無しだ。この場から消えちゃいたい。疲れで足にきちゃったのかな。もしかして、メンバーのいうとおり？　たくさん抱えすぎで、このままだとなにもかも失っちゃうかも。

カーリーはわたしの精神状態に気づいてくれたらしく、少し休憩をとってから衣装を着たままラウンジで撮影をしましょうといってくれた。

スタッフの休憩中、わたしたちはふたりで日当たりのいいラウンジの革のソファにすわっていた。

「ほんとうにだいじょうぶ？」カーリーが心配してくれる。カーリーの髪のまわりに後光がさすみたいに日差しが集まっている。この部屋、写真映えするかも。なんとかいい写真が撮れますように。

「自尊心はボロボロですけど、それ以外はだいじょうぶです」わたしは笑ってみせた。「ほんとうに申し訳ありません。撮影を台無しにしちゃって」声が震える。

「台無し?　とんでもないわ」カーリーが手で髪をふわっとさせる。「前に水上スキーをして撮影しようとしたときなんて、ひどかったんだから」

そういってカーリーは、YouTubeで7年前の動画を見せてくれた。脚がからまったり、ビキニがはずれそうになったり、見切れまくったり、17秒のあいだにそれはもう大騒ぎで、めちゃくちゃおかしい。

「笑っていいところよ」カーリーがわたしの目を見ていう。ああ、こんな気遣いのできる大人になれたら……。わたしたちはひとしきり映像を見ながら笑い転げた。

スタッフがもどってくると、わたしたちは笑いすぎて出てきた涙をぬぐって、急いでメイクを直してもらい、最後の撮影をした。

「足首はどう?」カーリーが撮影後、ハグをしてきいてくれる。

「もうずいぶんいいです。ありがとうございます」わたしはにっこりした。それに、気分もすっかりよくなった。もう〝ロボット・レイチェル〟じゃない。あたりを見まわしてたずねる。「アレックスを見ませんでしたか?」

「アレックス?」近づいてきたオリヴァーがいう。「仕事の用事でホテルにもどらなきゃいけなくなってね。だが、伝言を頼まれたよ。8時に〈クラウドナイン〉で待っているそうだ」

「〈クラウドナイン〉!」カーリーが目を輝かせる。「すごくすてきな店よ。食事も最高だし。レイチェル、ドレスアップなさいね!　ただしローヒールよ。ここにいるあいだにこれ以上ケガはさせられないもの」

わたしは笑ったけど、心のなかに不安がよぎる。「わかりました。オリヴァー、伝言ありがとうございます。それに、今日のこと、ほんとうにありがとうございました。ご一緒できて光栄でしたし、すごく勉強になりました。最高の経験ができました」心からそう思っていた。もう二度と声はかけてもらえないだろうけど。

8時に〈クラウドナイン〉。

いよいよアレックスにほんとうの気持ちを伝えるときがきた。

どれがほんとうの気持ちか、ハッキリさせなくちゃ。

そのうち答えが出るよ。いままでだってそうだったじゃん。出発前にリアにいわれた。

リアのいうとおりでありますように。

25

ホテルの部屋に服が散乱してる。そしていまは、7時56分。アレックスとの待ち合わせは4分後なのに、まだなにを着ていくか決まらない。そのとき、スマホがピンと鳴った。

アレックスから確認のメールかと思ったら、オンマから。

「調子はどう？　雪山、きれいでしょうね。スロープで滑らないように気をつけてね」

涙があふれてきて、気づいたら電話をかけていた。オンマはすぐに出た。

「レイチェル、どうかしたの？」

わたしは半分泣いて半分笑いながらいった。「なんで起きてるの？」

「まだ夜中の3時よ」娘のためなら徹夜くらい、みたいにさらっという。オンマはいつだって、わたしがいちばん必要としているときにそばにいてくれる。「で、どうしたの？」

オンマはだまって答えを待ってくれている。きっと心配そうに眉をよせて、両手をひざの上で組んで、わたしがしゃべりだすのを待ってるんだろう。

「アレックスがその人なんだってわかった」わたしはいきなりいった。

オンマはしばらくだまってたけど、くすくす笑ってるみたいな、チッと舌を鳴らすみたいな声を出した。「レイチェル、よかったわね」

「わかるものなの？　アッパとはどうだった？」

オンマが返事をしないうちに、わたしはたたみかけた。「アレックスのことをたいせつに思ってるのに、頭がごちゃごちゃになっちゃうの。一緒にいちゃいけないんじゃないかって気がするときもある。それで気持ちの整理がつかなくて、なんて伝えればいいかわかんなくて、それで……」

わたしは言葉を切った。オンマが笑いだしたから。

「オンマ！　なんで笑うの？　わたし、マジメにいってるのに！」

「わかっているわよ。でもね、ハッキリわかろうなんて、期待しちゃダメよ」

「えっ？」わたしはベッドにすわりなおした。「だって、アッパのこと、愛してるんじゃなかったの？」

オンマがくすくす笑う。「もちろん心のなかでは、ハッキリそう思っているわよ。だけど、まわりのみんなにわかってもらえるとは限らない。自分と自分の気持ちを信じなさい。ほかの人の意見なんてきく必要はないの。頭でわかろうとしちゃダメ。心でわかるから」

ぽっかーん。なんか、肩すかしをくらったみたいな感じ。もう８時２分。アレックスが下の階のレストランで待っている。

「オンマ、アレックスとディナーの約束しててもう遅刻なんだけど、どうすればいいか、なんていえばいいか、なにを着てけばいいか、わかんない」まるで赤ん坊だ。わかってるけど、どうしようもない。

オンマが笑っていう。「どうすればいいかとなんていえばいいかは、わからないわ。それに、フアッションは得意分野でしょう？　ただ、迷ったときは黒いワンピースね。さあ、さっさと支度して。あんまり待たせちゃダメよ」
そして、電話が切れた。

いままでだって、世界じゅうの有名レストランで食事をしてきた。だけど、スイスの〈クラウドナイン〉の景色は最高。店に入るとすぐ、いちばん奥にある仕切られた中庭の席に案内された。山に沈む夕日と緑の丘が見わたせる。あたためられた中庭に、垂木からつりさげられた電球がロマンティックな光を投げかけている。中庭にはほかにテーブルは3つだけで、いまはだれもいない。きっとダイニングルームから見えない席にしてくれたんだろうな。

アレックスは角の席で待っていた。パリッとした白いドレスシャツにシルバーとブルーの細めのタイをして、すごく品がいい。わたしに気づくと目を見ひらいてニコッとした。わたしはクリスタルのボタンでネックラインにフリルがついた黒いミュウミュウのワンピースを着て、ハート型のラインストーンのベルトをしていた。髪は高い位置でねじってひとまとめにして、パールのドロップタイプのイヤリングをつけた。

アレックスはしばらくだまっていた。「きれいだ」とアレックスがいったのと、わたしが「ネクタイよく似合うね」といったのが完全にかぶった。

ふたりして笑って、席につく。ちょっと沈黙が流れた。ふたりとも、どこから話しはじめればいいか、わからなくなっていた。

「ここの料理が最高だときいてね」アレックスがいう。

「眺めも最高だね」

「うん」

また沈黙。ううう、気まずい。ナプキンをもぞもぞさわりながら、天気の話でもしようかと思っていたら、アレックスが切りだしてくれた。「ボルドーを1本注文したけど、かまわなかったかな」

「もちろん。赤ワイン大好き」しっかりしなさい、レイチェル。ちゃんとアレックスに気持ちを伝えなきゃ。好きだって。あなただとわかったって。だけどその前に、究極の選択の話もしなきゃいけない。心を決めなくちゃいけない。

はやくワイン、来ないかな。手持ちぶさたでしょうがない。アレックスもどこから話しはじめようか迷っているって顔をしている。

「撮影はうまくいったそうだね」アレックスが、グラスにワインが注がれるといった。「足首はどう？　その場にいられなかったのが悔やまれるよ。だいじょうぶ？」

その場にいなくてホントよかった。あんな恥ずかしいところ、見られたらたまらない。さすがは練習生時代、ジェイソン・リーのスニーカーに思いっきりゲーッてしちゃったことがあるだけある。

「ダンスレッスンでもっとひどくこけたことあるし」わたしはにっこりして、だいじょうぶと手をひらひらさせながらメニューをながめた。１００万パターンくらいの選択肢がある。こんなに心臓がバクバクしてたら、前菜も喉をとおらなそうだ。

注文してから、しばらく、スキーを習ったときの話をした。わたしはニューヨーク州のキャッツキル山地、アレックスはバーモント州のキリントン。話してるあいだずっと、からだの震えをおさえようとしていた。リアとわたしがしょっちゅうスウェーデンとスイスをごっちゃにするから、家族でそのうち、スウェーデンミートボールとスイスチーズって呼ぶようになったって話をして笑わせながらワインをのんで、気づいた。グラスに注いでもらったぶんをのみほしちゃう。もう限界。ちゃんと話さなくちゃ。自然に話そうなんて思ってもムリだ。とうとつだろうがなんだろうが、切りだすしかない。

「そういえば撮影のあいだ、どこにいたの？」けっきょく、怖気《おじけ》づいてわたしはたずねた。ボトルから自分のグラスにワインを注いで、アレックスのグラスにも注ぎ足す。ああ、もう。チーズだのミートボールだのいってる場合じゃない。もっと大きな選択をしなくちゃいけない。まだ決まってないけど……。

「ああ、じつは、これの処理をしていたんだ」アレックスが答えて、スマホをとりだす。タップして画面をこちらにむけた。わたしはビックリして目を見ひらいた。ありとあらゆるメディアからのメールの嵐。目に入ったタイトルをいくつか見て、すぐに気づいた。わたしたちの関係についての質問だ。あと、わたしのブランドにどう関わっているか。ＳＮＳの通知もあって、ガールズ・フォーエヴァーのスノードームを破壊した張本人として責められている。わたしがアレックスと暮らすためにヴィラを出た、って。

「そんな……アレックス……」わたしはこの手のことには慣れている。だけどアレックスは一般人だ。ミナがよくいう「民間人」。こういう質問に答えたことなんかないだろうし、答える必要もない。「ごめんなさい」

「謝る必要なんかどこにもない。ネットがこういうくだらないことに使われるのはわかっているよ。だけど、言動に気をつけなければいけないのもわかっている。ここの予約もオリーにしてもらったから、パパラッチに煩《わずら》わされる心配はないよ。それに今日の撮影のあいだに、正式な声明を出すべきかどうか、弁護士に相談した。きみにとっていちばんいいようにしたいんだ。きみの名誉を傷つけないために。よけいなことをいって、面倒を起こしたくないからね。きみに直接きくのがいちばん早かったのかもしれないけど」

アレックスはちょっと気まずそうにほほ笑んでから、真顔になった。「だけど、おかげでよくわかったよ。ぼくたちはおたがいに正直にならなきゃいけない。いまだけじゃなくて、これからずっと。そうしなかったら、誤解ばかり生じてしまう」

「アレックス、おかしな記事は出たけど、来てくれてほんとうにうれしい。ただ、わたし……」

「レイチェル、いいたいことがあるんだ」

「お食事をおもちしました！」ちょうどそのタイミングで料理がきた。シャンパンソースのなかでニョッキとロブスターが泳いでる。

「ありがとう」アレックスが、やれやれというふうに笑う。

お店の人がいなくなると、アレックスとわたしはテーブルごしに見つめあった。

「いいたいことって？」

だけど、アレックスはひらひらと手を振った。「いや、きみの話をじゃましてしまった。ごめん、なにかいおうとしていたよね？」

　ちゃんと正直に話そうと思ってここに来たはずだ。だけど、いざとなるとなんていったらいいかわからなくなる。究極の選択のことを話すべき？　ブランドを休止するかもしれないって？　このことが……わたしたちのことが、グループ活動のじゃまになっているって思われてるって話すべき？　どこから話せばいい？

　アレックスの目には、不確かさが感じられない。ぐだぐだ悩んでいるのはわたしだけだ。オンマにいわれたことを思い出す。頭じゃなくて、心で理解しろって。

「ううん、いいの」心がなにを求めているか耳をすます時間がもう少しだけほしい。「なんだったか、忘れちゃった。先に話して」

「わかった」アレックスがまじめな顔になる。テーブルごしに手をのばしてきた。わたしも手をのばして、アレックスの手をとる。「いおうとしていたのは……レイチェル、きみを愛している」アレックスがいう。目を少しもそらさずに。

　その瞬間、息がとまった。

　アレックスがわたしを愛している。

　アレックスが手をぎゅっとする。なんてきれいな笑顔。瞳が輝いている。こうすべきとか、ああすべきとか、そんなのがぜんぶ吹き飛んだ。こんなふうに見つめられたら、もうそんなことはどうでもいい。オンマがいいたかったのって、こういうこと？

　気づいたら、わたしも笑顔になっていた。こんなに心から笑ったのって、久しぶりだ。〝ロボット・レイチェル〟の笑顔とは大違い。アレックスの笑顔が伝染してきた。アレックスの目尻のしわが大好き。左のほっぺたのエクボが大好き。ハスキーであったかい声が大好き。アレックスのぜんぶが好き。

アレックスを愛している。

単純だ。やっとわかった。いまこそ、わたしもいおう。ずっと心で感じていたことを話そう。オーマイガーッ。いよいよだ。深呼吸して、口をひらいて……。

「アレックス、わたし……わたし……」あなたを愛している。ふつうにつきあえなくてごめんね。でもひとつだけわかっているのは、あなたしかいないってこと。あなたといっしょなら、なにがあってもだいじょうぶ。「アレックス、わたし……このワイン大好き！」

いえない。心のなかではハッキリわかってるのに、まだ口に出す準備ができてない。アレックスはさらっと流してくれた。傷ついたり怒ったりしてるのかもしれないけど、顔には出さなかった。わたしはアレックスの目のなかに、失望の色をさがした。いえなかったのは自分なのに、自分に失望していることをわかってもらおうとした。

せめてほかのことはちゃんと話そう。

少し冷静になってから、わたしはやっと、究極の選択の話をした。〈レイチェルK〉を休止したほうがいいのか悩んでることも。

アレックスは、フォークをあわてておいた。「究極の選択？　ふざけてるのか？　レイチェル、グループのメンバーは姉妹みたいなものじゃないのか？　それなのに、レイチェルがたいせつにしているふたつのことからひとつだけ選べっていうのか?」

まあ、3つだけどね。いいたかったけど、いえない。

「うん、そういわれると、たしかにって気がするけど」

アレックスがわたしの目をじっと見つめる。「なあ。自分の意志でブランドをやめたいならそうすればいい。だけど、リスクをおそれているだけなら、またはもっとよくないのは、グループにどう思われるかをおそれているだけなら、これだけはいわせてくれ。恐怖心に従っていたら、決して人生でほしいものは得られない。これは、母さんがいつもいっていたことだ」

「ほんとうにお母さんと仲がいいんだね」わたしはほほ笑んだ。

「ひとつだけ、きかせてくれ。ファッションの仕事をしていると幸せ?」

「もちろん。ただ……」

「ああ、わかってるよ。ほかのだれかが決めたルールに従うことに慣れているだけだろう?」

まさにそれ。「ルールに従ってきたから、いまのわたしがあるんだよ。アレックス、ムシはできないよ」

「ムシしろなんていってないさ。ただ、自分が幸せだと思うことをすればいい。ほかの人のいうことより、自分の心に従えばいいんだ。自分の心の声をきくんだよ」

ううう……オンマにいわれたことと一緒だ。みんな、わたしの知らない間に「自分の心の声をきけ」ハンドブックでも渡された?

心が、アレックスを愛しているといっている。

心が、自分を殺してばかりいないでほしいものを手に入れろといっている。

「わたしだって、自分のルールに従いたい。自分が幸せだと思うことをしたい」

「それだよ！」アレックスは、スポーツ観戦をしているみたいにテーブルをたたいた。わたしは心からホッとして笑った。

「ぼくたちに乾杯しよう。ふたり一緒なら、どんなことも切り抜けられる。パパラッチも、ネット記事も。ホテルの幽霊も。地下鉄やスキー場での事故も。ぜんぶだ。きみとぼくなら、世界を相手にしても楽勝だ」

「もうっ、大げさだよ」

わたしは笑いながら、グラスをもちあげた。アレックスの目を見ていたら、力があふれてきた。アレックスと一緒なら、たとえすぐに答えがわからなくても平気だって気がする。ぜんぶハッキリわかるなんてこと、必要ないのかもしれない。

「わたしたちに乾杯」


ホテルにもどると、おやすみをいいあってそれぞれの部屋に入った。そして2分もたたないうちに、わたしは次の間のドアに近づいていった。コツ、コツ、コツ。3回ノック。

「幽霊じゃないだろうな。このホテル、出るらしいから」アレックスの声が返ってくる。

あははと笑っていると、アレックスがドアをあけてニコッとした。外しかけのネクタイが首にかかっている。ああ……なんでこんなにセクシーに感じるの？　わたしはドアに寄りかかって、腰に手を当てた。

「ひとつお願いがあるの」

「どうぞ。いってみて」

「このファスナーおろすの、手伝ってくれる？」さらっといって、背中をむける。ほどいたばかりの髪の毛を肩の前にもってくる。

　アレックスが息をのむのが見える気がした。

「了解」アレックスがファスナーに手をかける。背中にあたる指があたたかい。ファスナーがおりていく。

「さっき店で、どうしてすぐに服をほめてくれなかったの？　めちゃくちゃ考えて決めたんだよ。あんまり好きじゃなかった？」わたしは肩越しにさりげなくアレックスを見つめた。

　アレックスは口角をちょっとあげながら一歩近づいてきて、わたしの腰に片手をおいた。「いや、好きだ。むしろ好きすぎる。好きすぎて言葉を失ってしまった」

「うまいこといっちゃって」

「いや、本気だ」アレックスがかがみこんでくる。くちびるが、数センチ先にある。アレックは目を閉じて、わたしの首に、自分のくちびるを押しあてた。背筋がピリリとする。「だが、なにを着ていてもきみはきれいだ」

　首にキスされながら、わたしは深く息をはいて、両腕をアレックスの首にまわした。ワンピースのファスナーは半分おりている。アレックスがくちびるをわたしのくちびるにつけた。わたしもキスを返す。最初はやさしく、それからどんどん熱をこめて激しく。アレックスに触れられて、くちびるがとろけそうになる。

アレックスが少しからだをはなしてわたしの目を見る。瞳が欲望に燃えている。わたしはゆるんだネクタイに手をかけて、部屋のもっと奥へと引っぱった。アレックスが次の間のドアをうしろ手にそっと閉める。わたしたちは折り重なったままベッドにたおれこんだ。ふたたび、お互いのくちびるを求め合う。

きのうの夜は、ひと晩じゅうアレックスのことを考えていた。わたしの決断が間違っていたらどうしようと悶々として。

でも、今夜はそうじゃない。

今夜はもう。

26

空港からの帰り道、わたしは家に寄ることもなく、ガールズ・フォーエヴァーのヴィラに直行してくれるようにジョンソクにたのんだ。

想像していたとおり、メンバーはダイニングルームに集まって、週末恒例のバナナパンケーキの朝食中だった。ざっと見わたすと、実家で暮らしはじめたヨンウンとリジーもちょうどパンケーキを食べに来ていたので、全員集合している。

「決まったの?」ミナが、みんなが席についたとたんたずねる。

「うん」そう答えると、全員の視線が集まった。

「ずっと考えてたんだけど、決めた」

沈黙が流れる。

「ブランドはやめない。それにグループもつづける」

リアクションの連鎖が起きて、ふーっと息をはく音がひとつになった。ホッとしてる子たち、同情してる子たち、それからリジーとミナみたいにイラッとしてる子たち。

リジーがあきれた顔をする。「あたしたちの心配なんて、ぜんぜん響いてないみたいね」

「心配してくれてるのはよくわかった。ほんとに。だけど、どちらもわたしにとってたいせつだから、手放すなんて考えられない。ずっとグループ活動に情熱を注いできたし、ベストを尽くしてきたから」

だれも口をひらかない。そのうち、アリが沈黙にたえきれずにいった。

「じゃあ、わたしたちがいったこと、スルーするのね？　いまのまま、つづけるつもりなのね？　で、わたしたちには……だまってのみこめってこと？」

「まあ、そうなるのかな？　うん」

リアにいわれたことを思い出す。メンバーのために生きてるわけじゃない、って。

「ねえ、わたしたち、お互いのことを応援しあえばいいんじゃないかな？　正直、大騒ぎするようなことじゃないと思うんだ。それから、わたしのプライベートを心配してくれるのはありがたいけど……」わたしはそこで言葉を切った。アレックスのことをマスコミにリークしたのを面とむかって責めたくはないけど、その手のことはがまんできないってことはハッキリさせておきたい。「お願いだから……」プライベートに口出さないで。ううう……そんなことはいえない。「アレックスとのことはちゃんと考えてるから心配しないで。そうしようと思ったら公にするから」みんなの顔を見わたして、匿名の情報筋がだれかヒントをさがす。だけど、そうそう顔には出ない。

ため息がもれて、ダイニングルームのイスにどさっとすわりたくなった。でも、ここはもうわたしの家じゃない。パンケーキをシロップでベチャベチャにして食べながら、韓国ドラマの話でもしたい。前みたいにふつうにもどりたい。

みんなに幸せになってもらいたい。

それだけだ。なんてシンプル。
「みんなに幸せになってもらいたい」わたしは口に出していった。「それだけなの。自分が幸せになれるように努力してるだけだし、みんなにもそうあってほしい」内心、まだ複雑だけど、これだけはほんとうだ。「いまは年に1回アルバムをリリースするだけだから、自分がほかにやりたいことにトライする時間も余裕もある。いまじゃ、ファッションだって、好きなことをはじめる自由だって手に入れたし。わたし、みんながやりたいことなら１０００パーセント応援するよ」

だれもなんにもいわない。ただ、ソニの目がうるんでるのがわかる。少しは届いたのかもしれない。一部のメンバーには、だけど。

そのとき、ミナが声をあげた。「レイチェルのせいで、できなくなったことだってあるのよ。成功するのは最初にはじめた人だけだもの。そこのところ、わかってる？」

わたしはため息をついた。たしかにそうかもしれないけど、なにごとにも最初ってあるものだ。演技の仕事をはじめたのはミナだし、ラジオはソニ。
「もうちょっとひとのことも考えてほしいものだわ」ウンジが勝ち誇ったようにいう。「レイチェルがブランドをはじめたせいで、ほかのバッグのデザイナーがわたしたちと仕事するのを避けるようになるかもしれないでしょ。利害が衝突するから。どうせそんなことも考えてないんでしょうけど」
「ほんと」リジーがうなずく。「こんなことやりだすって知ってたら、ぜったい賛成しなかったのに」

「だって、知ってたよね？」思わず大声が出た。冷静に話すつもりだったのに、〈レイチェルＫ〉のことを知らなかったなんていわせとくわけにはいかない。「最初からずっと報告してたのに」わなわなしてくるのがわかる。

深呼吸をして、落ち着こうとした。みんながわたしを見つめている。だれかが口をひらくのを待っていたけど、みんな黙ったままだ。「荷ほどきしなくちゃいけないから。帰るね」

わたしはまだ少し震えながらドアにむかった。だけど、少し誇らしくもある。ステージに立っているときみたいな感覚だ。ライトがふりそそぐなかに立っていると、不安と期待でいっぱいになる。だけどいったん音楽が流れだすと、もう頭では考えなくなる。心の思うままに動けて、自信に満ちてくる。だれかがプレイボタンを押すのを忘れて音楽が流れないのにずっと待っている、なんて状態は、もうたえられない。

そのあと、メンバーはなにもいってこなかった。ＬＡのコンサートがどんどん近づいてきているし、みんなそのことで頭がいっぱいだった。

最終リハーサルの日、２時間ぶっつづけで最新ダンスナンバーを練習した。ギリギリのタイミングでセットリストに追加された曲だけど、ここ数年で最悪の仕あがりだった。ぜんぜん動きがそろわないし、フォーメーションをチェンジするときにぶつかるし、タイミングが合わないし。何度も曲を止められて最初からやり直しさせられた。

「やる気あるの？」インストラクターにどなられる。

ある。みんな、やる気はあるはずだ。だけどグループ内の空気がどうもぎこちなくて、なんだかみんないまひとつ集中できてない感じだ。ずっとガールズグループのトップを走ってきて、コンサート直前にこんな状態になるなんて、らしくない。

「ダメダメ！　練習生のダンスを見ているのかと思ったわ！　もう一度！　レイチェル、今度こそカウントはずさないで」

　そのときミスター・ハンが見学のためにスタジオに入ってきた。わたしたちは最初からやり直したけど、フォーメーションが4列にわかれてハッシュタグみたいになるとき、わたしはリジーに押されて列に入れなかった。まただ。インストラクターが曲を止める。ミナがパッとこっちをむいた。

「レイチェル、なにやってるのよ？　そんなに立ち位置を覚えられない？」

　いいかえそうとして口をひらいたけど、わたしはぐっとがまんした。

「なんなの？　いってみなさいよ。いいたいことがあるんでしょ？」ミナが挑戦的にいう。

「よし、もういいから」ミスター・ハンが割って入ってきた。失望と心配が入り混ざった表情だ。

「10分の休憩だ。水分をとって頭を冷やせ。まだリハはとうぶんおわりそうにないからな」

　ミナがわたしをギロッとにらんでから、ハイドロフラスクをつかんでさっさとスタジオを出ていく。ほかのメンバーが思い思いに水や糖分をとるなか、わたしは化粧室に直行して冷たい水で顔をバシャバシャ洗った。ミスター・ハンのいうとおりだ。頭を冷やさなきゃ。鏡の前で、ダンスの動きをひとりで復習する。こうしてひとりで通していると、カンペキだ。だいじょうぶ、できる。ひとに左右されずに集中するだけだ。ＬＡのコンサートのために。わたしたちグループのために。

それからは全員、かなり集中して練習できた。何時間もやっているうちに、少しずつよくなってきた。わたしも一度もフォーメーション移動をまちがえなかったし、どんどん感覚がとぎすまされていく実感があった。

「よし、ここまでにしよう」ミスター・ハンがふーっと息をはく。「だが、あと2日ある。寝ているあいだも練習するくらいのつもりでいてくれ。じゃあ、つぎは空港で会おう」


その夜、わたしはベッドに横になってスマホをスクロールしていた。いつもならアレックスとFaceTimeで話してから寝るけど、今晩は仕事相手とのみにいくといっていた。

ため息をついて、ブランケットの下にもぐりこむ。今日はストレスフルだったし、おまけに来週は時差の激しい場所に行くって考えたら、アレックスが恋しくてたまらなくなってきた。

明かりを消して、頭のなかに渦巻く考えを外に追いやろうとする。いま必要なのは睡眠だ。

だけどつぎの朝早く、荷物のパッキングをしなくちゃと思う間もなく、メールでたたき起こされた。スマホの画面を見て、吐きそうになった。

ミスター・ノから。

ミスター・ノ：至急、ＤＢ本部の役員室に来るように。お母様も同行願う。

まただ。この前はウンジとゴンウのツーショット写真が撮られたときだった。胸がざわざわしてくる。アレックスとのことがバレたんだ。

それ以外考えられない。こんなメールが来る理由はそれしかない。

パニックと後悔がどっと押しよせてくる。頭がくらくらしてきて、気が遠くなりそう。

深呼吸を2回。スイスから帰ってきてからネットをチェックしたけどなにも出てこなかった。だれにも見つかってないと思ったのに……。

きっとミスター・ノのオフィスに行ったら、机の上に写真が並んでるんだろう。

だけど、脅しになんか負けない。アレックスとこんなことで別れたりはしない。そうだ、アレックスとわたしなら、世界を相手にしてもだいじょうぶなんだから。

自分にいいきかせて、必死で信じようとした。だけど心の奥底で、不安が勝手にどんどんふくらんでくる。なんでオンマもいっしょに来るようになんていってきたんだろう？

職場にいるオンマにメールして、急いで着替えた。レザーのパンツに、うすいピンクのブレザー。勝負服だ。なにが待っているのかわからないけど、立ち向かう力を借りたい。

ＤＢに着くと、オンマが正面玄関の外で待っていた。わたしの手をぎゅっと握ってくれたものの、わけがわからないという顔をしている。役員室にむかうとき、ソニから電話が来たけど、ミュートにした。なんの用事にせよ、待ってもらうしかない。

役員室のドアをノックして、なかに入る。

ミスター・ノのほかに、ミスター・ハンとあと数人の役員がいた。心臓が本気で口から飛びだしそうだ。なんでこんなにたくさん？　練習生のころの記憶がよみがえってくる。この部屋で、もう一度わたしにチャンスをくださいって直談判したことがあった。あのときは、ユジンがついてくれた。でも今日も、オンマがいる。そう思ったら、心強くなってきた。

「アンニョンハセヨ」わたしはおじぎをした。

「レイチェル。ご足労いただきありがとうございます、キムさん。すわってください。それからこの会話は録音しないように願います」ミスター・ノがいう。

　ギクシャクとした動きで、わたしはイスに腰をおろした。録音するななんていわれたことない。なんの話をされるんだろう？　わたしはオンマのほうを見た。オンマもぽかんとした顔をしている。

　ミスター・ノは厳しい表情をしているけど、意外なことに、呼びつけた理由をどう説明していいか決めかねているようにも見える。ミスター・ノが咳払いをして、デスクの上で手を組む。ほかの幹部は口を閉ざしたまま、真顔でわたしを見つめている。デスクには、アレックスとわたしがツェルマットの駅で別れ際にキスしていた写真でもあるかと思ったけど、なんにものってなかった。

「わざわざ来てもらって感謝する」ミスター・ノがいう。わたしと目が合うと、すぐにそらした。こんなに気まずそうなの、はじめて見る。「今日はたいせつな話がある」声がかすれてヘンな感じだ。「明日から、きみはグループの活動すべてに参加しなくていい。残念だが、ほかに方法がない……」ミスター・ノが、いわなくてもわかってくれないか、という目でわたしを見る。わからない。まったくもってわからない。ほかに方法がないって、なんの？　すると、ミスター・ノは深く息をすってからいった。「たいへん残念だが、レイチェル、きみをガールズ・フォーエヴァーのメンバーにしておくことはできなくなった」

27

頭が真っ白になる。

ミスター・ノの口から発せられた言葉がうまく処理できない。

わたしは、知らない言語をしゃべってる人みたいにミスター・ノを見つめた。わずかに理解できた単語から意味を推測する。

メンバーじゃない？

「わたし……えっ……」それ以上、言葉が出てこない。

「どういう意味ですか？」オンマがかわりにたずねた。厳しい声だ。「娘はグループ脱退ということですか？」オンマがいてくれてよかったと思うけど、こんなヒサンな場に立ち合わせてしまって申し訳ない気持ちもある。オンマはわたしの夢のためにあらゆる犠牲を払ってくれたのに、それがこんな形で……おわっちゃうの？

オンマは、揺るがない視線でミスター・ノを見つめている。ミスター・ノが、オンマと目を合わせる。なにもいわないけれど、表情からオンマの質問にイエスと答えているのがわかる。わたしは、グループを脱退させられた。

「こんなことになって残念に思っている。だがほかに方法がない」ミスター・ノがいう。「もちろん、事務所には残留してもらいたい。ＤＢとの契約はまだ4年残っているし……」

ありえない。どうやって信じればいいの。イスのレザーの感触はわかるし、役員室の照明がマホガニーのテーブルに当たっているのも見えているのに、おかしな夢を見ているみたい。っていうか、悪夢。笑うところなのか、泣くところなのかもわからない。たぶん、いまわたしは笑いながら泣いている。ヘンな嗚咽《おえつ》みたいな声が出て、幹部のひとりが目をそらした。

現実なんだ。わたしはもう、ガールズ・フォーエヴァーのメンバーじゃない。脳がやっと状況を理解すると、今度は「どうして」という問いでいっぱいになった。

ふいに、カン・ジナの顔が頭に浮かんでくる。エレクトリック・フラワーのカン・ジナは人気絶頂でグループを脱退させられた。焼酎《ソジュ》でべろんべろんになってヤケになっていたカン・ジナの姿を思い出す。ＤＢはわたしたちのことなんかいざとなったら切り捨てる。そういっていた。

カン・ジナのいうとおりだった。

アレックスのせい？　カン・ジナはカレシの存在がバレて辞めさせられたといっていた。だけどウンジは、関係を正式に認めさせられただけだった。スポンサーを失ってメディアに騒がれたことで、じゅうぶん制裁を受けたと判断されたらしい。ひとによって対応が違うのはどうして？　6年間、わたしはＤＢにすべてを捧げてきた。休日も誕生日も関係なく、睡眠1時間でも、一度なんか39度の熱があってもコンサートに出てパフォーマンスしてきた。それなのにこの仕打ちって……。6年間、ＤＢとわたしは一心同体だと思ってやってきた。それがいまになって、あっさりポイって？

ティッシュの箱がテーブルをこちらにすべってきた。顔をあげると、ミスター・ハンが後悔と嫌悪の表情でわたしを見ている。自分の飼いネコがくわえてもってきた鳥の死骸を見るみたいに。その目にあわれみを見つけて、やっとたずねる勇気が出てきた。「どうしてこんなことになったのかくらい、教えていただけませんか？」

「理由は、グループのメンバーたちだ」ミスター・ノがいう。

えっ……？

てっきりアレックスとの写真を見せられると思って覚悟していた。ＤＢの恋愛禁止の規則を突きつけられるって。またしても、理解が追いつかない。グループのメンバー？

「メンバーがどう関係があるというのです？」オンマが、わたしの頭に渦巻いていた問いを言葉にしてくれる。

ミスター・ノがミスター・ハンにむかってうなずく。自分のかわりに最悪の部分を伝える役目をしろという意味らしい。ミスター・ハンが顔をしかめる。会話の行方を決める責任などとりたくない、というふうに。だけどこの部屋にいる全員がそうだけど、ミスター・ノがこうと決めたら従う以外ない。

ミスター・ハンがため息をついて口をひらいた。「昨晩、ガールズ・フォーエヴァーのメンバー８人が話があるといってやって来た。きみのブランドの話に不意打ちをくらったといって、その……ＬＡのコンサートに、きみが同行するなら行かない、とね」ミスター・ハンが言い訳するような顔をして肩を落とす。「わるいが、レイチェル、ほかのメンバーがきみと一緒にステージに立たないといっている以上、きみにグループでの居場所を見つけることはできない」

お腹にパンチを食らって息ができなくなったみたいな感じだ。涙があふれてきて、自分がイヤになる。幹部たちの前で泣きたくない。いまはまだ。だけど、どうリアクションしていいか、わからない。

究極の選択をさせようとしてできなかったから、わたしに隠してDBと取引をしたってわけ。DBがN&Gを干したのと、おなじやり口だ。わたしがなにも知らずにリハーサルをしているそばで、こっそり動いていたなんて。

あんな選択を強《し》いてきたのは、わたしにファッションの仕事をあきらめさせるためのただの脅しだと思っていた。本気でグループを脱退させようとしてるとは思ってなかった。ずっといいふうに解釈しようとしてきた。アレックスにも、リアにも、自分にも、いいように説明してきた。こうなってみると、自分がありえない世間知らずだったのか、心の底ではわかっていたのに認めたくなかったのか、わからない。

だけど、ここまでとは思ってなかった。こんなひどい話、きいたことがない。残酷すぎる。

わたしはこぶしを握りしめた。爪が手のひらに食いこむ。感情を——痛みも悲しみも怒りも——心のすみに追いやって、サバイバルモードに切りかえる。勝負服のブレザーのしわをのばして、オンマのほうを見て力を借りる。

「はっきりいっておくが、レイチェル」ミスター・ノの声に、ほんのかすかな不安が感じられる。

「わたしたちはわるいようにはしない。きみの世間に対するイメージはしっかり守る。きみはまだ

DBファミリーの一員なのだから」

それね。ファミリーって言葉がみょうに気にさわる。わたしはガールズ・フォーエヴァーのメンバーを姉妹と呼んできた。ちょっとした嫉妬やケンカはしても、まさかこんなふうに裏をかかれるとは思ってもみなかった。まだとても消化しきれないし、ハッキリ認識してしまったらそれこそショックで立ち直れなくなりそうだ。

この部屋に入ってきたときのミスター・ノの表情から、本意ではないのは見てとれた。こんなことはしたくないけどするしかない、と思っているのはわかる。なんとかわたしを言葉で安心させようとしているんだろうけど、薄っぺらくきこえる。

ミスター・ノが革のフォルダーをパタンと閉じた。だれでも知っている、話し合いはおわり、の合図だ。ほかの幹部たちが決まりわるそうに立ちあがりはじめたけど、ミスター・ノがまた口をひらいたので、すぐにすわった。「そして明日には、レイチェル、きみたち……いや、ガールズ・フォーエヴァーは、LAに出発だ。きみは体調不良で自宅待機ということにする。あとはこちらで処理しておく」それだけいうと、ミスター・ノは立ちあがって役員室を出ていった。すぐにほかの幹部たちもあとにつづく。

そういうこと。

LAコンサートは消えた。

ガールズ・フォーエヴァーも。

K-POPアイドルとしての、わたしのキャリアがおわった。

9月30日。

ほんとうならＬＡに出発するはずの日。

それが、わたしがグループを脱退させられてむかえる第1日目になってしまった。

漢江《ハンガン》の上に朝日が顔を出したとき、オンマ、アッパ、リア、わたしはそろってリビングに集まって、わたしが手にしているスマホを見つめていた。オンマとわたしは、アッパとリアにぜんぶ話した。話した側ときいた側、どっちが大きいかわからないショックを受けていた。

「体調不良って投稿すべき？」わたしはいった。

ミスター・ノからは、ＬＡのコンサートに出ないのを体調のせいにするようにいわれている。コンサートの興行主には9人の出演を約束しているから、わたしが正当な理由もなく欠席したらマズいことになるはずだ。だけど、真実とはほど遠いことを堂々というなんて、ほんとにしていいわけ？

頼むから教えてって目で訴えながら、家族の顔を見まわす。ひと晩じゅうリビングで話をしていた。なのにまだ、どうすればいいかわからない。刻一刻と、メンバーの出発時間が近づいてくる。決断しなくちゃ。

「とりあえず病気だといっておけばいいんじゃないかな」アッパがおだやかにいう。「レイチェル、少し休んだほうがいい。メディアの注目を集めないには、それがいちばんかんたんな言い訳だ。調子がよくないのは事実だしな」いまのわたしの心の状態が半分でもおもてに出ているとすれば、まちがいなくそうとう調子がよくないように見えるはず。もちろんアッパはいつも、なによりもわたしの健康を第一に考えてくれるから。

「どうかなあ、アッパ」リアが眉をよせる。「もしかしたらオンニにもっとよけいな注目を集めちゃうかも。メディアは、オンニが〈レイチェルＫ〉のことで疲れがたまってるみたいに話をつくるかも。Ｋ‐ＰＯＰに時間を割いてられなくなった、みたいに」

リアはさすがにＫ‐ＰＯＰの世界をよく理解している。アッパを頭から否定しないでちゃんと意見をいうあたり、大人になったなーと改めて感じた。

「いまでも理解できないのは、メンバーが究極の選択を強いてきたことだよ」画面にうつっているアレックスがいう。きのうの夜、ビデオ通話をかけて、家族の話し合いに参加してもらった。アレックスもひと晩じゅう、ＤＢはそんな脅しに負けずにもっとしっかりすべきだと非難していた。

「ぼくが幹部だったら、メンバーにこういうけどね。『そうか、とにかく明日はＬＡに出発する。空港に来るなら、それでいい。やるべき仕事をしたままでだ。もし空港にあらわれなかったら、自分でファンにコンサートを欠席する理由を説明すればいい』ってね。そういうふうに返事をしていれば、メンバーだってなにもいえなくなるはずだよ」

いつも冷静で平和主義のボーイフレンド（いまさらこの言葉を避けても意味がない）がこんなに興奮しているのをみるのは、ヘンな感じだ。こんなに若くして成功したのは、やっぱりビジネスの勘があるからなんだなと改めて思った。

わたしは窓の外に目をやった。朝日がのぼってくる。そろそろガールズ・フォーエヴァーのメンバーが仁川国際空港に到着するはずだ。〃＋エヴァー〃たちとメディアがわたしがいないのに気づくのは、時間の問題。それまでになにかしら投稿しなかったら、ＤＢが勝手にコメントを出してしまう。そうなったら、受け入れるしかなくなる。

考えただけで吐きそう。わたしが「過労による体調不良」でガールズ・フォーエヴァーのイベントを欠席だなんて記事を読んだら、ファンたちはどう思うだろう？　多忙でＫ－ＰＯＰに、つまりはファンに時間を割けない、って感じる？　ファンを失望させると思っただけで、メンバーに裏切られたことより辛くなる。そんなことはできない。ムリ。

だけど、じゃあどうすればいい？

「レイチェル、真実を話しなさい」オンマがいう。わたしのうしろのひじ掛けイスに黙ったまますわっていた。オンマはほとんど、わたしの仕事には口をはさんでこない。応援してくれるのはわかっているけど、練習生時代から、Ｋ－ＰＯＰの世界には注意するようにといっていた。わたしが夢をかなえたのを誇りに思ってくれているけど、もっとラクな道を進んでくれたらと願っているのもわかる。ＤＢに呼びだされてから、心のどこかでオンマに、だからいったでしょうっていわれるのを待っていた。でも、オンマはそんなことはいわない。わたしは振り返ってオンマを見つめた。

もう一度、オンマの強さを借りたい。「真実を話すべきよ。ひとにいわれたようにではなく、自分がいいたいことをいいなさい」

「ただ、これ以上騒ぎを起こしたくないの」わたしはソファの背にもたれた。それが正直な気持ちだ。ＤＢとメンバーにはいろんな仕打ちを受けたけど、復讐なんて望んでない。「おとなしくいわれたようにしたほうがいいのかも」声がか細くて弱々しい。手のつけ根を目に押しつけた。もうクタクタ。一睡もしてないからじゃない。骨の奥からくるみたいな疲れ。やっぱり黙っておわりにしたほうがいいのかも。

「いや、ダメだダメだ」アッパが声をあげた。「自分が望んでそうするならかまわない。自分が体調不良のせいにしたいなら。だが、いいなりにならなくちゃいけないと感じているならダメだ。いつもいっているだろう？　パンチから逃げても戦いはやめるな、ってね」

「だけど、ほんとうのことを話して、ＤＢが見逃してくれるはずないよ。公然とたてついたりしたら……」

そのさきはいわなくてもみんなわかってる。

事務所を追いだされて、ＤＢの力を借りずにひとりでやっていける？

Ｎ＆Ｇは事務所をやめてからテレビに出演できなくなった。

いま真実をしゃべることを選んだだけで、将来のチャンスをすべて失ってもいいの？

「どう決断しようとも、レイチェル、ぼくたちはきみの味方だ」アレックスがいう。「きみなら乗り切れる。自分で道を切りひらいていけるさ」

「それな」リアがうなずく。思わずクスッと笑って、自分でビックリした。

「アレックスのいうとおりよ」オンマもいう。「人生最高のときは、過去ではないの。これからなのよ。わたしの娘だもの、どんな試練だって乗り越えていける」

深呼吸をして、みんなの言葉をかみしめる。「ありがとう。みんな、ありがとう」

「考えをまとめるためにいくつか選択肢がほしい？」アレックスがやさしくきく。

わたしは首を横に振った。「だいじょうぶ。やるべきことはわかってる」からだに染みついた事なかれ主義に反するけど、心の奥でどうするのが正しいか、ちゃんとわかっている。

アレックスにバイバイしてから、わたしはインスタをひらいて、投稿を作成しはじめた。オンマがいまいったように、真実を書いた。少なくとも、いっても安全だと思う範囲で。「愛する〝十エヴァー〟の皆さん、悲しいお知らせがあります。ガールズ・フォーエヴァーはわたしにとって最もたいせつで、心から愛するグループでした。だけどいま、納得できかねる理由で、わたしは……」

涙がこぼれてきて、必死で落ち着こうとする。ファンのためだ、ファンは真実を知る権利がある。打ちおえると、スマホをおいた。さあ、これから世の中がドッカーンとなる。わたしの心のなかみたいに。

28

72時間がたった。72週みたいな気がするけど。時間なんてもう意味がなくなった。わたしは何時間も家のなかでゴロゴロしているだけ。のびきったスエットをはいて、シャワーも浴びずに髪をてきとうにひとまとめにして、勝手な憶測を書きたてるタブロイド紙やらうわさ話やらをひたすらムシ。オンマもアッパも最初は理解を示してくれたけど、だんだんシャワーくらい浴びろってうるさくなってきた。

グループ脱退のことをインスタに投稿してから、炎上しっぱなしだ。最初のうち、ファンはわたしのアカウントが乗っとられたと思ったらしい。ＤＢがそんなことをするわけないって。だけどわたしが空港にあらわれないことで、事実だと気づいた。

それからはもう大騒ぎ。ＤＢは、わたしがＫ－ＰＯＰをやめてファッションに専念することに決めたというコメントを出した。ファミリーがきいてあきれる。しゃあしゃあとウソをつかれて傷ついたけど、正直、驚きはしなかった。わたしは反論したけど、勝手な憶測はとまらない。アレックスの名前までメディアに引きずりだされて、わたしがグループを去った原因をつくったことにされた。わたしはアレックスに、香港から出ないでほしいと頼んだ。ほんとうはいますぐにでも会いたかったけど。

「その手の記事は読まなければいい」アレックスは、またあることないこと書かれたって訴えるといった。「ひとつもいいことないから」

たしかに。読むのはやめるべき。

だけど、やめられない。

そのあとも毎日、何時間もニュースを読んだ。DBの株価が暴落っていうビジネス情報サイトの記事から（これにはちょっとだけ満足を覚えた）、ファンの掲示板のコメントまで。わたしの味方をして擁護してくれるファンにはうるっとしたけど、こんな騒ぎを起こしたことを責めている人もいた。

なんで読んじゃうんだろうとは思う。読めば読むほど落ちこむってわかってるのに。だけど、やめられない。

どん底のレベルを更新したのは、グループを脱退して10日くらいしたころ、DBからあたらしいグループ内ユニットの結成が発表されたとき。LM。リジーとミナだ。2か月後くらいに始動だけど、アルバムのトラックリストはもう発表になっている。シングルカットされる曲は、『ブライター・イン・ザ・ダーク』。闇のなかで輝く。ミナといっしょにわたしが作詞した曲。ほかの曲も、見覚えのあるものばかり。わたしが青いノートに歌詞を書いた曲ばかりだ。

ぜんぶ。ひとつ残らず。

あの夜、ジュンがジンのことで泣きながらうっかりノートにマニキュアをこぼしたんだと思っていたけど、いまにして思うと、ジュンはページを破ってミナとリジーにわたしたんだろう。証拠はないけど。だれがバレンシアガをとったのかとか、だれがアレックスのことをマスコミにしゃべったのかとかとおなじように、確かめる方法はない。知ったところでなんになる？

しかも、契約期間中のアーティストがつくった音楽の著作権はＤＢにある。だからいくらわたしが書いた歌でも、ＤＢは好きに使っていいってことになる。

そしてＬＭにうたわせてもいい。

またＳＮＳに投稿する？　だれが信じてくれる？

こうして２週間がたった。


「あたしだったらスマホは見ない。少なくともひと月くらい。もしかしたら永遠に」部屋のドアのむこうから声がきこえてきた。ずいぶん長いこと、きいてなかった声。顔をあげて、ショックでスマホを落っことした。

まさか会えるとは思ってなかった。よりによってこんなときに……。マスダ・アカリ、練習生時代の親友で、ＤＢでいちばんの仲よしだった。だけど事務所を移籍して、アカリがいちばんわたしを必要としてるとき、わたしはぜんぜんそばにいてあげなかった。なのにどうしてか、わたしが友だちを必要としているとき、アカリは魔法みたいにあらわれてくれた。

「アカリ？」

「リアがあたらしい住所を連絡してきてくれて。いまお母さんに、煮こんでる最中のスンドゥブチゲの味見させてもらっちゃった。めちゃくちゃおいしかったよ」アカリはさっさと部屋に入ってきて、昔みたいにベッドの上にすわった。何千回としてきたみたいに。このあたらしい家ではじめてだし、この6年まったく口をきいてないのに、昔とまったくかわらない。ただし、顔はぜんぜん違う。大人っぽくて自信に満ちあふれてる。

なつかしさで胸が熱くなる。数えきれないくらい、わたしたちはこうやって過ごしてきた。ベッドに並んですわって、YouTubeを見たり、練習中の失敗を思いだして笑い転げたり。

「そっか」わたしはぼんやり答えた。オンマはこの2週間、めちゃくちゃ料理をしているけど、わたしはほとんど食べる気になれない。スエットでゴロゴロしてはネットばかりチェックして過ごしてたから、アカリのペースに追いつけない。そもそもアカリはなんでここにいるの？

アカリが自分から答えてくれた。「で？　なんなの、あのスキャンダル。どうせへこんでるんだろうと思って来てみた」

「アカリ、わたしたち、あんなことになっちゃって……」

アカリがわたしの目を見て、首をちょっとかしげる。アイメイクがキラキラしてる。「レイチェル、あたし、責めるために来たんじゃないから。もちろん、ヒドい友だちだとは思ったけどね」謝ろうとしたら、アカリがさらにいった。「あたしが来たのは、気持ちがわかるからだよ」

「ありがとう」

「DBで練習生やってたときからずっとキツかった。移籍させられたあとは、もっとヒドくなった。ティーン・バレンタインとしてデビューが決まったけど、最後の最後に外されたし。で、いわれるがままに整形手術受けて、やっとデビューできることになった。でも、それでおわりじゃなかった」

「えっ……知らなかった」

　抱きしめたい衝動にかられる。だけどいまはまだ。「それでどうしたの？」

「整形手術がおわったら、おかしなトラウマにおそわれた。そういうのって、実はけっこうあるんだって。わりと軽めの整形でも。あたしの場合、鏡を見ても何か月も自分だって認識できなくて、なんだか……なんだか、自分の一部が切りはなされたみたいな気がした。自分自身が減っちゃったみたいな。完全じゃないみたいな気がしてた。ティーン・バレンタインでデビューしてずっといそがしかったけど、どうにもならなかった。だってそういうのはぜんぶ、あたらしいアカリの生活だから。ほんとうの自分を、前の自分を思い出すものも残ってなかったし。レイチェルもいなかったし」

「ああ、アカリ……」泣いちゃいけない。アカリの話をちゃんときかなくちゃ。アカリのために強くならなくちゃ。「そばにいたかった。なんにも知らなかったなんて。友だちなのに、わたしなんにもできなかった」言葉にするのもつらい。

「たいへんだったんだね。わたしもアカリを傷つけたし。もどれるものならあのときにもどってやり直したい」わたしはうなだれた。後悔してもしきれない。自覚するのはつらいけど、やっと口にできて少し心が軽くなった。「ずっとそばにいられたらよかったのに」

　アカリが咳払いをする。「うん、でもいいんだ。ホントに。謝ってほしくて来たんじゃないから。もう立ち直ったし。プロの助けは借りたけどね」アカリは髪を耳にかけて、わたしの目を見ていった。

Ｋ－ＰＯＰの世界では、精神科の話をすることはまだタブーだ。ちゃんと必要な助けを求めたアカリの勇気を思うと、誇らしい。

「しかも、うちのグループのあたらしいアルバム、初動がめちゃくちゃいいんだよね」アカリは目がまだうるんでるけど、背筋をシャキッとして、笑ってみせた。なつかしいアカリの笑顔だ。「正直いうと、その自慢をしに来たんだ！」そういって、ふざけて指を鳴らす。

わたしは笑った。「うん、すごいよ。よかった！　お祝いするのにこんなボロボロな状態でわるいけど……」

「レイチェル、わかってないねー。そこだよ。あたしはどん底を知ってるから。あたしは業界に対して怒りをもってた。裏切られたと思ってた。二度とだれも信用できないと思ってた。だれもほんとうのあたしなんか愛してくれないように感じてたから。だけどね、ちゃんとまた前をむけるようになるんだよ。あたしがその生きる証拠。人生、どんどんよくなってくるから」

わたしはニッコリした。友だちが誇らしい。わたしもそうなれるって思えたらいいのに。「たぶんそれはアカリだからだよ。みんながそうできるとは限らない」

「まあね。あたしくらいのレベルになるとねー」アカリがふざけて胸をはる。「だけどハッキリいえるよ。レイチェルみたいな凡人でも、ぜったいに前をむける。だって、そういうものだもん。最大の恐怖に面とむかえば、急に解放されるんだよ。そこさえ切り抜ければ、もうこわいものなんかない。あたしはいま、あたらしい自分を愛せるようになった。昔とはちがって、自由だって感じる。

練習生時代、あたしはいつもレイチェルの陰にいたけど、二度とそのころには戻るつもりはない」

ふたりして笑った。2週間ぶりに、かすかな光が暗い心にさしてきたのを感じた。これが希望の光なのかも。アカリはすっかり変わった。だけどそれは外見のせいじゃない。成熟したせい。自信のせい。自由のせい。

「ありがとう」わたしはささやいた。「話してくれて、ありがとう」

そのとき電話が鳴って、ふたりして飛びあがった。最近は電話で人と話すことなんかほとんどなかったから。かけたきた人を確認して、わたしはビックリした。

「カーリー・マットソンだ」

「マジで？　なんの用？」

「わかんない」そう答えて、心が沈んだ。きっと、内心ずっとおそれていたことだ。ディシプリンはもうわたしと仕事しない、っていわれるんだ。こんなことになったんだから、当たり前だ。

「いいからはやく出なよ。どっちにしてもあたし、帰らなきゃだし。会えてよかった」アカリは軽くハグしてきた。これからのふたりの明るい未来を感じさせるハグだ。

「もしもし？　もしもし？　カーリー！　カーリー？」わたしはちょっと息切れしながらあせって電話に出た。

カーリーが笑う。「はい、そうよ」

「お電話うれしいです」まちがいなくちょっとはしゃぎすぎだ。深呼吸をして、わるいニュースを覚悟する。

「話はきいたわ。どうしているかと思って連絡してみたの」

「はい……かなりキツかったですけど……でも、だいじょうぶです。またがんばろうって思えるようになりました」本心だ。人生はつづいていくし、わたしのことを理解して愛してくれる人がまわりにいるだけでラッキーだって思えてきた。

「ほんとうに？　それはよかったわ。なにしろ、ディシプリンのプロモーションをしてもらわなければいけないし」

「えっ？」声がひっくり返る。「もうなくなったと思ってました。だって……」だって、オファーしてくれたときと、すっかり立場がかわっちゃったから。

「まさか。その件で電話をしたのよ。こちらがすっかり乗り気のままだってわかっているか、確認したくて。レイチェル、わたしたちは、あなたがどこのグループにいるはどうでもよくて、あなただからいっしょに仕事がしたいの」カーリーがキッパリいう。「わたしだって、タブロイド紙にはさんざん書かれてきたわ。一度や二度じゃない。あなたにはもう確固たるキャリアがある。〈レイチェルK〉はこのところますます売れているでしょう！」

ありえないと思ったけど、ほんとうだった。スキャンダルのせいで〈レイチェルK〉もダメになっちゃったと思ってたけど、逆に宣伝になったくらいで、もともとのファン以外にも知ってもらえた。取り扱いたいという百貨店からの連絡がどんどん来て、つぎのシーズンにはアイウェアもやらないかという話もでていた。

「はい。霧のなかにも光がさすものですね」

「霧はかならず晴れるわ。いつまでもつづかない。断言する」

アカリがいっていたのとおなじだ。そして、どん底にいるからこそ知ることができた。人生でたいせつな人はだれか、おかげでよくわかった。ありのままの自分を見てくれる人だ。

「信じます」口元に笑みが浮かんできた。

「そうよ。それでいいの。ううん、よくない。本題をまだ話してなかったわ。さっきもいったけど、ディシプリンはこれからも〈レイチェルK〉と組んでいきたいの。イベントでソロのライブを企画したいと思っているんだけど、どう思う？」

どう思う？　撮影で失敗しちゃったし、ガールズ・フォーエヴァーを脱退させられたし……カーリーがどんなにやさしい言葉をかけてくれても、正直まだ信じられない。

「でも……どうして？」

「そうね、ひとつには、冬のキャンペーンが大好評だってことがあるわね」

「えっ？」スキャンダルのせいでディシプリンのキャンペーンもきっとうまくいってないとばかり思って、チェックしてなかった。

あわててパソコンをひらいて、ディシプリンのキャンペーンのページを出してみる。スクロールしながら、目を見ひらいた。スキー場のスロープで撮った写真はほとんどつかわれていない。コテージのなかで撮った写真ばかりだ。日差しが窓からふりそそぐなかで、カーリーとわたしが古い友だちみたいに笑いあっている。失敗したあとだからこそ、生まれた雰囲気だ。あのときは失うものがないと思ったら、リラックスできた。

だけど、ソロでうたったことは一度もない。

ガールズ・フォーエヴァーのコンサートで何度かソロでうたったことはあるけど、ひとりで最初から最後までイベントに出るなんて一度もない。頭がぐるぐるしてきた。

ファンがインターネットでわたしを擁護してくれるのと、わざわざイベントに来てくれるのとはまたべつの話だ。そもそも、ガールズ・フォーエヴァーに対する裏切りみたいに思うファンもいるかもしれない。それにDBはどう思うだろう？

「わたし……ちょっと落ち着いて考えてみます」正直に答えた。

「もちろんよ。好きなだけ考えてちょうだい。だけどね、レイチェル？」

「はい？」

「考えすぎないように」

「どういう意味ですか？」

「このフレーズ、きいたことあるかしら？　『ここに来たからからってあそこには行けない』って。これまでのやり方でこの先ずっとうまくいくとは限らない、ってことよ。いままではガールズ・フォーエヴァーのメンバーとしてめざましい活躍をしてきた。だけど、実績があるからってそれが外の世界で通用するわけじゃない。いままでどおりのことをしていたら、おなじ結果しか生まない。あたらしいことを試してみてはじめて、あたらしいものを生みだせるの。わかるかしら？」

なんだか、グループを脱退させられたことには意味があるように思えてきた。受け入れるのはキツいけど、スイスにいるときに電話でオンマにいわれたこととおなじかもしれない。頭じゃなくて、心でわかるようにならなくちゃいけないのかも。前のレイチェルは、なにもかも細かく計画を立てて行動していた。みんなをよろこばせることばかり考えていた。

そしていまのわたしがいる。

「レイチェル？」

「はい……はい！　わかると思います。ここに来たからってあそこには行けない。はい」

「そうよ。決心したら連絡をちょうだい」

そして、電話が切れた。ツーツーという音をききながら、わたしは考えていた。これからのすべてがわたしの手のなかにある。わたしはずっと、いらないことばかり考えていたのかもしれない。みんなはどう思うだろうとか、ＤＢはなんていうだろうとか。でもちがう。

たぶん考えるべきは、自分がどう感じるか？　だ。

29

仁川国際空港に着いたアレックスは、隠れもせずに待っているわたしを見てビックリしていた。カメラのフラッシュがパシャパシャたかれるなか、わたしはかけよって抱きついた。

「レイチェル！」アレックスがあせって声をあげる。そして耳元でいった。「パパラッチだらけだ」

わたしも耳打ちをした。「わかってる。かまわないよ。アレックスとわたしなら世界を相手にしてもだいじょうぶ、でしょ？」

アレックスがわたしを引きよせて、顔を見つめる。そして、笑いだした。わたしもくすくす笑う。それからわたしたちは、フラッシュと歓声のなか、しっかり抱き合ってキスをした。

「あ、そうそう」わたしはくちびるをはなして、アレックスにいった。「愛してるよ、アレックス・チョン」

アレックスは一瞬かたまって目を見ひらいていた。それから、めちゃくちゃカッコわるくこぶしを突きあげた。

わたしはまた、アレックスにキスをした。

まわりに人だかりができていて、めちゃくちゃはやしたてている。きっと1時間後には、写真が出まわっているだろう。スポンサーにつこうと思っていたけどやめる企業だってあるだろう。ファンをやめる人もいるだろう。

リスクがあっても、ぜんぶ受け入れよう。

だって、ほんとうのわたしを嫌う人がいても、そのぶん好きになってくれる人がきっといるから。

古いドアが閉じても、べつのドアをあければいい。

しかも、アカリがいってたように、最悪の恐怖と面とむかってやっと、そこから解放される。

いいたい人にはいわせておけばいい。わたしはもう、恐怖になんか負けない。

ここまで来たからってあそこには行けない。

わたしはアレックスの手をとった。「行こう。うちに帰ろう」そしてわたしたちは並んで、人々のあいだを笑いながら手を振って、堂々と歩いていった。

未来になにが待っているかはわからないけど、きっと輝いているはず。

つぎの日の朝、真っ先にスマホを手にとった。

「もしもし、カーリー？　レイチェルです」深呼吸をひとつ。だいじょうぶ、さあ。「イベントのことですけど。やります。よろしくお願いします」

ガールズ・フォーエヴァーじゃないわたしってだれ？

脱退しても、ファンは来てくれる？

ここ4か月、頭のなかでそんな問いばかりがぐるぐるまわっていた。正直、答えはわからない。

いまはまだ。その答えを見つけるために、ここに来た。

ディシプリンとの提携イベントの日。わたしは控え室にすわって、はじめてのソロパフォーマンスの出番を待っている。大好きなＫ－ＰＯＰのレジェンド、チュン・ユナの定番バラードを何曲かカバーしてから、サイン会をして、撮影にうつる予定だ。

撮影には、ディシプリンのスニーカーにわたしのブランドのバッグを合わせてキャンペーンを打つ。オリーは、そのうちスポーツバッグをコラボしようといってくれているけど、今日のところはマルチカラーのペイントがデザインされたスニーカーに、ディシプリンのためにとくべつにデザインしたバッグをもつ。〝ニュー・レイチェル〟と呼んでるバッグだ。小さい持ち手のついたミニバッグで、無限大のシンボルが刻印されている。

カーリーもいっていたように、人生はつづいていく。アッパがいっていたように、パンチはよけても試合はつづけなくちゃいけない。

心臓がバクバクしているし、手のひらにじっとり汗をかいている。マスカラがにじんでないか、リップがよれてないか、確認する。衣装に合わせた黒いキラキラのカチューシャをした。

ドアをノックする音がして、セキュリティが顔を出す。「キムさん、出番です」

深呼吸をして立ちあがる。

ひとつだけ、カーリーに返事をしたあとで心に決めたことがある。今日の観客がどうであれ、全力でパフォーマンスをする。ひとりしかいなくても、その人にサイコーの経験をしてもらう。これだけいろいろあっても応援してくれるなら、わたしは10倍にして愛を返す。今日も、これからもずっと。

セキュリティのあとについて、ステージへと歩いていく。いったん立ちどまって、手を胸に当てた。ドキドキで爆発しそう。だけど、不安だけじゃない。興奮だ。

ああ、この感じ。

ステージの下の装置の上にのる。ポップアップで登場する予定だ。もう一回、深呼吸。装置を操作するスタッフがカウントダウンをはじめる。
３、２、１！
ステージの床がわかれて、ライトがあふれてきた。

そして、装置があがりはじめた。

登場するなり、割れんばかりの拍手と歓声につつまれた。スポットライトがまぶしい。一瞬、夢なんじゃないかと思ったけど、ちがう。現実だ。

ものすごい数の観客だ。みんな、声援を送ってくれている。オリジナルのTシャツや光るカチューシャをしているファンの姿も見える。

カチューシャには、RACHELの文字があった。

「レイチェル！　大好き！　会いたかった！」

うれしくて、ありがたくて、涙があふれてきた。

デビューして１年後、ファンに、おかげで人生がかわったといわれて泣いたことを思い出す。あのころの気持ちは、いまもかわっていない。

永遠につづくものってあるものだ。

ファンはわたしの人生をかえてくれた。

わたしは涙をこらえて、音楽に合わせて前に進みでた。心の底から、笑みがあふれてくる。ほんものの笑顔だ。

エピローグ

「これ、どこに飾るのがいいと思う？」

アレックスがフレームに入った絵をかかげる。冠《かんむり》をかぶった妖精ふたりがサッカーをしながら火を噴いている意味不明なイラストだ。

えーっと、どこにも飾らない？　そう答えたかったけど、がまんする。

「いとこたちがわざわざシアトルから送ってくれたんだ」アレックスが自慢する。あ、そういうことね。「ノラとジェレミーのオリジナル作品だ。フレームは自分で買った。だけどサインがほんものか、まだ認証してないけどね」アレックスが、すみっこにあるなぐり書きみたいな名前を指さす。

「そうだね、最近じゃ、小学校でもニセモノが横行してるらしいから」わたしは大マジメにいった。

アレックスがニヤッとする。わたしはつづけていった。「本棚の上だね。でーんと真ん中に」

「了解」

春のはじまりで、わたしはアレックスの引っ越しを手伝っていた。しばらくリモートワークを試してみて、韓国にオフィスをうつすことが可能だと分かったので、正式にソウルに引っ越してきた。最近わたしは、アレックスの引っ越しと自分のあたらしい仕事のルーティーンを確立するのでいそがしくしている。

〈レイチェルＫ〉は国際的なブランドに発展したし、作詞を再開してそのうちソロアルバムを出したいと思っている。ただし、歌詞を書こうと思うと、破れたノートのことを思い出してなかなか進まない。だけど、かまわない。あせってもしょうがない、って自分にいいきかせている。それ以外にクリエイティブな活動といえば、リアへのプレゼントとしてスクラップブックをせっせとつくっている。

セイ・ゴー！はシングルが３回目のチャート１位のヒットを記録したから、なにかしらお祝いをしたい。もちろんメンバーといっしょにお祝いするだろうし、ＤＢもパーティを計画してるだろう。デビューした年に３回も１位をとるなんて、かなりの偉業だ。だけどわたしはリアには、メンバーやＤＢにばかり頼るようになってほしくない。なんたってリアもわたしも、そんなの一瞬にしてなくなるかもしれないって知ってるから。

スクラップブックにはる写真を選ぶためにコンピュータをスクロールしている横で、アレックスは本棚の整理をしながら、エルサになりきって「レット・イット・ゴー」の鼻歌をうたっている。この部屋でヒエリとジュヒョンといっしょに映画鑑賞会をしてから、頭にこびりついちゃったらしい。引っ越してきたばかりだけど、もうこの部屋はしっくりきてる。自宅とここの往復生活も、すっかりなじんできた。

ガールズ・フォーエヴァーのコンサートの写真が出てきて、わたしはスクロールの手をとめた。すごくたくさんある。きっとほかのだれよりも、ミナ、リジー、ウンジ、アリ、スーミン、ジュン、ヨンウン、ソニとの写真がたくさんあるだろうな。もう９人で写真を撮ることもないだろうと思うと、ヘンな感じがする。わたしはこみあげてきたものをぐっとのみこんだ。

DBをやめさせられてから、メンバーとは一度も連絡をとってない。メンバーのことを考えるとまだ胸がチクチク痛むけど、だんだん痛みは小さくなってきた。やっと、霧はいつか晴れるっていうカーリーの言葉を信じられるようになってきた。オンマもいっていたように、人生でいちばんいいときはこれからだ。過去じゃない。いまは前に進むだけ。

コンサートの写真をいくつかクリックして、なつかしくながめた。いちばん好きなのは、観客がうつっている写真だ。動画じゃないのに、ファンの熱気が伝わってくる。光るレイチェルのカチューシャをしているファンも見えて、わたしはニッコリした。

前からファンには感謝していたけど、いろいろあったあととなっては、ますます感謝は深まるばかりだ。いちばんつらいときに支えてくれた。インスピレーションをくれた。わたしもお返しできてるといいけれど。

スマホがピンと鳴って、メールが来た。画面を見ると、知らないアドレス。

すぐにメールを削除したけど、背筋がぞくっとした。不安におそわれないなんてムリ。脅しの言葉が書かれたメールはしょっちゅう来る。だれが送ってきてるかは知らないけど、受信するたびに、これからだってそうかんたんにはいかないってことを思い知らされる。

わたしはまたパソコンの画面に目をもどして、ファンの写真をながめて、自分をとりもどした。だいじょうぶ。アレックスのリビングの大きな窓に視線をうつす。明るい日差しが差しこんできて、部屋のなかを明るく照らしている。暗闇を照らしてくれるファンみたいだ。わたしがステージに立つ理由は、そもそもそこにある。前に進む勇気をくれるのはファンだ。それだけを考えていればいい。進む道はきっとある。

ふいに、稲妻《いなずま》みたいに作詞のインスピレーションがおりてきた。急いでペンをもって、テーブルの上に散らばっていた紙に書きとめる。

タイトルは、『ゴールデン・スカイ』。

ファンへのトリビュートソングだ。どんな星より明るく輝いている。

これは、あなたへ捧げる歌。

Bright《ブライト》

2022年9月20日　初版印刷
2022年9月30日　初版発行

著　者　ジェシカ・チョン
訳　者　代田亜香子

発行者　小野寺優
発行所　株式会社河出書房新社
〒151-0051　東京都渋谷区千駄ヶ谷2-32-2
電話　03-3404-1201（営業）
03-3404-8611（編集）
https://www.kawade.co.jp/

装　幀　松永規愛（ロフトウェイズ）
本文デザイン　水上英子
本文組版　株式会社キャップス
印刷・製本　図書印刷株式会社

Printed in Japan
ISBN978-4-309-20864-0